그의 하얀 렌즈
그녀의 붉은 렌즈

그의 하얀 렌즈
그녀의 붉은 렌즈

사랑이라는 감정은 때로 혼돈스럽다.

정의를 내린다는 게 무모한 감정이기에 사람의 마음을 그토록 뒤흔들어 놓는지 모르겠다.

감정의 혼란 속에서 자신이 무너지는 것쯤 신경 쓰지 않는 남자.

사랑이라는 감정조차 모른 채 살아왔던, 슬픔과 증오로 가득 찬 삶을 살아 온 여자.

절망 속에서도 어쩔 수 없이 살아가야만 하는 남자와 여자의 안타까운 삶.

그들의 삶 속의 이야기는 어쩌면, 나와 당신과 조금은 닮아 있는지도....

차례

그의 하얀 렌즈

1

죽고 싶다.

버릇이 되어버린 말로 하루를 시작한다.

창문 틈으로 미세하게 들어오는 빛줄기, 내 목을 깊이 짓누르는 기분이다. 머릿속은 '죽고 싶다'고 끊임없이 외치지만 정작 그럴 용기가 있는지, 정말로 원하는 게 무엇인지 도통 알 수가 없다. 눈을 뜨면 마주하는 절망에 떨려오는 몸이 원망스러울 뿐이다.

몸을 비틀어 침대 옆으로 손을 뻗었다. 더듬더듬 담배를 찾는 손길에 갈색의 작은 탁자는 균형이 맞지 않는지 기우뚱 흔들린다.

담배는 빨강과 파랑이 만들어내는 조화로운 불길에 몸을 태운다. 폐까지 흘러든 담배 연기, 요란스러운 기침에 눈가는 물기로 촉촉해진다. 어제 마셨던 술이 식도를 거슬러 오르는 기분이다. 아침이면 퉁퉁 부어오르는 편도선에도 개의치 않고 담배를 입으로 가져간다. 하루에 한 갑, 두 달 전부터 담배를 피우기 시작했다. 담배의 향도, 몽롱하게 만들어주는 기분도 아닌, 담배의 소리에 빠져들었다. 불에 타들어 가는 종이의 일정한 소리에 황홀감이 느껴졌다. 고요한 공간에 낮게 울리는 소리에 나는 눈을 감는다.

담배 연기로 가득 찬 머릿속은 곧 암흑으로 변한다. 늘 그랬다는 듯이 까마득한 어둠으로 나를 밀어 넣는다. 먹먹해진 눈은 창문 틈으로 비치는 가느다란 주황빛을 쫓는다. 침대에 앉은 채로 창문을 열자, 밖은 한낮이다.

분주하게 오가는 사람들.

컴컴하고, 싸구려 방향제 향이 가득한 이곳이 현실이고, 청명한 하늘 아래 저곳은 거짓 같다. 무릎을 꿇고 창문틀에 가슴을 갖다 댔다. 차가운 벽의 기운이 온몸으로 스민다. 어깨를 움츠리고 담배를 길게 한 모금 빨아들이자, 몽롱한 정신은 다른 세계와 인사를 한다. 정신을 잃고 쓰러지기 직전의 기분이 이러리라.

눈을 감고, 하나, 둘, 셋 숫자를 세자 윙윙 울려대던 머릿속이 잠잠해진다. 길게 누워있던 세포들이 다시 꿈틀거린다.

"나도 담배." 싸구려 모텔 방에서 열두 번째 섹스를 한 남자가 말했다. 물고 있던 담배를 건네며 침대에 누웠다. 누운 채로 새로 꺼내 든 담배에 불을 붙였다. 예의 푸스스 종이 타들어 가는 소리가 귓불을 흔든다.

"같이 샤워할까?" 건조한 목소리로 말한 남자는 이불 안으로 손을 넣었다. 내 가슴 위로 올린 손은 피아노 건반을 치듯 리드미컬하게 움직인다. 배에서 허벅지로 미끄러져 내려가는 손을 밀쳐냈다.

"저리 치워." 쉰 목소리, 남자는 놀란 표정이다. 풀썩 이불은 잔잔한 물결을 내며 먼지 낀 냄새를 풍긴다. 떠오른 먼지들은 빛을 받아 반짝이다 금세 사라져버린다.

"왜 그래?" 남자는 어깨 위로 얼굴을 올리며 말한다. 가벼운 무게감이 느껴진다. 남자는 고개를 올려, 검고 칙칙한 입술을 들이밀었다. 하루 사이에 삐죽삐죽 솟아난 남자의 수염과 맞닿은 뺨, 그 사이에서 일어나는 미묘한 마찰의 진동 소리는 자극을 준다. 분명 나만 들을 수 있는 소리라고 자만하자, 곧 가슴은 요란스럽게 두방망이질 친다.

나는 소리에 굉장히 민감하게 반응한다. 아니 그렇게 변해버렸다. 고요한 공간이 아니면 들을 수 없는 소리에 점점 빠져들었다.

2

열세 번의 게이클럽 출입과 열두 번의 잠자리.

각기 다른 성적 성향이 있는 남자들이었다.

그들처럼 내게 뚜렷한 성적인 취향은 없었다. 수동적으로 반응할 뿐이었다. 아래, 혹은 위, 그들이 원하는 대로 움직였다. 파도에 몸을 맡기고 있는 사람처럼, 출렁이는 방향대로 휩쓸려갔다.

더 이상의 놀라움은 삶에서 없을 것이라 믿었다. 그런 내게, 처음 갖는 동성과의 잠자리는 브레이크가 고장 난 롤러코스터에 앉은 기분이었다. 최고점에서 아래로 질주하기를 기다리는 롤러코스터. 나를 완전히 버려 돌아올 수 없는 길을 떠난다는 공포는 이전과 전혀 다른 형식임이 틀림없었다. 심장의 거친 울림에 머리카락 끝까지 아슬한 긴장감이 전해졌다.

한심한 떨림은 잠잠해지기를 바라는 애원에도 아랑곳하지 않고 세차게 움직였다. 가슴을 진정시키려 마시는 술은 소용없었다. 오히려 조롱하듯 더욱 거세졌다. 손톱 끝으로 피가 모조리 빠져나가는 느낌이었다.

남자들로만 빼곡한 클럽은 자연스럽고 자유스럽지만, 고립된 인상이었다. 화려하고, 고급스럽게 꾸며 놓은 실내 장식은 그곳을 더욱 불온해 보이게 했다. 그 안에서 나는 헤매고 있었다. 길을 잃은 방랑객처럼, 주인을 잃은 고양이처럼.

클럽은 가만히 서 있는 것만으로도 이상한 무게감이 느껴졌다.

맥주를 홀짝이며 서 있는 내게, 몇몇 남자들은 느끼한 시선을 보냈다. 그중 한 남자가 종아리부터 가랑이까지 손을 쓸어올렸다. 부드럽고, 익숙한 손놀림. 흠칫 놀란 나와 그는 눈이 마주쳤다. 한 뼘이나 키가 작은 남자는 바가지 머리에 빨간 니트, 머리카락은 눈을 덮고 있었다. 눈꼬리 밑에는 검은 점이 선명했고, 길게 잘 빠진 분홍빛의 입술은 돛단배 같았다. 그는 조금의 흔들림도 없는 시선으로 삐딱한 미소를 만들었다. 조명 아래 파랗게 물든 입술은 떠날 준비가 됐는지 묻는 듯했다. 그렇게 느껴졌다. 더 멀리 나갈 준비가 됐는지.

저항감은 없었다. 도망칠 수 있다면, 그 어떤 변화에도 순응할 수 있었다.

남자를 따라 근처의 모텔로 향했다. 그곳에서 윤활유라는 것을 처음 사용했다. 남자들끼리 행위를 할 때 쓰이는 윤활유는 느끼하고, 역겨운 초콜릿 향이 났다. 막다른 길의 내 인생과 꽤 잘 어울린다고 생각했다. 진득한 윤활유를 끝도 없이 발라가며, 파란 바다 위 곧 사라져 버릴 잿빛의 재를 뿌려댔다.

나는 희뿌연 안개가 걷히기도 전에 도망치듯 모텔에서 빠져나왔다.

모텔에서 빠져나올 때의 다급한 마음과 달리, 카페로 들어서자 마음은 차분하게 여유를 되찾았다. 24시간 영업하는 카페에는 식어가는 커피와 종업원, 나, 셋만 있었다. 전면이 유리로 되어있는 창가에 홀로 앉아 보랏빛에서 남색으로, 조금씩 밝아지는 하늘을 감상했다. 얼마 지나지 않아 따뜻한 빛이 창가를 뚫고 들어왔다. 하늘로 고개를 올려 눈을 가느다랗게 떴다. 얇아진 눈꺼풀

사이로 그녀의 모습이 그려졌다. 그녀와의 만남이 나를 절벽 끝을 향해 내달리게 한 계기가 된 것일지라도 상관없다. 그녀가 없었다면 누군가의 흔적을 찾으며 아직도 그리워하고 있었을 테니. 묘한 기분이다. 후회와 만족을 동시에 느낄 수 있다니, 두 개의 이질적인 감정이 정확히 반으로 갈라진 느낌이었다.

겹겹이 쌓였던 시간의 기억은 반으로 갈라진 몸을 비집고 나온다. 그리곤 그녀와 처음 만났던 그때로 가볍게 인도했다.

너무도 단순해, 우연, 운명이 내게만 통용되는 단어라고 생각했던 시절로.

3

시간이 반 박자씩 느린 고교 시절.

아침마다 거울 앞에 서면 불만스러웠다. 왼쪽 눈 아래 사라지지 않는 상처 자국이 원인이었다. 상처 자국에 대한 기억은 없지만, 굵은 쇠사슬이 내 발목을 옥죄고 있는 것 같았다. 잔뜩 미간에 주름을 만들어 험악한 인상을 지어본다. 조금 더 박력 있게 보이고 싶지만, 그러기엔 피부가 너무도 하얗다. 한숨이 절로 나온다.

지워지지 않는 상처 자국과 나는 도무지 어울리지 않는 한 쌍이다.

"라면이나 먹을까?" 민기는 유난히 라면을 좋아한다.

"네가 살 거야?" 장난스러운 질문에,

"아니 현준이가. 후후!" 민기는 천진난만하게 웃어 보인다.

"내가 또?" 부루퉁한 표정을 짓지만, 긍정이나 다름없다.

고교 삼 년 내내 붙어 다니는 현준이와 민기, 우리 셋은 3학년인데 비해 다른 친구들보다 자유로웠다. 대학 진학 포기는 우리에게 속박에서 자유를 선물해줬다. 방과 후, 학교 건너편의 편의점, 우리는 그곳을 아지트처럼 사용했다. 의자도 없는 창가에 나란히 서서는 뭐가 그리 즐거운지 끊이지 않는 수다를 떨었다.

"우와 저거 뭐야?" 현준이는 굉장한 것이라도 발견한 듯 목소리를 높였다. 현준이의 시선에는 한 여자가 걸려있었다. 습기가 가득한 창으로도 이목구비가 또렷하게 보이는 여자, 그녀는 편의점을 향해 한 걸음씩 옮기고 있었다. 편의점으로 들어선 여자는 우리 쪽으로 오는가 싶더니, 어느새 내 앞에 서 있었다. 그녀는 아무런 망설임 없이 내 손목을 덥석 잡았다.

나는 너무 놀라 어떤 표정을 지어야 할지 몰랐다. 평온을 찾으려 애쓰며, 그녀에게 잡힌 손목, 그녀의 얼굴, 그녀의 정수리 순서로 시선을 옮겼다. 검은 머리카락은 풍성하고, 윤기가 흘렀다. 내 얼굴을 물끄러미 바라보는 그녀의 입술은 굳게 닫혀 있었다. 투명한 눈동자에 얼굴이 달아올랐다. 반면, 그녀의 손에서 발하는 기운은 몸을 싸늘하게 만들었다.

"네?" 당황함이 절절히 묻어나는 목소리.

여자는 대꾸 없이, 잡은 손을 자신의 몸쪽으로 당겼다. 그녀가 잡아끄는 손에 이끌려 편의점 밖으로 나갔다.

현준이와 민기는 나보다 더 놀랐는지, 입만 벌리고 서서는 눈만 껌뻑거렸다.

플라타너스가 가득한 길가는 색 바랜 금색의 낙엽이 가득했다. 발목까지 쌓인 낙엽들의 사락사락 밟히는 소리가 듣기 좋게 발끝을 타고 올라왔다. 여자는 아무런 소리도 들리지 않는다는 얼굴로 걷기만 했다. 여전히 내 손목을 잡고 있는 여자는 미간에 잔뜩 힘을 주고 험악한 표정을 짓고 있었다. 그 표정이 너무도 절묘하게 그녀와 잘 어울려, 한 번도 웃어본 적이 없는 사람 같았다.

"어디 가세요?" 반걸음씩 앞서 걷는 그녀의 등 뒤로 물었다.

"저기…." 콧등에도 주름을 만들며, 여자는 턱을 위로 잠깐 들었다, 내린다. 긴장과 기대감, 불안과 흥분이 교차했다. 마른침이 목젖에 걸려있는 기분이었다. 행여 그녀가 다른 사람으로 착각한 것일지라도, 그 착각이 조금 더 이어지기를 설레는 마음으로 기대했다.

“여기 타.” 여자는 길가에 덩그러니 서 있는 차 문을 열었다. 세차를 방금 마친 듯 흰색의 스포츠카는 반짝거렸다. 날카롭게 불어오는 바람은 길가에 흩날리던 낙엽도 함께 차로 실었다.

운전석에 올라탄 여자는 대뜸, “너도 이런 차 타고 싶지?” 말하고는, 내 얼굴을 빤히 들여다봤다. 무언가를 확인하는 눈빛이었다. 순간적으로 다른 사람을 나로 착각한 것이 아닐지도 모른다는 생각이 어렴풋이 들었다. 그녀가 하는 말이 선뜻 이해되지 않아, 나는 잠자코 있었다.

“왜 관심 없니?” 여자는 약간 실망스럽다는 듯이 말했다.

“타고 싶어요.” 나는 진심이 담긴 목소리로 대답했다. 차갑게 얼어있던 뺨으로 열이 올랐다. 벌겋게 달아올랐으리라는 것은 보지 않아도 알 수 있었다. 나는 순간적으로 튀어나온 ‘타고 싶어요.’라는 말이 너무도 창피해 숨고 싶었다. 남들처럼 넉넉하고, 행복한 가정에서 자라지는 않았지만, 당당함은 뒤지지 않는다고 생각했다. 그런데 그녀 앞에서는 소용없었다. 꿰뚫어보는 시선에 압도되어, 좁은 시트 위에서 차갑고 깨지기 쉬운 얼음으로 얼어가는 기분이었다.

허벅지 사이로 찔러 넣은 손은 앉은 자세를 더욱 옹색하게 만든다. 엉덩이를 비틀어 허리를 느긋하게 기대봤지만, 불쑥 올라와 있는 무릎이 엉거주춤해 보여 앉은 폼을 더욱 어색하게 만들었다. 긴 다리가 쓸모없는 짐처럼 느껴지기는 처음이었다.

“벨트 매.” 여자의 목소리는 작지만, 강압적이었다.

나는 황망히 얼굴을 좌우로 흔들며 벨트를 찾았지만, 보이지 않았다. 어쩔 줄 몰라 허둥댈수록 발밑의 낙엽은 얄궂게 사락사락 소리를 냈다. 작지만 외면할 수 없는 소리, 나를 몹시 위축되게 만들었다.

가만히 나를 지켜보던 여자는, 내 턱밑까지 가슴을 끌어당겼다. 그녀의 움직임에 몸이 딱딱하게 굳었다. 지금 이곳에서 일어난다 해도 나는 담담히 받아들이리라. 얇게 감은 눈앞으로 여자의 실루엣이 그려졌다. 점점 더 크고 어둡게 다가온 실루엣은 내 앞을 여지없이 스쳐 지나갔다. 살며시 눈꺼풀을 올리자, 여자는 오른편 기둥으로 손을 뻗어 벨트를 잡아당겼다. 무엇을 기대했던 것인지, 허무한 마음에 쓴웃음을 지었다.

“벨트는 이렇게 잡아당겨서 여기에 끼면 되는 거야. 촌스럽기는.” 조금의 감정도 섞이지 않은 목소리였다.

“저도 알아요.” 나는 얼버무린다. 얼버무리면 그럴싸한 변명이 될 것처럼 생각했지만, 작은 차 안에서 공허하게 맴돈다.

차는 미끄러지듯 편의점을 끼고 있는 우측의 언덕으로 올라갔다. 스포츠센터와 공원만 우두커니 있는 곳은 날씨가 좋을 때 현준이, 민기와 산책 겸 오르는 곳이었다.

상상과 질문은 끝도 없이 꼬리를 문다. 나는 모든 의식을 긁어 모아 집중해, 그녀에 대해 유추해보지만, 소용이 없다. 언덕으로 올라가는 길, 차는 덜컹거리며 두 번이나 크게 요동쳤다. 여자는 과속방지턱에서 속도를 줄이지 않았다. 덕분에 몸이 튀어 올라, 천장과 정수리가 강하게 부딪쳤다.

"아!" 하고 단발로 소리를 냈지만, 여자는 내 쪽은 신경 쓰지 않고 운전했다. 나는 머쓱한 기분에 손가락으로 정수리를 비볐다. 부딪친 정수리에서는 고통이 느껴지기보다는 오히려 신선한 기분이 들었다.

언덕 끝에 다다르자 여자는 후유 하고 긴 숨을 내쉬었다. 시동을 끄지 않은 차의 엔진 소리가 퉁퉁 울렸다. 마치 노래의 멜로디 같았다.

"welcome to hell.", 이라고 말하는지 "welcome to heaven." 이라고 말하는지 정확히 들리지는 않았지만, welcome이라고 울부짖는 건 확실했다.

"내려!" 차에서 내리는 여자를 따라 내렸다. 그녀는 가는 허리를 곧게 펴고 스포츠센터로 걸음을 옮겼다. 뒷모습이 마치 발레리나 같다고 생각했다. 조금씩 멀어지는 검은 하이힐의 뒤축과 등줄기를 번갈아 눈으로 쫓으며 멀뚱거렸다.

"이리로 따라와." 여자는 고개를 돌려 힐긋 시선을 던지고는 턱을 위에서 아래로 내린다. 손보다 턱이 그녀에게는 유용해 보인다.

"네." 자꾸만 몸은 움츠러들고, 굳어진다.

입술을 동그랗게 모으고 하아, 입안의 공기를 밖으로 뱉어냈다. 하얗고 선명하게 만들어지던 입김은 흐릿했다. 자꾸 움츠러드는 몸을 추운 날씨 탓으로 돌리기엔 유독 햇볕이 따뜻한 오후였다.

교복 재킷의 단추를 풀었다, 잠그기를 반복하며 그녀의 뒤를 따랐다. 헐거운 단추는 곧 떨어질 것처럼 축 늘어졌다. 꼬리처럼 내려온 실을 잡아 단추 안쪽으로 몇 바퀴 돌리자, 단추는 팽팽하게 원래의 자리로 돌아갔다.

입구에 다다르자, 자동문은 스르륵 안을 내어준다. 후끈한 바람과 함께 흘러나오는 수영장 특유의 냄새, 락스의 강한 향이 코끝을 자극한다. 그리운 냄새. 일요일 아침이면 아빠 손을 잡고 수영장으로 갔다. 아빠는 친절하게 내 배를 자신의 두 손 위로 올리고 발장구를 치게 했다. 아빠의 손에 의지한 나는, 거침없이 물을 발로 찼다.

"우리 아들 잘하네, 잘하네." 아빠의 잘하네, 하는 말을 구령 삼아 나는 열심히 물장구를 쳤다. 사실 내 관심은 수영 잘하는 것보다 수영장 매점에서 파는 핫도그와 쥐포였다. 거기에 딸기우유. 나는 아침은 먹는 둥 마는 둥 수영장에서 파는 음식으로 머릿속이 가득했다. 불현듯 찾아온 행복했던 시절의 기억, 기분이 씁쓸해진다.

동네에서 쉽게 볼 수 있었던 수영장도 많이 사라졌고, 내게 듬

직하게 큰 손을 허락했던 아빠도 이제는 곁에 없다.

그녀는 익숙한 걸음으로 왼편에 보이는 접수처로 갔다. 팔꿈치를 기대고 서서는, 걸어오는 나를 권태로운 표정으로 바라봤다.

"학생증 있지? 줘봐!" 머리카락으로 반쯤 가려진 얼굴로 말했다. 부드럽고, 정돈이 잘된 머릿결은 탐스럽게 보였다. 나는 기다리고 있던 사람처럼 재킷 안주머니로 손을 넣었다.

상황 판단은 차에서 내리는 순간 잊기로 했다. 허망할 정도로 저항 없이, 아무런 의지도 없이, 그녀를 따르기로 했다. 그녀가 아름다운 이유도 있었지만, 왠지 그래야만 할 것 같았다. 이미 그녀를 만나기 전부터 이렇게 되리라는 것을 알고 있었던 느낌이었다. 손안으로 지갑과 학생증이 동시에 잡혔다.

관찰하는 시선을 보내는 그녀, 팔꿈치에 힘이 들어간다. 팽팽하게 당겨진 재킷의 소매는 꾀죄죄하다. 남자들의 교복은 으레 지저분해야 하는 줄 알았다. 깨끗한 교복은 박력이 부족하다고 생각했다. 오늘만큼은 확실히 예외다.

나는 남색으로 코팅된 학생증을 그녀에게 건넸다.

"고3이네. 얼마 있으면 졸업이겠구나." 그녀의 입에서 튀어나온 고3이라는 단어는 아무래도 낯설다.

접수처에 반쯤 숙인 허리로 능숙히 등록증을 써내려가는 그녀는, 모든 공간과 이질적일 수밖에 없다고 온몸으로 말하는 것 같았다. 아니 꼭 그래야 한다는 느낌이었다. 그녀는 내가 생각하는 일반적인 성장 과정쯤은 거치지 않은 사람으로 보였다.

평범하고 지루한 일상들은 우습게 벗어던지고 지금의 모습이 형상화된 그런 사람. 여자 왼손에 눌려 있는 학생증, 그 안에 웃고 있는 내 사진을 보고 있자니, 숨이 막힐 정도로 가슴이 두근거렸다.

"앞으로 매일 와서 운동해." 여자는 발급받은 회원카드를 건넸다. 길고 바싹 마른 손에 칠해진 흰색의 매니큐어는 그녀를 더욱 연약해 보이게 했다. 다시 저 손으로 내 손을 잡아 준다면, 은근한 기대의 마음을 품었다. 여자는 주변을 두리번거렸다.

"커피가 있으려나." 내게 하는 말인지, 혼잣말인지 시큰둥하게 말을 하고는 자그맣게 휴게소라고 쓰여 있는 곳으로 걸음을 옮겼다. 눈에 익은 그녀의 뒷모습을 보며 뒤를 따랐다. 휴게소로 가는 짧은 거리에 복도 바닥과 운동화는 두 번이나 마찰을 일으켰다. 리놀륨 바닥과 운동화 고무가 일으키는 소리는 불편한 느낌이었다.

흘끔 뒤로 고개를 돌린 여자는 눈썹에 잔뜩 힘을 주었다. 조심하라는 무언의 경고 같았다. 나는 미간을 바싹 모으고 죄 없는 운동화만 쏘아보았다. 앞쪽이 벗겨져 드문드문 검은색이 드러난 흰색의 운동화. 절망적인 기분에 빠져든다.

한 명이 겨우 통과할 만한 좁은 입구에 비해 휴게실은 널찍했다. 학교 교실과 같은 인공대리석 모양의 회색 바닥에는 갈색의 커피 자국이 이리저리 눌어붙어있고, 파란색 플라스틱 의자가 널브러져 있었다.

"청소 안 하나?" 이번에도 혼잣말인지, 대답을 구하는지, 알 수가 없다.

나는 나지막한 목소리로, "청소 안 하나 보네." 대꾸도 무엇도 아닌 어색한 말을 뱉었다. 여자는 내가 한 말 따위는 신경 쓰이지 않는다는 듯 무심하게 벽면에 붙어 있는 빨간색 자판기로 갔다. 종이컵 두 잔을 뽑아들고는,

"커피 마시지?" 나는 고개를 끄덕이고, 여자의 왼손에 들린 커피를 받아 들었다. 종이컵은 물렁거렸고, 내 손은 미세하게 떨렸다. 나만 눈치챌 수 있을 정도로. 그녀와 나는, 바닥은 딱딱하고 팔걸이는 흐물흐물한 플라스틱 의자에 마주 앉았다.

"청소를 하는 거야, 안 하는 거야?" 여자는 신경질적으로 말하고는, 종이컵을 입으로 가져갔다.

"청소 안 하나 봐요." 이건 뭐, 앵무새가 따로 없다. 내 대꾸에 이번에도 여자는 아무런 반응이 없었다. 호응의 대답을 해주기를 조금은 기대했는데.

"아 참, 너 대학은 가니? 공부하고 거리가 멀 것 같은데…?"

여자는 옅게 미소를 지었다. 빨간색 입술, 투명한 치아, 청결한 미소가 괴기스러우면서도 매우 아름다웠다.

잠깐 틈을 두고, "모르겠어요." 우물쭈물 대답하고, 고개를 숙

였다.

그녀의 무릎과 내 무릎의 거리는 기껏해야 손가락 한 마디, 검정스타킹을 신고 있는 무릎이 반질반질해 보인다. 그녀와 마주한 상황이 도무지 현실로 믿기지 않았다. 지나치게 달달한 커피만 현실 같았다.

불과 몇 분 전까지 현준이, 민기와 게임 이야기에 취해있었다. 한참 빠져있는 온라인 게임.

"마지막 미션 상자를 열려고 하는 순간 엄마가 들어왔다니깐."

민기는 원망이 가득한 얼굴을 했다.

"그래서 아이템 확인을 못 하고 컴퓨터 껐어?" 미션을 클리어할 때마다 아이템 상자를 주는 게임은 한번 시작하면 승부욕이 자극되어 멈추기 어려웠다.

"그렇지 뭐." 낙담한 표정으로 민기는 대답했다.

그런 찰나, "우와. 저거 뭐야." 하며 현준이는 경이롭다는 투로 말했다.

창밖의 그녀 모습에 게임은 더 이상 중요하지도, 관심을 끌 만한 무엇도 아닌 게 되었다. 여자는 숨 막히게 아름답다는 말을 실감하게 하는 외모였다. 그녀와 마주 앉아 있다니, 지끈지끈 머리가 아파진다.

"달기만 하네." 여자는 종이컵을 바닥으로 내려놨다. 종이컵에 물들어 있는 여자의 빨간 입술 자국이 굉장히 외설적으로 보였다.

“뭐 어찌 됐든 상관없어. 혹시 네가 대학 가면 학비 내줄 용의도 있어.” 핸드백에서 꺼낸 담뱃갑을 손바닥 위로 톡톡 내리치며 말한다.

“네? 근데 누구신데. 저한테?” 말끝을 흐리며 물었다.

“나, 이진주.”

여자는 능숙한 손놀림으로 비닐을 걷어내고는 담배 안쪽을 막고 있던 은색 껍질과 함께 바닥으로 버렸다. 하기야, 이렇게 바닥이 더러우니 상관없는 건가, 하고 생각했다. 이 순간에도 청소 생각이 떠오르는 것은 왜일까. 이런 게 강박관념 비슷한 것일지도 모르겠다. 지각을 일삼는 민기와 나는 학기 중에 청소를 하지 않는 날이 드물었다. 종례를 앞두고는 잔뜩 예민해져, 바닥에 누가 쓰레기를 버리지는 않나, 신경을 곤두세워 지켜보는 게 일상이 되었다.

여자는 담배를 입술로 지그시 깨물고는, “금연은 아니겠지.” 어찌 됐든 상관없다는 말투였다. 자연스럽게 들린 담배는 얇고 가늘어 여자의 여섯 번째 손가락처럼 보였다.

“아니 그게 아니라. 저한테 왜?” 나는 말꼬리를 길게 늘여가며 말했다.

그녀 앞에 있는 나는 개미가 된 기분이었다. 나는 개미, 그녀는 여왕개미.

"너, 이시후!"

"네." 마른기침도 함께 나왔다.

"같은 이 씨니, 먼 친척쯤 될 수도 있겠다." 여자는 종잡을 수 없는 말만 했다.

멍한 내 눈길은 여자의 뒤를 바라보는 건지, 여자를 바라보는 건지, 여자의 모습이 흐려졌다가 다시 선명해진다. 여자는 톡톡 바닥으로 담뱃재를 떨어뜨렸다. 이 순간에도 또 청소 생각이라니, 나는 잡념을 떨치려는 사람처럼 머리를 좌우로 흔들었다.

"담배 냄새 싫어하니?"

"아니요, 괜찮아요."

"그런데 왜 저한테…?" 하고 아까와 같은 질문을 반복해서 물었다.

"고등학교 졸업하면 우리 가게에서 일 시킬 생각이야. 일종에 스카우트지. 헬스장 등록해준 거는 미래를 위한 투자야."

멘톨 향의 담배 연기가 휴게실을 메운다.

"너도 담배 피우니?" 진주는 핸드백 위에 올려놨던 담배를 집어들고 물었다.

"아니요." 나는 단호하게 고개를 흔들고는, 담배 연기를 멍하니 바라봤다.

"요즘 고등학생도 다 피운다더니, 그것도 아니네." 진주는 무표정한 얼굴로 담배를 길게 한 모금 들이마셨다.

"물론 아무나 할 수 있는 일은 아니야. 끼 있고, 잘생기고, 매력 있는 남자만 가능한 일이야." 진주의 말에 뻣뻣하게 굳어진 어깨 위로 야릇한 기분이 들었다.

"어떤 일인데요?" 나는 동그랗게 눈을 뜨고, 검지 손톱을 물어뜯었다. 긴장하면 나오는 습관은 나를 더욱 초조하게 만든다.

진주는 잠시 뜸을 들이고는, "호스트."

무슨 캐러멜 이름처럼 아무렇지 않게 툭 내뱉었다.

4

그날 이후, 나는 하루도 빠짐없이 헬스장으로 갔다.

진주가 등록한 회원권은 트레이너가 일대일로 지도를 해주었다. 개인별로 식단조절과 세심한 관리도 함께 이루어졌다. 의미 없는 반복의 연속과 인내심의 한계를 느끼게 하는 시간이지만, 거울에 비치는 몸은 예전의 밋밋한 몸매의 내가 아니었다. 하루하루 달라지는 신체의 변화에 점점 욕심이 생겼다.

"세 개만 더."

트레이너는 손에 쥔 아령을 팔 안쪽으로 밀었다. 팔이 조여들어 펴는데도 힘이 들어갔다. 딱딱한 돌덩이가 얹어진 기분이었다. 나는 굳어진 팔을 아래로 떨어뜨리며 바닥에 주저앉았다. 떨어지는 땀방울이 바닥에 동그란 모양의 점을 만든다. 하나, 둘 점들로 바닥은 비가 내린 아스팔트처럼 촉촉해진다.

"어제 그 사람은 누구야?" 트레이너는 숨을 헐떡이는 내 앞에 쪼그려 앉았다.

내가 고개를 갸웃하자,

"어제저녁에 와서 시후 운동 잘하느냐고 묻던데."

태닝을 즐긴다는 트레이너는 어제보다 얼굴이 더 그을려진 완벽한 갈색이었다.

"저 운동 잘하는지요?" 눈을 치켜뜨며 물었다. 진주가 틀림없었다. 이곳으로 운동을 다니는 것을 아는 것은 진주뿐이었다. 나는 현준이와 민기에게도 비밀로 했다. 갑자기 운동을 시작한다는 것도 왠지 부자연스러워 보였고, 아무리 대학을 포기했다고는 하지만, 수능을 얼마 앞두지 않은 시점이라 말하기가 영 껄끄러웠다.

"응, 근육 크게 만들지 말아 달라고 부탁하던데." 트레이너는 내 가슴을 콕콕 찌르며 천연덕스럽게 웃었다. "꽤 미인이던데," 하고 덧붙였다. 나도 모르는 사이 아랫입술을 깨물고 있었다.

"뭐야. 그 표정은? 설마 연상연하 커플?" 트레이너는 놀리는 말투로 말하고는,

"조금 무서워 보이긴 했지만." 하며 말을 흘렸다.

"커플 아니에요." 목소리에 힘을 주자, 눈에도 힘이 들어갔다.

"알아, 알아. 농담이지. 누나지? 이미지가 비슷해서 보는 순간 알았지. 내가 또 한 눈썰미 하잖아."

지독히 눈치 없다는 말이 턱까지 올라왔다, 내려간다.

"자, 일어나." 트레이너는 내 두 손을 잡고 힘껏 몸을 끌어올렸다.

"이번에는 등 운동하자." 트레이너는 천장에 매달린 철봉이 있는 쪽으로 등을 밀었다.

"처남! 누나, 혹시, 남자친구 있어?" 고개를 휙 돌려 바라보자,

"장난이야, 장난." 하며 어색하게 웃는다. 입 옆으로 일자로 생긴 주름이 깊게 파인다.

진주가 찾아왔다는 얘기를 들은 후 막연한 기대감이 생겼다. 어디선가 지켜보지 않을까 하는 혹시나 하는 기대감. 하지만 역시나 하는 실망감의 먹구름은 어김없이 머리 위로 까맣게 드리워졌다.

진주를 기다리는 시간은 속절없이 흘러갔지만, 샤워를 마치고 거울에 비치는 전라의 몸은 짜릿했다. 성과, 노력의 결과, 내게 어울리지 않는 단어라고 생각했던 말들이 오롯이 나를 위해 존재하는 기분이 들었다. 그럴수록 진주가 보고 싶었다. 전화번호도 알지 못하는 그녀를 매달리는 심정으로 기다렸다.

5

졸업식.

정해진 식순에 따라 행사가 진행됐다. 나눠준 행사 진행표에 따르면 교감의 축사를 시작으로, 합창단의 공연, 우수학생 상장수여식, 교장 축사의 순서였다.

짧게 끝날 것 같던 행사는 합창단이 20분이나 공연을 했고, 상장수여식에 서른 명 남짓 상장을 받는 바람에 그것도 꽤 시간이 걸렸다. 무슨 상이 그리도 많은지, 이름만 붙이면 상을 주는 것쯤은 문제도 아니라는 생각이 들었다. 전학생 적응상이라니, 얼토당토않은 상이라고 생각했다.

드디어 마지막 순서, 교장의 연설. 교장은 지루하기 짝이 없는 말을 쉼 없이 뱉어내며, 끝낼 생각이 없는 사람처럼 떠들어 댔다. 누구 하나 귀 기울여 듣는 사람은 없어 보였다. 이층으로 고개를 올리자, 학부모들은 하나같이 따분한 표정을 하고 있었다. 중간중간 넋이 나간 것처럼 보이는 사람도 있었다. 그 모습을 보자니, 웃음을 참을 수가 없어 조용히 키득거렸다.

누구를 위한 졸업식인지, 주인공이 없는 빈 무대에 관객만 존재하는 기분이다.

"왜 웃어?" 현준이가 손등으로 팔을 툭 친다.

"졸업해서 좋아?" 눈만 웃으며 물었다.

"왜 웃느냐는 데 엉뚱한 소리야? 그보다 춥다." 현준이는 재킷 소매를 앞으로 당기고, 입고 있는 목폴라를 턱까지 올렸다. 늘 그렇듯 강당은 이날도 추웠다. 대형 히터 네 대가 돌아갔지만 따뜻하게 만들기는 역부족이었다.

"부모님은 오셨어?" 옆에서 졸고 있는 민기 볼을 볼펜으로 콕콕 찌르는 현준이의 팔을 잡았다. 민기 얼굴에 검은 점이 다섯 개나 생겼다.

"얘 어제도 게임을 하느라 밤새웠대." 경이롭다는 표정이다.

"아 참, 엄마랑 누나만." 현준이는 눈썹을 추켜세우고는 "아빠는 이런데 오는 거 싫어하잖아." 말했다.

"에잇! 민기도 오늘 부모님 오셨다던데, 끝나고 같이 못 놀겠네." 나는 실망한 표정을 한껏 지어 보였다.

"아니야. 사진만 찍고 먼저 가라고 하지 뭐." 별일 아니라는 듯 말하고는 막내 특유의 애교 넘치는 미소를 짓는다. 밝은 성격의 현준이를보고 있으면, 나 역시도 스르륵 녹아들어 마음이 편해진다.

"진짜?" 나는 단번에 신이 났다. 현준이는 내 가정환경을 잘 알고 있는 터라 굳이 누가 왔는지 묻지 않았다. 장난기 넘치지만, 이럴 때 보면 속이 깊다.

"아, 언제 끝나려나?" 잠에서 깨어난 민기는 몸을 비비 꼬며 하품을 길게 한다. 볼에 생긴 점 다섯 개가 얼굴을 심술궂어 보이게 한다. 길게 이어지는 행사가 지겹기도 했지만, 고교 시절 마지막이라고 생각하니 홀가분하면서도 아련한 마음이 들었다.

"오늘 누구 왔어?" 현준이는 민기에게 작은 목소리로 물었다.

"엄마랑 아빠." 아직 잠에 취한 목소리로 민기는 말했다.

"대충 사진만 찍고 어른들 먼저 보내는 게 어때? 셋이 놀자. 쇼핑도 가고." 현준이의 말에 민기는 졸음이 가득한 눈을 번쩍 뜬다.

"옷 구경?" 민기가 좋아하는 세 가지. 라면, 게임, 옷.

"진짜지? 근데 너희도 알다시피 아빠가 보수적이라 오늘 회사 휴가까지 내고 오셔서 좀 그런데." 어떻게 한담, 하며 혼자 중얼거렸다. 그렇게 몇 초간 고민에 빠진 얼굴을 하던 민기는,

"우리 다 같이 밥 먹자고 할까? 분위기만 대충 맞춰주고 보내면 될 것 같은데." 만족한 표정으로 소곤거리며 말했다. 나는 주저 없이 고개를 끄덕였다. 혼자 시간을 보내는 것도 싫었고, 자주 뵙던 어른들이라 함께 식사해도 부담이 없을 것 같았다.

"근데, 진짜 쇼핑가는 거다." 민기는 확답을 얻으려는 표정으로 말했다.

"그래." 현준이는 작게 대답했고, 나는 고개를 끄덕였다.

민기는 남자치고 유독 옷에 관심이 많다. 쇼핑을 가면 몇 시간은 기본으로 지치지 않고 이곳저곳을 물 만난 물고기처럼 활보하

고 다닌다. 평소에 걷는 거라면 질색을 하면서 쇼핑할 때는 피곤한 기색이 전혀 없다. 그것도 구경만 하면 다행이지만, 이것저것 다 입어보는 통에 곁에 있기가 민망한 경우가 많다. 그런 민기가 쇼핑 이야기를 꺼내면 현준이와 나는 슬그머니 피했다. 현준이와 나는 옷에 관심도 없을뿐더러, 사람으로 붐비는 곳은 불편하다는 주의였다. 현준이한테 미안하면서도 고마운 마음이 들었다.

"여러분은 무죄방면입니다."

교장의 마지막 말과 동시에 강당 안으로 교가가 쩌렁쩌렁 울려 퍼졌다. 교가와 함께 터져 나오는 탄성, 우리 셋은 부둥켜안고서 소리쳤다.

"끝이다!" 우리 목소리가 컸는지, 일순간 강당은 조용해졌다. 이 층부터 헛기침 같은 웃음소리가 나는가 싶더니 강당 전체가 웃음으로 번져갔다. 싸늘했던 강당 안에 온기가 퍼져 나가는 느낌이었다.

"그럼 빠른 반 순서부터 강당을 나가겠습니다. 1반부터요." 사회를 맡았던 윤리 선생님은 근엄한 목소리로 말했다.

"앗싸." 현준이는 두 주먹을 쥐고 위에서 아래로 내린다. 신 났을 때 하는 현준이의 행동을 나와 민기도 따라 했다.

아직도 미세한 입자들이 따스하게 물들어 있는 강당을 우리 반이 제일 먼저 빠져나왔다. 흩날리는 싸라기눈은 기분을 싱숭생숭하게 만든다. 강당 앞의 메마른 나무들과 녹슨 철제 벤치. 갑자기 모든 것이 낯설게 느껴진다. 환경미화 시간에 노란색으로 칠했던 벤치는 누렇게 변해있다. 봄이 되면 후배 중 한 명이 다른 색으로 벤치를 칠하겠지.

군데군데 지난 추억이 살아난다. 테니스장의 탈의실 앞을 지나자, 풋풋했던 첫 키스의 기억이 되살아난다. 한 살 연상의 사진부 선배한테 강제로 키스를 당했었다. 선배는 그 후에도 적극 내게 구애를 했지만, 여자로서 아무런 감흥이 느껴지지 않는다고 나는 매정하게 말했다. 선배는 그날 이후, 다시는 내 앞에 나타나지 않았다. 상처받은 선배의 얼굴이 아직도 생생하다. 사진학과에 진학했다는 선배는 그날의 일을 고교 시절의 추억쯤으로 생각하며, 대학에 잘 다니고 있겠지. 나는 고개를 돌려, 이곳저곳, 눈으로 확인했다. 삼 년간의 생활에 대한 나만의 추억 앨범을 만드는 셈이었다. 사진 한 장 없지만 잃어버릴 일이 없는 영원한 앨범을.

추억도 그렇게 다른 색으로 물들고, 또 다른 추억이 덧입혀지겠지. 앞으로 시작될 생활은 어떤 색일까.

"오늘 사촌 누나는 못 오는 거야?" 민기는 기지개를 길게 켜며 물었다. 강당에서 푹 잤던 모양이다.

"응, 바빠서 못 오지." 나는 얼굴색 하나 변하지 않고 거짓말을 했다.

"아쉽다." 정말로 아쉽다는 듯 민기는 말했다. 흙 위로 발을 끌며 걸었다. 딱딱하게 얼어있는 흙은 약간의 먼지도 일으키지 않았다.

현준이와 민기에게 진주와의 일은 비밀에 부쳤다. 비밀이 없는 둘에 비해서 내겐 꽤 많은 비밀이 존재한다. 석연치 않은 기분도 들지만, 한편으론 어쩔 수 없는 일이라며 자신을 다독였다.

그날, 현준이와 민기는 내가 나타날 때까지 편의점에서 기다리고 있었다. 둘은 내가 나타나기 전까지 고교생의 불타는 상상력으로 한 편의 단편영화를 만들고 있었던 모양이었다.

내가 들어서자마자,

"그 여자 너한테 반한 거 맞지?" 민기가 물어왔고, 대답도 하기 전에, 함께 호텔로 가자고 하지 않았어? 하며 대답할 틈도 주지 않았다. 나는 그 말도 안 되는 상상력에 가슴 속으로 박수를 보내고는 고개를 저었다.

"사촌 누나야. 오랜만에 마주친 거라 알아보지 못했어." 적당한 거짓말을 골라서 했다. 물론 거짓말을 하는 데는 이종사촌일 수도 있겠다는 진주의 말이 도움이 되었다.

"진짜 미인이던데. 너희 집은 종자가 우월한가 봐." 하며 현준이 눈으로만 웃더니, 틈을 두고는, 일부러 울상을 짓는 표정을 하며 덧붙였다.

"그해 비하면 민기와 우리 집은…."

"거기 내가 왜 껴?" 민기는 볼에 바람을 넣으며 화가 난 표정을 지었다.

"그래서, 네가 복어야." 현준이는 민기를 놀리고는 편의점 밖으로 뛰어나갔다. 익숙한 모습이 그날만큼은 굉장히 생소하게 보였다.

두 줄로 서서 이동하기를 강요하던 담임은 포기했는지, 삼삼오오 걷는 우리를 못 본 척하며 앞서 걸어갔다. 교실에서 졸업장을 받으면 이것으로 길고 길었던 고교 시절도 끝. 끝과 시작은 등을 맞대고 있는 것 같았다. 끝이라는 자유를 만끽할 사이도 없이 새로운 시작이 내게 인사한다. 뫼비우스의 띠 같다.

교실로 들어서자, 한발 빠른 가족들이 빼곡히 들어차 있다. 한 손에는 꽃을 다른 손에는 사진기를, 모두가 약속이라도 한 듯 같은 모습이다. 무채색의 교실에 다양한 색깔들의 옷들이 가득 차자 마지막이라는 사실이 절로 실감 났다. 뒷문 앞에 바로 서 계시는 민기 부모님께 인사를 하고 자리에 앉았다. 뒷자리가 이렇게 불편한 것인지 미처 몰랐다. 뒤통수가 가스레인지 위에서 달궈지는 냄비 같았다. 뜨겁고 후끈거렸다.

"앞줄부터 차례대로 나올게요." 웬일인지 담임은 우리에게 존댓말을 사용했다.

한 명씩 공평하게 악수를 하며 졸업장을 나눠준 담임은, 짧게 한마디 하겠다며 고개를 꾸벅 숙였다. 박수 소리는 너무 작아, 치지 않는 게 더 나을 뻔했다.

"여러분과 이것이 마지막이라고 생각하지 않습니다. 긴 웅크림에서 깨어난 여러분에게 세상이라는 넓은 인생이 이제 막 시작된다고 생각합니다. 삼 년이라는 고교 시절이 여러분에게는 어떤 기억으로 남을까요. 지겨웠다고 말하는 친구도, 힘들었다고 말하는 친구도, 아름다웠다고 말하는 친구도 있겠지만, 한 가지 확실한 건 우리가 함께였다는 사실을 여러분은…."

여러분을 말할 때마다 힘주어 말하던 담임은 주먹 쥔 손을 입으로 가져가 헛기침을 하고는 잠시 호흡을 가다듬었다. 북받쳐 오르는 감정을 억누르려는 모습이 연기를 하는 듯했다. 가소롭다는 생각이 들었다. 지방 방송국장이 별명이었던 담임의 그런 모습에 누구도 슬픔이나 애잔함을 느끼지 않는 듯했다. 아마 모두 마지막까지 저러고 싶을까, 하는 생각으로 가득 차 있을 것이다.

담임은 고개를 들고 결의에 찬 눈빛으로 말을 이었다.

"여러분은 저에게는 큰 의미였습니다. 여러분이 떠나버리고 생기는 빈자리의 아픔을 한동안 무엇으로 메워야 할지, 벌써 텅 비 빈 것 같은 저의 가슴은…."

담임의 연기가 클라이맥스로 향하고 있었다.

그 순간, 드르륵 교실의 앞문이 열렸다.

"이 반에 혹시 이시후라고…." 하얀 백합을 품에 들고 들어선 여자는 말했다. 자신에게 떨어지는 수많은 시선에도 전혀 주눅 들지 않은 당당한 모습의 여자는 진주였다. 적막에 휩싸인 교실 안의 시선은 일제히 진주에게 향했다.

담임은 벌겋게 달아오른 얼굴로, "시후는… 아 네! 저희 반에, 아 네! 저기." 말이 토막토막이었다.

화려한 언변을 자랑하던 조금 전과는 완전히 상반됐다. 담임은 헛기침을 크게 한 번 하고는 검지를 길게 뻗으며 나를 가리켰다. 정적에 휩싸인 교실의 시선은 진주에게서 내게로 쏟아져 숨도 쉬기 힘들었다.

문을 등 뒤로 하고 서 있는 진주는 머리끝을 굵게 말아 올리고, 짙은 회색의 코트를 입고 있었다. 같은 반 녀석들은 고개를 휙휙 돌려가며 진주와 나를 번갈아가며 바라봤다. 그녀가 얼마나 빛나는지 몸소 느꼈다. 코트 안에 입은 하얀색의 터틀넥은 진주의 얼굴을 더욱 화사해 보이게 했다.

"그럼 여러분의 새로운 출발을 응원하겠습니다." 담임이 꾸벅 인사를 하는 순간에 맞춰, 교실 안은 박수도 잊은 채 여기저기서 웅성거리기 시작했다.

진주가 교실로 들어선 순간부터 엉덩이가 들썩거리던 나는, 잽싸게 교실 앞으로 뛰어나갔다. 꿈에서조차 허락하지 않았던 그 모습.

"어떻게…?" 진주 앞에 서서 물었다. 설렘이 가득한 목소리로.

"졸업이잖아."

"자, 여기." 하며 진주는 백합 다발을 내 품으로 안겼다. 삼 년간의 피로가 단박에 풀어지는 기분이었다. 백합에 코를 묻자, 은은히 퍼져오는 향기가 녹아든다.

"제가 시후 이 년 동안 담임이었던 류상수라고 합니다." 검은 얼굴을 붉게 물들이며 담임은 악수를 청했다.

한 반이었지만 일 년 내내 말 한마디 섞지 않아 이름도 가물가물한 녀석이 곁으로 다가와, "누구? 누구?" 하며 궁금증이 잔뜩 배인, 들뜬 목소리로 물었다.

나는 언짢은 표정으로 대답을 대신했다.

"시후가 참 잘 따라와 줬습니다." 담임은 번질거리는 입술로 가식적인 말을 내뱉었다.

불과 두 달 전, 수능이 끝난 다음 날이었다. 담임은 수능 채점을 위해 여덟 시까지 교실로 모이라고 했다. 전날, 한참 빠져있던 게임 때문에 아홉 시가 다 돼서야 눈을 떴다. 부랴부랴 교실로 들어선 시각은 아홉 시 십오 분이었다.

"네 녀석은 끝까지 말썽이구나." 담임은 바닥에 엎드려놓고 열여덟 번 내리쳤다. 늘 들고 다니는 손때로 번들거리는 갈색의 나무로. 마지막까지 내 엉덩이를 푸르게 만들어 놓은 인간이 하는 거짓말에 쓴웃음이 절로 나온다.

진한 스킨 냄새를 풍기는 담임은 내 어깨를 주무르며, 호탕한 척 웃으며 말했다.

"시후가 혹시 말하지 않던가요? 담임선생님이 싱글이라고? 허허허.” 얼굴의 근육들은 딱딱하게 경직되어 있었다.

“어떻게 된 거야? 못 온다며?” 현준이는 귓가에 조용히 속삭였다.

“나도 어리둥절해.” 서양 사람처럼 양손과 어깨를 동시에 올렸다.

“그럼 오늘 쇼핑은?” 민기는 곁에 몸을 바짝 붙이고는 묻는다. 나는 담임과 이야기하는 진주에게서 눈을 떼지 않았다. 현준이는 눈치 빠르게,

“그러면 밥 먹고 연락할까?” 나는 망설임 없이 좋다고 대답했다. 현준이가 담임이 만지작거렸던 어깨에 손을 얹고는 저기 보라고 했고, 고개를 돌리는 순간 플래시가 터졌다.

“여기, 여기 봐!” 비음 섞인 민기 어머니의 목소리가 들리고 다시 플래시가 터진다. 몇 번이나 쉬지 않고 플래시가 터졌고, 눈앞은 흐릿흐릿해졌다. 사진을 찍을 때마다 민기는 손가락으로 V자를 만든다. 나는 마음속으로 V를 만들었다.

6

학교 앞 카페에 진주와 마주 보고 앉았다. 푹신한 소파는 온몸을 감싸 안아주듯 편안했다.

매일같이 지나치기만 했던 카페는 우리에게는 허락되지 않은 성역 같은 곳이었다. 가까이 있지만, 다가가기엔 한없이 멀어 보이는. 커피 한잔을 컵라면 세 개의 가격을 지불하고 마셔야 하는지, 그보다 더한 사치는 없다고 생각했다.

"부모님은 왜 안 오셨어?" 진주는 머그잔을 두 손으로 감싸 안았다.

"그냥, 오지 말라고 했어요." 나도 그녀를 따라 머그잔을 두 손으로 감쌌다. 따뜻한 기운이 손을 타고 퍼져 나간다.

"내가 오지 않았으면 꽃도 받지 못했겠네." 진주는 창밖으로 얼굴을 돌린다. 그녀를 따라 창밖으로 시선을 옮겼다. 가족들에 둘러싸여 꽃이 들려 있는 촌스러운 교복들이 오간다.

"꽃, 좋아하지도 않는걸요." 나는 탁자 위에 놓인 백합의 꽃잎을 만지작거렸다. 거친 면과 부드러운 면, 어디가 앞일까, 문득 궁금해졌다.

"꽃잎도 앞면하고 뒷면이 있나요?" 내가 묻자, 진주는 무슨 말인지 모르겠다는 표정을 짓고는, 너 좀 엉뚱한 구석이 있구나, 하고 살짝 미소 지으며 말했다. 나는 입꼬리를 올리고는, 아니라고 대답했다. 엉뚱하다는 말이 싫지 않았다. 오히려, 나를 귀엽게 봐준다는 느낌이 들어 기분이 좋았다.

따스하고, 느긋한 시간 안에 클래식이 잔잔하게 흘러나왔다. 중간중간 공백에는 쉭쉭 거리는 가습기 소리가 들렸다.

“슈베르트.” 진주의 나른한 목소리에 내가 침묵하고 있자 진주는 무뚝뚝하게 말한다.

“지금 나오는 노래.” 내 앞의 하얀 백합과 코끝까지 달콤하게 만드는 코코아는 마냥 들뜨고, 만족감에 빠져들게 한다. 슈베르트도.

진주에게 묻고 싶고, 하고 싶은 말들이 많았다. 울퉁불퉁 솟아나온 근육도 자랑하고 싶었고, 앞으로 나는 어떻게 해야 하는지, 그날 나를 편의점에서 처음 봤던 것인지, 처음 본 거였다면 왜 그랬던 것인지, 질문들은 겹겹이 쌓여있었지만, 아무런 말도 하지 못했다. 진주와의 시간에 다른 색을 입히고 싶지 않았다. 나는 솜사탕 같은 달콤한 시간 뒤에 남겨질 끈적임 따위는 생각할 여력이 없었다.

“배고프지 않아? 뭐 좀 먹으러 갈까?” 멜로디에 진주 목소리가 얹혀졌다.

“네.” 사탕을 선물 받은 아이처럼 신 났다.

"먹고 싶은 거 있어?" 진주는 뚜렷하고 아름다운 눈으로 나를 보며 물었다.

"모르겠어요." 손톱을 물어뜯으며 대답했다. 아침부터 걸렀는데도 허기짐이나 식욕은 전혀 느껴지지 않았다.

"생각해봐. 어떤 게 먹고 싶은지." 진주는 소파에 등을 기댔다.

"특별히 먹고 싶은 음식은 없어요, 배가 고픈 거 같지도 않고요." 나는 배시시 웃었다.

"싫으면 말고." 진주는 핸드백에서 핸드폰을 꺼내서는 탁자로 올렸다.

"앞으로 이거 써." 진주는 몸을 일으켜 하얀색의 풍성한 스웨터 위로 코트에 한쪽 손을 찔러 넣었다.

"그럼, 집에 가자."

"저, 짜장면 먹고 싶어요." 조급한 마음에 창가로 지나치는 배달용 오토바이를 보며 말했다. 나는 매달리는 눈빛으로 진주를 올려봤다.

"겨우, 짜장면?"

"네. 짜장면이요."

"나가자."

나는 서둘러 진주의 뒤를 따라나섰다.

두 번째 타는 진주 차. 보조석에 앉아 능숙하게 벨트를 잡고 끌어당겼다. 벨트의 줄은 매끄럽게 끌려 나오지 않고, 툭 툭, 두 번이나 끊기며 무언가 안에서 잡아당기고 있는 것 같았다. 덕분에 어색한 기분은 처음 차에 탔던 그날과 전혀 달라지지 않았다. 이십 분가량 달려 차는 멈춰 섰다.

삼 층의 건물에는 빽빽하게 홍색 등이 달려있었다. 중국에 가본 적은 없지만, 중국의 분위기가 이렇지 않을까 싶었다. 내가 늘 가는 중국집의 모습과는 사뭇 달랐다. 배달용 오토바이도, 유리 가득 커다란 글씨로 짜장면, 짬뽕이라고 쓰여 있지도 않았다.

건물로 들어서는 계단으로 한 걸음씩 옮길 때마다 행. 복. 행. 복. 소리가 흘러나오는 건반을 밟는 기분이었다. 평범함을 부정하고, 무시와 외면으로 일관하며 보내온 시간들, 막상 내 앞에 닥친 평온한 시간에 울컥 눈물이 쏟아질 것 같았다. 검정 정장을 입은 여자의 안내로 이 층의 방으로 들어섰다. 방에는 둘이 앉기에는 과하게 크다 싶은 둥그런 탁자가 있고, 벽에는 검은 상어가 초록 바다에 있는 그림이 걸려있었다.

게살수프를 시작으로, 유산슬, 삭스핀, 탕수육, 난자완수, 마지막은 짜장면으로 마무리되었다. 종업원이 하나씩 탁자로 옮길 때마다 말해주는 음식 이름을 기억하려 애썼다.

"입맛에 맞으세요?" 흰색의 긴 주방 모자를 쓴 남자가 방으로 들어와 물었다. 진주와 잘 아는 사이인지 둘은 친근하게 이야기를 나누었다. 진주는 나와 있을 때의 험악한 표정을 풀고는 한껏 여성스러운 몸짓과 표정으로 대화를 했다. 내게도 저렇게 대해주면 좋을 텐데.

"뭐 더 먹을래?" 나는 볼록하게 올챙이처럼 나온 배를 만지며 괜찮다고 했다.

"그럼 이제 나갈까."

진주의 목소리와 겹쳐서 전화벨이 울렸다. 진주는 손을 움직여 받으라는 신호를 했다. 주머니에 들어있는 두 대의 전화기, 낯설었다. 앞으로 많은 것이 바뀔 것 같다는 예감이 들었다. 내 주변도, 생활도.

"여보세요?"

"시후야! 어디야?" 민기는 다급한 목소리로 묻는다.

"밥 먹는데." 나는 물 잔을 흔들며 말했다.

"아직도?" 대꾸를 하기도 전에, 후다닥 먹어치우고 피시방으로 빨리 오라고 말하고는 민기는 전화를 끊었다. 하여간 급한 성격은 알아줘야 한다. 급한 일도 아니면서 민기는 항상 숨넘어가는 목소리로 말한다. 민기를 보면 부전자전이라는 말이 딱 들어맞는다.

"아빠는 할 말만 하고 전화를 끊어." 도서실 앞에서 민기는 부루퉁한 목소리로 말했다. 시험공부 때문에 늦어진다는 전화에 민기 아빠는 늦어도 새벽 한 시까지는 들어와, 하고 민기가 그런데요, 하며 말을 잇기도 전에 끊겼다.

"맨날 짜증 나 죽겠어." 민기는 분통한 목소리로 늘 이런 식이라니까, 자기 할 말만 하고 끊고, 독재가 따로 없지 뭐야, 말하곤 했다.

"왜 친구한테 무슨 일 있어?" 목소리가 진주한테까지 들린 모양이다.

"아니요. 원래 성격이 급해서요." 찻잔에 담긴 재스민 차를 마시며 말했다. 상쾌한 향이 입안 가득 퍼져 나간다.

"귀엽네." 표정은 전혀 그렇게 보이지 않았다. 성가셔하는 얼굴이었다.

"그럼 내일 전화하면 아까 그 커피숍으로 나와." 진주는 학교 앞에 차를 세웠다.

"그럼 내일 봐." 나는 고개를 끄덕여 대답을 대신하고는, 차에서 내렸다. 차가 시야에서 멀어질 때까지 손을 흔들었다. 그리곤 현준이가 하듯 앗싸, 소리 내며 주먹 쥔 손을 위에서 아래로 내렸다. 무릎까지 구부리며. 혹시 진주와 다시 만날 수 없을지 모른다는 불안함이 완전히 종식되었다. 이제는 정말 매일 같이 그녀를 볼 수 있을지도 모른다는 생각에 신이 났다. 위태로운 아름다움이 느껴지는 진주, 나는 가슴이 두근거렸다. 숨을 깊게 들이마시자, 겨울의 차가운 공기가 폐까지 스미어든다. 신선한 공기는 몸에 청량감을 더해준다. 겨울날은 쾌쾌한 매연이 느껴지지 않아서 좋다.

북새통을 이루던 학교는 어느새 한산한 풍경으로 변해있었다.

교문 위에 천막만 외로이 바람에 흔들린다.

'52회 졸업을 축하합니다.'

천막 위의 회색 하늘은 깊게 내려앉고, 구름은 검게 변해있었다. 곧 눈이라도 올 것 같다. 턱을 하늘로 향하며 짙은 회색빛 하늘을 바라봤다. 눈이 내렸으면 좋겠다. 눈송이 하나, 하나의 다른 모양과 가벼움의 신비로움을 보고 싶었다. 전화벨이 울려 나는 재빨리 주머니에 손을 넣어 전화기 두 개를 동시에 꺼냈다. 실망스럽게도 울리고 있는 핸드폰은 예전부터 내가 사용하던 것이었다.

"왜 여태 안 와? 오늘 쇼핑 가자며." 조급한 목소리로 민기는 말한다.

"알아서 오겠지. 좀 내버려둬." 게임 효과음 사이로 현준이의 느긋한 목소리가 들린다.

"학교 앞이야." 나는 무릎 높이의 화단에 걸터앉으며 말했다. 메마르고, 바싹 말라 그야말로 폐허가 따로 없다. 몇 마리 개미들만 분주하게 움직인다. 나는 손가락으로 한 마리를 잡아 올렸다. 더듬이를 연신 움직이며, 불현듯 자신에게 찾아온 불행에서 벗어나려 애쓴다.

분명 조금 전까지 평온했는데, 라며 개미가 온몸에 힘주어 말하고 있는 것 같았다. 화단에 놓아주자, 물속으로 돌아간 물고기처럼 빠르게 몸을 흔들며 앞으로 나아간다. 한시라도 빨리 내게

서 벗어나고 싶은 모양이다. 나는 개미가 꼼짝 못하도록 검지로 등을 살포시 눌렀다.

"갈 데도 없으면서." 나는 혼자 중얼거린다.

"야! 모해, 모해? 왜 말을 안 해?" 핸드폰 건너편에서 민기의 목소리가 울린다.

나는 검지를 떼어 개미를 놓아줬다. 무죄방면이야. 교장의 근엄한 목소리를 속으로 흉내 내고는 씨익 웃었다.

"야, 이시후!" 민기의 날카로운 목소리에 퍼뜩 정신이 들었다.

"미안, 개미 때문에." 검지와 엄지손가락을 비비며 말했다. 아직도 개미의 촉감이 남아있다. 살아가려 발버둥치던 그 확연한 생명력. 입안은 아직도 느끼한 중국음식의 여운이 감돈다.

"개미? 무슨 소리야. 아무튼 거기 있어. 현준이 데리고 학교로 갈게."

"응."

대답과 동시에 전화는 끊겼다. 민기의 급한 성격은 고칠 수 없는 고질병인지 모르겠다.

재킷에서 MP3를 꺼내 어지럽게 엉켜있는 이어폰 줄을 풀었다. 아차, 꽃. 흰색의 이어폰을 보자, 진주가 선물해준 하얀 백합이 떠올랐다. 태어나 처음 받아본 꽃을 나는 중국집에 놓고 왔다. 후유. 덤벙거리는 것도 고칠 수 없는 고질병인가 보다. 주먹으로 허벅지를 툭툭 때리며 자책했다. 이어폰을 귀에 꽂자 눈앞의 길거리는 절묘하게 그 색의 기운이 바뀐다. 지나치는 자동차에 리듬감이 실려, 살아 움직이는 뮤직비디오를 보는 기분이 들었다.

“어이.” 이어폰을 뚫고 들려오는 목소리에 고개를 돌리자, 현준이가 손을 흔든다. 나도 질세라 손을 흔들며 무릎을 세워 몸을 일으켰다. MP3 전원은 끄지 않고, 이어폰을 돌돌 말아 주머니에 찔러넣었다. 작은 주머니 안에서는 또 다른 한 편의 비디오가 연결된다.

7

“너 아직도 자니?” 신경 쓴다고 썼는데, 목소리가 잠겼나 보다.

“일어났죠.” 수화기를 막고, 기침을 크게 한 번 하고는 말했다.

어제 민기한테 끌려다니는 바람에 지친 몸은 눈 뜨기가 어려웠다. 장장 네 시간에 걸쳐서 백화점과 쇼핑몰을 순회했다. 민기가 탈의실로 들어가면 코트와 가방을 받아 들고는 부인 핸드백을 들고 서 있는 남편처럼 현준이와 나는 멍하니 서 있었다. 쇼핑이 한 시간이 넘어서자, 현준이와 나는 말할 기운도 없이 좀비처럼 축 처져있었다. 옷을 갈아입고 나오는 민기한테 짧게 ‘멋있어, 너한테 잘 어울려.' 하는 진부한 말로 쇼핑을 종결지으려 했지만, 영악한 녀석은 입에 발린 소리에는 신경도 쓰지 않았다.

옷 매장을 몇 시간씩 돌아다니고 나서, 민기는 황당하게도 검정 사각 타이즈 수영복 하나를 샀다.

"수영복이 필요했어?" 현준이는 지친 목소리로 물었다.

"여름 준비해야지. 우리 바닷가 놀러 가야지. 스무 살의 바다, 죽이지?"

"그래 퍽 죽이겠다." 현준이와 나는 혀를 길게 내밀었다.

"이따가 8시에 르미에."

르미에. 어제 함께 갔던 카페. 3년간 수도 없이 지나치면서 이름도 알지 못하는 곳이었다. 나는 8시 10분 전에 도착했다. 카페 앞에서 서성거렸다. 카페 안으로 혼자 들어가 있기는 왠지 머쓱했다. 카페 창으로 비치는 얼굴을 몇 번이나 확인했다.

"추운데 왜 밖에 있니." 진주는 자동차 창문을 내리며 물었다. 오후 8시. 진주는 약속 시각에 정확히 나타났다. 십 분 일찍 나오기를 잘했다는 생각이 들었다.

"아! 네, 그냥."

"차에 타." 대답은 어찌 됐든 소용없다는 투였다. 차에 올라타자마자 진주는 팔을 뒷좌석으로 뻗는가 싶더니, 내 무릎으로 검은색 브이넥, 블랙 진, 흰색의 하이탑 스니커즈를 차례차례 던지며 말했다.

"지금 갈아입어."

"네? 여기서요?" 담배를 물고 차에서 내리려는 진주에게 제법 큰 목소리로 물었다.

진주는 선팅이 진해서 밖에서 안 보이니 걱정하지 말라며 차에서 내렸다. 옷과 신발은 지나치게 깔끔했고, 은은한 장미향기가 났다. 나는 길게 숨을 뱉어냈다.

'이제 정말 시작인가?' 홀로 질문하고는, 그래 까짓것 해보자며 결의에 찬 다짐을 했다. 애초에 마음속으로 선택한 일이었다. 이제 와서 주저할 것은 없었다. 엎질러진 물, 시원하게 다 쏟아 내리라. 창문으로 스쳐 지나는 담배 연기가 가림막이 되어주는 기분이었다. 옷과 신발은 놀라울 정도로 내게 딱 맞았다.

호스트 클럽으로의 첫 출근.

두려워했던 마음과 달리 어려울 것은 없어 보였다. 여자 손님이 오면, 다섯씩 무리지어 여자들이 기다리는 방으로 들어가 인사를 하고 나온다. 선택된 남자는 곁에 앉아 함께 시간을 보낸다. 짧게는 1시간 길게는 4시간 정도. 간단한 일이라고 생각했다.

"나는 쟤." 인사를 하기도 전, 방안으로 들어가는 나를 지목했다.

몸집이 상당한 여자였다. 들판의 들소 같은 여자는 저돌적이고, 맹렬한 이미지였다. 육중한 체격에 다소 겁이 났다.

"그럼 준비시켜서 데리고 오겠습니다." 매니저로 불리는 남자는 내 손을 잡고 데리고 나갔다. 나는 어찌 된 영문인지도 모르고 매니저를 따라나갔다.

"잠깐 여기서 기다려. 사장님한테 말하고 올게." 첫 출근부터 선택됐다며, 담배 연기 자욱한 대기실의 남자들은 난리법석을 떨었다. 손님을 기다리는 동안 대기실에서는 경쟁처럼 담배를 입에 물고 있었다.

'빌어먹을 담배들 좀 그만 피우지.' 새 된 목소리들보다 공간을 가득 메운 담배 냄새가 역겨웠다.

"이시후, 따라와." 대기실을 지나 안쪽의 복도마다 방은 벌집처럼 붙어있었다.

"설마 출근 날부터 바로 선택될 줄은 몰랐는데." 매니저는 다소 놀랐다는 듯이 말했다.

"사장님이 교육해주실 거야." 매니저는 딱딱한 목소리로 말하고는, 구석에 덩그러니 있는 방문에 노크를 했다. 들어오세요, 하는 소리를 확인하고는 방으로 들어갔다. 진주는 자신의 덩치보다 몇 배나 큰 책상에 앉아있었다. 방안에서는 라벤더 향이 짙게 풍겼다.

"이리로 와서 앉아." 철컥하는 문소리에 뒤를 돌아보자, 나를 데리고 왔던 매니저는 사라지고 문은 굳게 닫혀있었다. 책상에서 몸을 일으킨 진주는 적갈색 소파에 앉았다. 나는 진주 맞은편에 앉았다. 카페에서 마주앉았던 어제의 느낌과는 전혀 달랐다. 탁자 위에는 투명한 글라스와 양주잔이 놓여있었다.

“한 번만 설명할 거야. 정확히 기억해!” 진주는 낮은 목소리로 말했다. 술을 따르는 법부터 손님을 대하는 법, 앉을 때의 자세, 분위기에 따른 노래 선곡 요령, 화장실을 갈 때의 에스코트 방법 등등 여러 가지를 세밀하게 설명해줬다.

“말해봐.” 말이 끝나기 무섭게 말했다. 나는 주절주절 생각나는 대로 대답했고, 진주는 대답이 만족스러웠는지 입술 끝을 살짝 올리며, 특유의 엷은 미소를 보였다. 촘촘히 우울함이 배인 입가….

“제법이네.” 만족한 목소리였다.

“잘할 수 있어? 나는 고개를 끄덕였다. 자신은 없었지만, 잘할 수는 있을 것 같았다.

진주는 몸을 돌려 책상 위의 인터폰을 눌렀다.

“매니저. 시후 데리고 들어가세요.” 방문을 열고 들어선 매니저의 손에 이끌려 들소가 있는 방으로 들어갔다.

그날, 처음 여자에게 뺨을 맞았다.

그날, 눅눅한 지하의 세평 남짓한 방에서 처음 술을 마셨다.

처음 본 위스키의 옅은 갈색은 매력적이었다. 옅지만, 고급스럽고, 농염함이 느껴지는 색은 어떤 물감으로도 도저히 흉내 낼 수 없을 것 같았다. 입으로 빨려 들어간 위스키는 그 아름다운 색처럼 매혹적이지 못했다. 입술에서 혀로 목으로 흘러들어 가는 위스키는 식도를 타들어 가게 하는 기분이었다. 쉬지 않고 따라주는 뜨겁고, 끈적끈적한 액체를 물만 마시는 약간의 틈만 두고 일곱 잔을 내리 마셨다.

첫 잔은 고통스러웠다. 두 번째 잔은 온몸을 뜨겁게 달구었다. 세 번째 잔부터 혀가 마비되었는지 중추신경이 마비되었는지 감각은 사라졌다. 일곱 번째 비운 잔을 테이블 위로 내려놓기도 전에 마셨던 술을 고스란히 바닥으로 쏟아냈다. 탁자에 손을 짚고 있는 내게, 들소는 뺨을 두 대 갈기고는, 소리쳤다.

"당장 꺼져. 사장 불러와"

"괜찮으세요? 괜찮으세요?" 마주앉은 남자는 엉덩이까지 들썩거리며 호들갑을 떨었다. 내게 건네는 말이 아닌 여자들에게 하는 말이었다.

"빨리 데리고 나가." 여자의 말에 방에 있던 남자 둘은 득달같이 달려왔다.

테이블 아래 쓰러져 있는 내 어깨를 한쪽씩 나눠 가졌다. 유난히 호들갑을 떨던 남자는 물수건으로 코와 입을 막았다. 남자가 뿌린 싸구려 향수 냄새에 가벼운 두통과 울렁거림을 느꼈다. 두 남자는 나를 화장실로 던지듯 팽개쳤다.

나프탈렌 냄새가 강하게 나는 화장실. 차가운 변기를 잡고 눈물과 콧물을 쏟아냈다. 몸 안에 남은 한 방울의 알코올도 남지 않을 때까지. 나는 휘청 휘청거리며 벽을 잡고 일어섰다. 한결 개운한 기분으로 소매로 눈물을 닦아냈다. 화장실 문을 열고 나오자, 진주는 팔짱을 낀 채 표정없는 얼굴로 서 있었다.

"죄송해요." 엄지와 검지로 코를 막으며 말했다.

"속 편할 때까지 다 토해." 진주는 서늘한 표정으로 말했다.

"이제 괜찮아요." 나는 눈썹을 가늘게 떨었다.

"걸을 수 있지?" 진주는 비틀거리는 나를 끌고 가게를 나섰다. 차에 올라타서는 정신없이 곯아떨어졌다.

"일어나." 진주는 어깨를 흔들어 나를 깨웠다. 눈을 떠보니, 창밖으로는 높다란 아파트가 보였다.

"여기가 어디에요?" 나는 손바닥으로 눈을 비비며, 정신을 차리려 애썼다.

8

“한동안 출근은 안 시킬 거야.” 소파에 앉아있는 내게 진주는 물이 담긴 잔을 건네며 말했다.

“네?” 나는 그녀를 올려봤다. 턱부터 목까지 피부가 팽팽하게 땅겨진다. 내 목울대가 유독 도드라져 보일 것 같았다.

“주량을 늘려야 손님들하고 술을 마실 거 아니야. 당분간 여기서 매일 술 마실 거야. 그리고 일하는 동안에도 여기서 생활할 거니까 그런 줄 알고.” 진주는 빠르고, 불쾌한 목소리로 말했다. 진주를 실망시켰다는 허탈감에 기운이 빠진다.

“그럼 전… 어디서…?”

“저쪽 현관 옆에 방.” 어이없다는 표정을 짓고는, 손가락으로 현관 쪽을 가리켰다.

“그리고 집에는 미리 말해 놔. 당분간 못 들어간다고.”

“그럴 필요 없어요.” 물을 꿀꺽꿀꺽 마시며 말했다.

“앗, 뭐지?” 나는 잔 안에 담긴 달달한 물을 내려봤다.

“설탕물이야. 토했으니, 마셔둬.”

“네.” 대답하고, 깨끗이 잔을 비웠다.

고요한 집안에 두 번째 침묵이 찾아왔다. 공기가 뒤틀리는 기분에 좌불안석이다. 진주는 내 앞에 선 채로 텔레비전을 틀었다. 아무런 소리가 나지 않는 텔레비전을 멍하니 바라보며,

"저. 앞으로 잘할 수 있어요." 잠시 공백이 생기고 나서 진주는 말했다.

"내가 그렇게 만들 거야."

그렇게 시작된 진주와의 생활은 아주 간단했다. 매일 술을 마시고 취해 곯아떨어진다. 대개 마시는 술은 위스키, 럼, 진. 내게는 생소한 술이었다. 진주는 와인을 홀짝이며, 술 마시는 나를 지켜봤다.

"저도 와인 마셔보면 안 돼요?" 진주는 단호하게 거절했다.

"네가 마실 술은 이게 아니야." 나는 씁쓸해진다. 우리는 공유할 수 있는 것이 아무것도 없다. 어쩌면 우리라는 말 자체가 통용되지 않는 사이일지 모른다는 생각에 먹먹해진다. 안주는 토마토, 사과, 당근, 양배추, 오이 혹은 생선이나 얇게 저민 소고기였다.

"채소는 그만 먹으면 안 돼요?"

"술을 마시면 몸이 산성으로 변해, 그래서 먹어둬야 해." 진주는 먹기 싫어하는 과일과 채소를 억지로 먹였다.

"어린애처럼 투정부리지 마. 너는 몸이 돈이야 알겠어?" 진주는 하나의 상품처럼 나를 대했고, 그때마다 서운함에 울컥했다. 값어치가 떨어지면 버림받을지도 모른다는 불안감. 그런 불행이 내

게는 비켜갈 것이라 스스로 위로했다. 그렇게라도 하지 않으면 무거운 마음을 추스를 도리가 없었다.

비몽사몽. 해가 중천에 떴을 때가 되어서야 가까스로 눈을 뜬다. 술은 부지런한 성격을 쉽게 짓눌러버렸다. 대여섯 시간만 눈을 붙여도 거뜬하게 일어나곤 했는데, 눈을 뜨기조차 힘에 부친다.

"이제 그만 나가지?" 진주는 나를 매일 목욕탕으로 보낸다. 파란색의 목욕 가방을 손에 들려서.

"두 시간이야." 진주는 현관에 서서 등에 대고 말한다. 나는 술 냄새를 폴폴 풍기며 크림색의 현관문을 나섰다. 복도식의 아파트는 밖의 공기가 온전히 전해진다. 며칠 전까지 매섭게 불어오던 바람이 이제는 조금씩 봄 냄새를 풍긴다.

유일하게 진주와 떨어진 두 시간. 홀가분한 마음보다 자꾸만 시계로 눈이 간다. 은색 메탈에 작은 큐빅으로 둘레가 장식된 시계는 햇빛을 받아 반짝거린다. 진주 집으로 온 다음 날 백화점으로 갔다. 액세서리와 옷, 신발, 몸에 걸칠 수 있는 것은 모두 샀다. 계산하고 받아든 쇼핑백이 내 손에 들렸다. 얼마나 고가인지 나로서는 가늠하기 어려웠지만, 종업원들의 태도로 미루어 짐작할 수 있었다. 그들은 매장을 빠져나가는 진주와 내게 머리가 땅에 닿을 정도로 공손하게 인사했다. 대접받는다는 기분은 사람을 괜히 으쓱하게 만들었다.

파란색의 목욕 가방을 흔들며 아파트 입구를 나올 때면 초등학생 시절로 돌아간 기분이었다. 걱정도 없이 마냥 즐거운 그때로. 목욕 후 허락된 바나나 우유가 꿀처럼 맛있고 아쉬웠던 그때로. 고등학교 졸업 후의 생활을 구체적으로 그려본 적은 없었다. 다만, 이런 생활도 나쁘지 않다는 생각이 든다. 어떠한 욕망도 기대도 없는, 느긋하게 지내는, 유수처럼 흘러가는 시간들. 흔들리는 목욕 가방 끝으로 보이는 갈색 운동화. 유일하게 알고 있는 명품 신발은 이리저리 상처가 나 있던 운동화보다 불편하다. 딱딱한 밑창은 발목에 부담을 준다.

"오늘은 좀 일찍 왔네요. 호호, 날씨가 많이 풀렸죠?" 목욕탕 매표소 아줌마는 친근하게 인사를 건넨다. 언제나 화장을 꼼꼼하게 하고 있는 아줌마의 통통한 볼살이 나이를 가늠하기 어렵게 한다. 입고 있는 주황색의 티에는 '용수골' 목욕탕 이름이 적혀있다. 어제까지 입고 있던 남색의 두꺼운 티에 비해 한결 가벼워 보였다. 사실 기온은 어제와 별반 다르지 않았다. 바람에 봄 향기가 묻어나긴 하지만, 아직도 서늘해 몸을 움츠러들게 한다. 옷차림의 변화는 날씨도 포근하게 느껴지도록 하는 모양이다.

"네. 많이요." 나는 일부러 목소리를 높여 밝게 대답했다.

"이거 할인 쿠폰이에요, 나중에 써요." 인상 좋은 미소로 카드 영수증과 함께 건넨다.

"감사합니다." 내심 기뻤다. 진주에게 이야깃거리가 하나 생긴 것이다. 목욕탕 문을 열자, 가득 찬 수증기는 한껏 설레게 한다.

안갯속으로 걸어 들어가는 기분은 어린 시절 소독차 뒤를 따라 달리던 기분에 빠져들게 한다. 뜨거운 탕 속으로 몸을 담그자, 발이 따끔따끔 저려온다. 맨발로 신었던 운동화 속의 얼었던 발이 녹아든다. 탕 안에 느긋하게 목을 기대고 누워, 시계를 보자, 정확히 네 시를 가리킨다.

'여섯 시.' 속으로 시간을 말한다.

뜨거운 물은 정신을 몽롱하게 만든다. 잠이 몰려오는 것도, 현기증이 나는 것도 아닌, 그저 얼떨떨한 기분이다. 첨벙, 찬물로 몸을 던지자. 정신은 제자리를 찾고, 맑아진다. 정수리까지 물에 몸을 담그자, 전신에 소름이 돋았다. 감고 있는 눈 위로 까닭 모를 두려움이 몰려왔다. 나는 물속에서 주저앉고 눈을 떴다. 내게 확인할 수 없는 정체의 존재는 늘 공포로 다가왔다. 해괴망측한 상황일지라도, 내 두 눈으로 확인하고 나면 그제야 안심이 됐다. 나는 황급히 몸을 일으켰다. 너무 놀란 나머지 입으로 물이 흘러 들어왔다. 물속의 흐릿한 시야로 들어온 것은 타원형으로 검게 눈이 뚫려있는 형상이었다. 악몽은 이제 현실에서도 나를 쫓나 보다.

짧게는 이틀, 적어도 삼일 안에 저주와도 같은 악몽이 나를 따라다닌다.

꿈의 내용은 조금씩 달라진다. 정확히는 장소만 달라지는 것이다. 건물 옥상, 사막, 깊은 산 속, 바다, 텅 빈 거리. 장소에 상관없이 나는 홀로 버려져 있다. 인적이라곤 찾아볼 수 없는 곳에 망연자실한 모습의 나를 또 하나의 내가 관찰자가 되어 바라본다. 또 다른 나의 곁으로 다가가려 해도 몸은 움직이지 않는다. 그럴수록 얼굴의 표정만 또렷하게 들어온다. 절망의 끝에 빠져버린 얼굴. 어렸을 때부터 끊임없이 이어지는 악몽의 고리를 끊고 싶지만, 나를 놓아주지 않는다. 내게 남겨진 주홍글씨와도 같다.

악몽에 시달린 다음 날은 어김없이 한 여자가 꿈으로 찾아온다. 미간에 잔뜩 힘을 주고는 걱정스러운 얼굴로 바라보는 여자는 엄마 품에 안긴 듯 편안한 기분이 들게 한다. 표정이 어째 험악해 보이기도 하지만, 아름답다고 표현할 수밖에 없는 얼굴은 어쩐지 모르게 진주와 닮아있다.

"형아 안녕? 또 보네." 검은색의 수경을 쓴 꼬마는 목까지 물에 잠겨 말한다.

가끔 목욕탕에서 만나는 꼬마는 친한 친구에게 건네는 인사처럼 허물이 없다. 본인의 입으로 798살이라고 말하는 꼬마의 나이를 정확히 알 수는 없다. 다만 몸집으로 볼 때 6살, 7살 정도 되지 않았을까? 꼬마를 만나는 날은 굉장히 불편해진다. 내 뒤를 쫄래쫄래 따라다니며, 이상한 질문을 지치지도 않고 한다. 부러 가장 뜨거운 탕으로 들어가도, 뜨거움을 느끼지 못하는지 잘도 따라 들어온다.

나는 저 나이에 꿈도 꾸지 못할 일이었다. 뜨거운 물에 몸을 담그면 기분 나쁜 간지러움이 사타구니며, 배에 간질간질 엄습해 와 견디지 못하고 온몸을 긁으며 뛰쳐나가곤 했다. 그때는 목욕탕 물에 몸을 담그는 것 자체가 곤욕이었다. 온도가 적당한 물에 들어가 있어도 숨을 헐떡거렸다. 호흡하기가 곤란했다. 찬 물수건으로 입과 코를 막고 있으면, 아빠는 수건을 빼앗아 던졌다. 아빠는 남자란 힘든 것도 견뎌야 한다는 주의였다. 나는 던진 수건에 찬물이 뚝뚝 떨어질 정도로 흠뻑 적셔 다시 가져왔고, 아빠는 던지기를 반복했다. 그 시절 그것은 아빠와 나, 둘 사이의 놀이와도 같은 것이었다. 이제는 까마득한 먼 옛날. 아빠의 모습이 기억날 리는 만무하다. 아빠라고 불리는 단어에 어떤 의미도 덮어지지 않는다. 강제로 외워버린 영어단어 같다.

후우, 과거의 기억들은 소리 없이 덮쳐 나를 소름 끼치게 한다. 머리를 세차게 흔들었다. 머리카락의 물기가 방울져 흩어진다.

“왜 그래? 어디 아파?” 나는 피식 웃어 보였다.

“형아는 누구랑 살아?”

“누나랑.”

“나는 누나가 27명 있는데.” 꼬마는 내 다리에 보드라운 몸을 갖다 대며 자랑스러운 목소리로 말한다.

“어쩌라는 건지?” 꼬마가 들리지 않을 정도의 작은 목소리로 중얼거리며 고개를 돌렸다. 수경을 쓴 작은 얼굴로 내 눈을 좇으며 다시 질문을 한다.

“형아는 여버버버 있어?” 물속으로 입을 담갔다, 빼며 말하는 통에 알아듣기 힘들다.

“뭐라고?”

“여버버버버 있어?” 아예 물속에 입을 담고 말한다. 입에서 튀어 오르는 물방울이 얼굴로 튕겨 오른다. 괘씸한 녀석의 머리털을 잡고 물에서 끌어 올리고 싶다.

“뭐라는 거야.” 나는 짜증스러워 고개를 홱 돌렸다.

“여자 친구 말이야. 바보.”

“없어.” 상대하기 귀찮아 스르르 몸을 미끄러뜨리며 턱까지 얼굴을 탕으로 담갔다. 뜨거운 기운에 얼굴이 화끈 화끈거린다. 이 녀석은 용케도 뜨거운 물에 얼굴을 담고 있었다. 귓속으로 얄미운 꼬마 녀석의 목소리가 다시금 울려 퍼진다.

“나는 341명 있는데.” 어린 녀석의 목소리에 거만함이 묻어난다니, 적잖이 당혹스럽다. 저 멀리서 들리는 두껍고 낮은 저음의 목소리는 목욕탕 안에 쩌렁쩌렁하게 울려 퍼진다. 그 목소리는 느긋했던 공간을 초조하게 만든다.

“일루 안 오고 뭐 해, 너 거기서 뭐 해?”

“아는 형 만나서.” 아는 형, 꼬마의 대답에 온몸에 힘이 빠진다.

“빨리 오지 못해!” 목욕탕에 울리는 목소리. 몇 안 되는 사람들의 시선이 발가벗은 내게 쏟아진다. 습기를 머금은 공기가 무겁게 짓누른다. 꼬마는 엉덩이를 쭉 빼고는 미끄러지지 않으려 안간힘을 쓰며 종종걸음친다.

"모르는 사람 가까이 가지 말랬지." 다시 한 번 울리는 목소리. 마치 유괴범이 되는 기분이다. 덕분에 아무런 죄도 없이 몸이 움츠러든다. 다시는 꼬마가 곁으로 오지 않기를 바랄 뿐이다. 말 많은 꼬맹이 녀석은 계획한 목욕코스를 완전히 무너뜨려 버렸다.

목욕코스는 진주가 만들어 준 것이다. 간단한 샤워를 하고, 온탕에 들어간다. 머리가 벙벙한 기분이 들면 찬물로 들어갔다 나온다. 차가워진 몸에 소금을 바르고, 건식 사우나 안으로 들어간다. 모래시계가 반 바퀴 돌면, 찬물로 들어간다. 그 과정을 세 번 반복한다. 진주는 몸속의 알코올을 제거하는 데 가장 효과적인 방법이라고 했다. 진주의 말은 사소한 것이라도 저항할 수 없었다. 솔직히 그런 기분조차 들지 않았다. 그녀의 결단력 있고, 명료한 행동은 그녀를 따르지 않으면 나 자신이 촌스러운 사람이 되는 것 같았다.

진주와 지낸 얼마간의 시간은 고교 시절을 까마득한 과거로 만들었다. 마치 존재하지 않았던 시간인 양. 가끔 걸려오는 민기와 현준이의 전화만이 고교 시절이 내게도 있었다는 것을 증명해주었다.

소파에 앉아, 진주는 와인을 나는 위스키를 마시고 있었다.

"고등학교 시절이 너무 오래된 거 같아요." 다소 감상에 젖은 말투로 말했다. 그렇지만, 아쉬움은 철저히 배제된 목소리였다.

"젊음의 하루하루는 길잖아." 멋없으면서도 멋있는 대답이라고 생각했다.

"궁금한 게 있는데요." 말끝을 살짝 올리며 말하고는, 진주의 눈치를 살피며 말을 이었다.

"그때 졸업식 날 어떻게 오신 거예요?"

이제는 익숙한 갈색의 위스키가 담긴 잔을 흔들었다. 투명한 잔에 담긴 위스키는 내게 더 이상 매혹적인 색으로 보이지 않는다. 단지 알코올, 뇌를 마비시키는 하나의 도구로만 여겨진다.

"가보고 싶었어." 진주는 바게트 빵을 자르고 있었다. 칼날이 톱니 모양으로 생긴 은색의 칼은 빵의 존재를 한층 고급스럽게 보이게 했다.

"졸업식 가본 적 없으세요?" 내가 애매한 표정을 지으며 물었다.

"있지 왜 없어." 진주는 내 참 이란 표정을 짓더니 말했다. 진주는 바게트 빵에 버터를 듬뿍 바르고 입으로 넣었다.

"너는 실없는 소리를 자주 하더라."

무안해진 나는 잔에 얼음을 채우고 위스키를 따른 후, 콜라를 부었다. 검게 물든 술은 지금의 암담한 내 기분 같았다. 나는 잔 안에 얼음을 위에서 내려다봤다. 조금씩 녹아들어 모양이 틀어지고, 아래로 빨려 들어가는 얼음.

분위기를 환기시키고 싶은 마음에 말했다.

"목욕탕을 자주 갈 때면 만나는 꼬마가 있는데 말이죠. 아 참, 할인 쿠폰도 받았는데 말이죠." 도무지 무슨 말을 하는지, 나조차도 알 수 없다. 절로 한숨이 나온다. 진주 앞에서는 횡설수설하는 게 당연한 일처럼 느껴진다.

"됐고, CD 바꿔." 진주는 들고 있던 톱니 모양의 칼로 오디오를 가리키며 말했다. 소파에 나란히 앉아 있던 나는 꿈틀거리며 일어났다.

"브람스." 진주의 목소리가 등 뒤에서 울린다. 그리고 이어졌다.

"나랑 있으면 긴장되니?" 잠시 정적이 흘렀다.

나는 재빨리 CD를 바꾸고 소파에 앉았다. 술은 늘 거실 소파에 나란히 앉아 마신다. 텔레비전은 틀어져 있지만, 소리는 나지 않는다. 음악방송에 고정된 채널은 신 나게 춤을 추는 가수들로 화면이 가득 찬다. 반짝이는 화면과 겹쳐지지 않는 클래식은 그들을 얼빠진 멍청이로 만든다.

진주는 브람스나, 라흐마니노프를 즐겨 듣는다.

"어떤 기분이 들어?" 진주는 노래를 들으며 종종 묻곤 했다.

"글쎄요." 나는 허탈하게 대답했다. 느껴지는 감정을 입 밖에서 만들어 내기란 좀체 쉬운 일이 아니다. 진주는 여느 때와 달리 누그러진 표정으로 이건 사랑에 빠졌을 때 작곡한 거, 이 곡은 생애 마지막으로 작곡한 거, 친절하게 설명해준다. 온 신경을 집중하고 기억하려 하지만, 곧 잊어버리고 만다. 도무지 어렵다.

진주는 술기운이 오르면, '마셔' '따라' 이 두 단어를 무겁고, 건조하게 반복한다. 그러다가도 몇 악장. 혼잣말처럼 말하고는 음계에 살며시 몸을 싣는다. 좌우로 어깨를 흔들며 술잔을 입으로 가져가는 옆모습은 아슬아슬하게 느껴진다.

"노래 꺼." 조금의 감정도 섞이지 않은 목소리. 술기운이 절정에 오르면 으레 나오는 말이다. 그다음은 정해져 있다. 틀림없이 바닥으로 내려가 앉는다. 바닥에 깔려있는 흰색 양털 위에 무릎을 세우고 두 손으로 감싸듯 깍지를 낀다. 얼굴은 무릎 사이로 숨기듯 밀어 넣는다. 일련의 과정은 너무도 자연스럽게 하나의 형태로 이루어져 군더더기는 찾아볼 수 없다. 오늘도 역시 마찬가지로 진주는 바닥으로 내려가 앉았다.

하나, 둘, 셋 하고 세기도 전에 낮게 신음하는 소리가 조용한 거실을 채운다. 고요한 공간은 진주의 눈물이 떨어지는 소리마저 들릴 것만 같다. 뚝뚝 떨어져 양털로 스미어드는 소리마저도.

어떤 음계의 아름다움도 그 소리를 흉내 낼 수 없다. 나는 그 소리에 서서히 빠져들어, 그녀가 취하기를 기다렸다. 아니 기대했는지 모른다. 그녀가 알코올에 압도당해 만드는 흐느낌의 선율은 솔직하고, 감춰둔 그녀 본연의 모습 같다고 생각했다. 온전히 나만 볼 수 있는 그녀의 강인함 뒤에 숨겨진 진짜 모습. 뿌듯한 기분마저 든다. 진주는 지쳤는지 껴안고 있던 무릎에서 손을 떼고 두 다리를 맥없이 앞으로 뻗었다. 푸른색의 잠옷 밖으로 튀어나온 발이 유난히 하얗고, 작아 보인다. 어린애 같다.

"다리 저려." 진주는 어리광이 묻어나는 목소리로 말했다.

"주물러 드릴까요?" 다가가는 손을 발로 툭 밀어낸다.

진주는 비틀비틀 일어나 소파 위에 핸드폰을 집어 들었다. 언제나 조용히 잠들어 있는 그녀의 핸드폰. 쓸쓸히 방으로 들어가는 그녀의 뒷모습에는 당당함보다는 지독한 외로움이 풍겨 나온다.

조용히 빛만 발하던 텔레비전의 볼륨을 높이자 거실이 온갖 소리로 넘치고 공기가 번잡한 색을 띤다. 베란다 창문을 열자 맑고 차가운 공기 입자들이 스미어든다.

휴우. 숨을 내쉰다. 이제야 사람 사는 집 같다.

9

이십 일.

진주가 말한 주량을 늘리기 위한 시간이었다.

위스키 반병을 마셔도 취하지 않을 때쯤. 담배 연기 가득한 대기실로 처박혀졌다. 진주가 사준 고가의 명품 옷과 액세서리, 열은 갈색으로 염색한 머리.

대기실에 앉아있던 남자들은 눈을 동그랗게 뜨며 놀란 표정이었다. 내가 방 안에서 오바이트를 했을 때 호들갑을 떨었던 남자를 시작으로 한 명씩 곁으로 다가왔다.

"근데 사장하고 어떻게 아는 사이야?"

"시계 좀 보여줘."

"말 좀 해봐."

"어떻게 그 콧대 높은 여자를 꼬신거야?" 남자들은 하나 둘 나를 에워싸며 질문이 꼬리에 꼬리를 문다.

"너 밤일 잘하나 봐."

"사장은 밤에 어떠냐?" 아무런 대꾸가 없자, 비아냥거리는 말들이 쏟아져 나왔다. 역겨운 목소리는 칠판에 긁히는 손톱 소리 같았다. 그들은 내 뒤에서 건방지다며 욕을 했지만, 하나도 신경 쓰이지 않았다. 진주 이외의 다른 누군가가 나를 어떻게 생각하는지는 중요하지 않았다.

나는 가게에서 일하는 남자들의 가벼움과 천박함을 무시하고 경멸했다. 그 속에 유일하게 친하게 지내는 이가 한 명 있었다. 인수. 인수는 찌든 담배 냄새와 독한 향수 향이 가득한 대기실에서 전혀 개의치 않는 얼굴로 책을 읽고 있었다. 다자이 오사무의 『인간 실격』

"그 작가 자살했죠. 아마?" 인수에게 건넨 첫마디. 가게 안에서 누구와도 친분을 쌓지 않겠다는 마음과 달리 말이 먼저 나왔다.

책을 읽는 인수의 모습은 상당히 이지적이었다. 여자 이야기와 포커로 시간을 보내는 풍경 사이에서 인수는 도드라져 보였다. 더군다나 내가 아는 몇 권 안 되는 책 중 하나를 읽고 있어 놀랍기도 하고 반가웠다. 물론 나는 책과는 상당히 거리가 있는 학창 시절을 보냈다. 국어 수업시간, 손가락으로 정확히 꼽을 수 있는 수업에 집중한 이례적인 날이었다.

"이 작가는 실제로도 자살을 했는데 말이죠." 자살이라는 자극적인 단어에 고개를 치켜들었다. 교과서 사이에 끼어 놓았던 만화책을 책상 서랍에 넣고, 작가에 대해 설명하는 목소리에 귀를 기울였다. 그의 기구한 삶의 이야기는 충격적이며, 자극적이었다. 추상화를 말로 그려내면 이런 식의 삶이 아닐까 싶었다. 차갑게 식어버린, 바짝 마른 고목 같은 삶. 의도적으로 딱딱하게 말려버리려 한 것 같았다.

인수는 의아함과 무시가 가득한 눈빛으로 앞에 앉아있는 나를 찬찬히 훑어보았다. 나는 인수가 편하게 관찰할 수 있도록 고개를 돌려주었다.

"이 책 읽었어요?" 책을 가슴으로 내리며 말했다.

"네. 학교 다닐 때 세 번쯤." 난 모호하게 대답했다.

"전 이번이 두 번째에요. 마냥 손님 기다리려면 무료해서요." 경계심 가득한 얼굴이 다소 풀린 표정이었다.

호스트 생활은 기다림과의 싸움이었다. 나를 옆에 앉혀 취할 것인지, 관심 밖으로 몰아낼 것인지. 여자들의 한마디에 그날 하루의 운명이 결정됐다. 출근부터 퇴근까지 대기실에서 죄 없는 담배 연기만 뿜어대는 남자가 있는가 하면, 대기실에 궁둥이 붙일 틈도 없이 바쁜 이도 있기 마련이었다. 텔레비전에 자주 출연하는 배우와 주변을 겉돌며 꿈만 꾸는 배우가 있듯, 우리들의 세계도 별반 다르지 않았다.

그날을 계기로 인수는 가게에서 유일한 동료이자 친구가 되었다. 조용하고, 폐쇄적으로 보였던 첫인상과 달리 인수는 이야기하는 것을 즐겼다. 인수는 미술 전공인 대학생으로, 프랑스로의 유학을 위해 일을 시작했다고 했다. 눈썹과 눈두덩의 간격이 짧아 우울해 보이는 얼굴이었지만, 특유의 이국적인 분위기는 벌써 프랑스에서 몇 년쯤 지낸 사람처럼 보였다.

이것저것 관심도, 질문도 많은 인수였지만, 모두가 궁금해 는 나와 진주에 대해서는 한마디도 묻지 않았다. 인수와 얘기를 하고 있으면 민기와 현준이가 떠올랐다. 서로 죽고 못 살 것처럼 붙어 다니던 둘. 일을 시작하며, 가장 힘든 것이 무엇인지 묻는다면, 두 사람의 부재였다. 재잘재잘 밝은 기운을 뿜어내는 민기와 장난기가 심하지만 속 깊은 현준이. 인수는 두 사람을 조금씩 떼어 붙여 놓은 것 같았다. 그래서인지 인수와 함께 있으면 마음이 놓였다. 민기와 현준이가 곁에 있는 것처럼.

"사장님하고 너는 풍기는 냄새가 비슷한 거 같아."라고 인수는 딱 한 번 지나가듯 말한 적이 있었다.

진주와 내가 비슷한 냄새라는 말에 한참을 생각해 봤지만, 선뜻 와 닿지는 않았다. 막연히 진주가 매일같이 집에 켜놓는 초의 향기가 아닐까 생각했다. 장미향이 진하게 나는 초. 심지가 나무로 되어있는 초는 타닥타닥 타들어 가는 소리가 빗소리와 비슷했다. 뜨거운 빗소리는 이따금 온몸을 초로 만들어 녹아내리고 싶게 하는 충동을 불러일으켰다.

10

밤과 낮이 뒤바뀐 지 세 달이 넘어서자, 신체리듬도 당연하게 변해갔다.

새벽 한 시에서 두 시가 넘어서면, 눈을 비비며 잠을 몰아내려 안간힘을 쓰곤 했는데, 이제는 한낮 같은 기분이다. 하루하루 내게 찾아오는 손님들의 숫자도 늘어갔다. 나를 찾는 손님들은 시간을 예약해 놓고 찾아오기 시작했다. 예약은 두 시간 단위로 매일 꽉 차있었다. 가게에서 일하는 남자들은 의아했는지, 여자들을 어떻게 구슬리는지 물어왔다. 물론 나는 그들의 질문에 대답할 가치도 느끼지 못했다. 나의 멸시하는 태도에 비꼬듯 던지던 농담도 사라진 지 오래였다. 오히려 나와 친해지려 애쓰는 모습을 보였지만, 나는 그마저도 무시로 일관했다.

나는 가게에서 일하는 남자들처럼 돈이 아쉽지 않았다. 단지, 술에 취해 비틀거리는 내 어깨 위로 진주가 "괜찮니?" 하며 차가운 손을 올려주면 그것만으로 충분했다. 그녀의 한마디는 없던 에너지도 다시금 샘솟게 하였다. 방을 옮겨가며 여자들에 의해 알코올로 온몸을 적시는 것쯤은 문제 되지 않았다.

세 번째 예약손님을 기다리며 거울 앞에 섰다. 흰색의 남방은 팔이 심하게 구겨져 있었다. 작게 물결을 이루고 있는 옷소매에 물을 적셔보지만 아무런 소용이 없다. 거울에 비치는 입가는 립스틱 자국이 번져 반짝이고, 빨갛게 충혈된 눈동자는 몹시 흔들렸다. 낯선 모습에 입술을 삐죽 내밀었다, 그 모습이 어색해 미소를 만들어 보였다. 여전히 얼굴이 낯설기만 하다.

물기가 배인 소매로 입술을 훔쳐내자 핑크빛으로 살며시 물든다. 축 처진 고개로 소매만 하염없이 내려봤다. 뭘 하고 있는 것이지. 물줄기에 소매를 갖다 댔다. 하얀 소매 안으로 살색의 피부가 드러난다.

"뭐해. 다 젖잖아." 인수는 세면대에 있는 팔을 잡았다.

"더러워서." 나는 소매의 물기를 손으로 탁탁 털었다.

"이것 마셔." 거울로 들어온 또 하나의 얼굴은 미소 짓고 있다. 인수는 초록색 병에 든 음료를 주었다.

"마시면 술 좀 깰 거야." 뚜껑을 열고 꿀꺽꿀꺽 소리 내며 음료를 마셨다.

"고마워." 핑크로 물든 소매로 입술을 다시 닦아냈다. 얼굴이 물기로 촉촉해진다.

젖어있는 소매를 본다면, 진주는 분명 조심스럽지 못하다고 야단칠 것이다. 건조하고 표정없이 말할 그녀지만, 나를 신경 써주고 있다는 것을 알고 있다. 두 볼에 뜻 모를 미소가 번진다.

"시후야! 넌 목표가 뭐야?" 거울에 나란히 서서 인수는 물었다.

"목표?" 거울 안의 내 눈은 가늘어졌다. 화장실은 세면대로 떨어지는 물소리만 울렸다. 나는 끼익 소리가 날 때까지 힘주어 수도꼭지를 잠갔다.

조용해진 화장실에서 인수는 목표, 하고 힘주어 말했지만 나는 말없이 거울만 바라보았다.

"곤란하면 나중에 말해줘도 돼." 인수는 엉덩이를 툭툭 때리고는, "본 샹스." 입버릇처럼 하는 말을 남기고 화장실을 나섰다.

"진주가 더욱 걱정해 주는 것." 거울을 보며 홀로 중얼거렸다.

가게에 오는 손님은 각양각색이었다.

하루 종일 서 있는 까닭에 다리가 퉁퉁 부어 있는 여자, 몸을 팔고 번 돈으로 찾아오는 여자, 억지로 살을 끌어올린 부자연스러운 외모의 나이 든 여자, 외모에는 도무지 관심이 없는지 온몸이 지방 덩어리일 만큼 뚱뚱함이 도를 넘어선 여자, 다들 하나같이 '결핍'이라는 단어가 어울렸다.

관심의 결핍, 따스함으로부터의 결핍.

여자들이 내게 바라는 것은 아주 간단한 일이었다. 그들의 고민을 들어주고, 공감한다는 듯 고개를 끄덕여주는 것. 그뿐이었다. 그녀들이 안고 있는 고민이나, 인생의 숙제 같은 것들은 나로선 이해하기 어려운 부분이었다. 그녀들은 하나같이 술에 취하면 입버릇처럼, 지금과 같은 방식으로 살아가고 싶지 않다고 했다.

"그럼 다른 방법을 찾아보면 되잖아요." 나는 같은 질문을 반복적으로 했고, 그녀들의 대답 역시도 같았는데, 어디서부터 답을 찾아야 할지 막막하다는 것이었다.

내 눈에 그녀들은 벗어나려 노력하기는커녕, 밝은 면보다 어두운 면에 집착하는 것 같았다. 점점 자신의 삶을 비극적인 주인공처럼 의도적으로 몰아가 사회에서 떨어져 나간 어쩔 수 없는 피해자로 만들려는 듯 보였다. 밤의 숲에 몸을 숨긴 무기력한 동물들 같았다. 컴컴한 어둠의 한가운데 있는 여자들은 비어있는 술잔을 채워주면 안심이 된다고 했고, 손을 맞잡고 있으면 한결 마음이 편해져 안정된다고 했다. 그리곤 내게, 매번 고맙다는 인사를 했다. 고맙다는 말의 뜻을 이해하기란 복잡하고 어려웠지만, 나는 모든 걸 이해한다는 넉넉한 미소로 되레 내가 감사하다고 했다.

몇몇 손님의 입에서 나는 천사로 불렸다. 가게의 다른 남자들처럼 돈을 요구하지 않는 이유가 컸을 것으로 생각한다. 손발이 오글거리게 하는 천사라는 호칭은 입에서 입으로 놀림처럼 전해지다, 언젠가부터 가게에서 쓰던 크리스라는 가명을 대신해서 사용하게 되었다. 물론, 모두가 내게 친절하게 대해주지는 않았다. 굉장히 집요해, 지치고 힘들게 만드는 여자도 적잖게 있었다. 어두운 현장의 끝에 있는 그녀들이 원하는 것은 젊은 내 육체였다. 요구에 응하지 않으면 그녀들은 공격적으로 변했다. 어두운 밤, 초식동물을 노리는 맹수처럼.

"여자한테 술을 따르는 주제에 뭐가 말이 많아." 억지로 내 팔을 끌고 옷을 벗기려는 여자도 있었고, 술잔과 병을 벽으로 집어던지는 여자도 있었다. 물질만능주의가 처절하게 만들어 낸 야생의 산물과도 같았다.

11

"어이!" 여전히 밝고 에너지 넘치는 목소리. 민기는 손까지 흔들며 껑충껑충 뛰어오른다.

"어이!" 뒤질세라 소리 높여 부르고는 두 손을 머리 위로 흔들며 응수했다.

학교 정문 앞으로 민기가 먼저 나타났다.

"현준이는?"

"그 자식 곧 오겠지. 그보다 너 혼 좀 나야겠어."

팔을 머리에 걸고는 힘을 주며 조여 온다. 아 그랬었지. 단번에 고등학생 시절의 나로 돌아간다. 애정표현이 과격한 민기가 귀찮기도 했지만, 오늘만은 완벽한 예외다. 이보다 반가울 수가 없다. 얼마 만인지, 백 만년은 지난 기분이었다.

"저 하루 만 쉬면 안 될까요?" 일을 시작하고 한 달이 조금 넘었을 때였다. 진주는 딱 잘라서 그럴 순 없다고 했다. 일이 익숙해질 때까지는 사적인 행동은 할 수 없다는 말을 덧붙였다.

어젯밤, 진주는 식탁에 앉은 내게 말했다.

"내일은 휴가야."

"진짜요?" 묻는 내게, 진주는 말없이 고개만 끄덕였다.

"진짜죠." 나는 한 번 더 확인하고는 방으로 들어가, 곧장 민기와 현준이에게 전화를 걸어, 약속을 잡았다.

삼 개월 만의 만남. 학교 앞에서 둘을 기다리는 내내 가슴이 설렌다. 매일 같이 살다시피 붙어 다녔던 녀석들을 기다리면서 말이다. 나는 삼십 분이나 일찍 나와, 누군가를 기다릴 때만 맛볼 수 있는 기쁨의 감정을 온전히 즐겼다.

미처 깨닫지 못했는데, 날씨가 상당히 더워졌다. 뜨거운 태양에 비해서 습도는 약간 높았다. 어제 내린 비의 영향인지 모르겠다. 눈을 감고 바닥에 앉아 내리쬐는 태양을 온몸으로 받았다. 정말 얼마 만의 여유인지. 내가 굉장히 바쁘고 열심히 살아간다는 기분에 쑥스러워지면서도 어깨가 으쓱했다.

"너 어쩜 그럴 수가 있냐, 응?" 민기는 힘껏 조이고 있던 팔을 풀어주며 말한다. 민기와 학교 벽에 기대어 바닥에 앉았다. 교복을 입고 항상 그랬던 것처럼.

"전화해도 받지 않고 말이야. 뭐야 도대체."

나는 두 손을 모아 합장하고는 고개를 숙였다.

"미안해."

"야간 조로 근무하느라, 오후까지 잠자는 게 생활이 돼서."

얼굴로 쏟아지는 햇살을 손으로 가렸다. 민기와 현준이에게는 포항의 친척 공장에서 기술을 배우고 있다고 거짓말을 했다. 물론 그런 친척은 존재하지 않는다. 인심 좋고, 정 많은 친척은 내가 그려낸 가상인물에 불과했다. 호스트 일을 한다고 하면 두 녀석이 어떻게 나올지는 불 보듯 뻔했기에 거짓말 말고 다른 방도가 없었다. 자유롭게 생활을 해나가지만, 둘은 지켜야 할 선에 대해서는 확고했다. 그것이 사회에서 만들어 놓은 편협한 선일지라도, 그 테두리에서 벗어나지 않으려 노력했다. 반면에 나는 애초부터 그런 선 긋기는 무의미하다고 여겼다. 내가 원하는 삶에 따라 테두리는 내 마음대로 넓게도, 좁게도 정할 수 있다고 생각했다. 그리고 완벽히 부숴버려 허허벌판으로 만들 수도 있다고.

"그래도 그렇지, 전화라도 잘 받던가?" 말하며 소리 내어 한숨을 쉰다. 고마운 마음에 심장까지 떨린다.

"그나저나, 너 옷 이거, 뭐야. 지방에 있는 놈이. 돈 잘 버나 본데. 오, 이시후!"

검정 티셔츠에 블랙진. 티셔츠는 얼마 전, 세계 유명 디자이너 두 명이 콜라보레이션 한 것이다.

"나도 사고 싶었지만 비싸서 못 샀는데." 부러움이 가득한 표정을 짓는다.

"직장 다니면 좋구나. 때깔도 좋아지고." 민기는 내가 입고 있는 티를 잡아당기며 말한다.

"바꿔 입을까?" 오렌지색 햇살이 눈 부셔 나는 지그시 눈을 감았다.

"장난치지 마." 기대에 찬 얼굴을 하고는 속에도 없는 말을 하는 꼴이 웃겨서 나는 혼자 웃고 만다.

"진짜로." 민기의 손을 잡고 학교 안으로 들어갔다. 경비실 옆의 화장실, 하수구에서 고약한 냄새가 올라오는 것은 여전했다.

"오 딱 내 사이즈야. 이래도 되는 거야?" 거울 앞에서 허리를 돌려가며 옷을 이리저리 둘러본다. 민기의 이마와 목덜미가 땀으로 번들거린다. 나는 민기의 모습에 또다시 웃음이 터진다.

"왜 웃어." 민기는 눈을 흘기며 말했다.

"귀여워서."

"내가 귀엽다고?" 되묻고는 민기는 머리를 있는 힘껏 조여 온다.

"너 이러면, 안 바꾼다." 한마디에 언제 그랬냐는 듯 팔은 부드럽게 내 어깨를 감싸 안아준다. 민기는 소리 내서 웃고는, 좋아서 장난친 거야, 하며 어울리지 않는 너스레를 떤다. 그 모습에 기가 막혀 다시 웃었다. 기분이 한껏 격앙된 민기를 따라나서니, 교문 앞에서 현준이는 주위를 두리번거리고 있었다.

"어이!" 우리만의 특유의 인사. 몇 달 전과 똑같은 목소리 무게의 어이. 양팔 벌리고 걷는 내게 현준이는 달려와 힘차게 안아줬다.

"이 자식 야윈 것 같은데, 그래도 더 멋있어졌어."

나는 괜스레 죄를 지은 사람이 된 기분이었다. 허물없이 대해주는 둘의 존재에 나는 달나라에라도 와 있는 착각에 빠진다.

"점심은 뭐로 할까?" 현준이 물었다.

"당연히 돈가스지." 말해 무엇 하냐는 투로 민기가 답했다.

학교 앞의 돈가스 집 주인은 방긋 웃으며 우리를 맞았다.

"오랜만이네." 용케 우리를 잊지 않은 모양이다. 학교가 훤히 보이는 창가 자리로 가서 앉았다.

"정말, 오랜만이다."

벽에 낙서며, 꾀죄죄한 기름때, 하나도 변하지 않았다. 벽면에 초상화를 그린다며 자신의 얼굴 두 배 만하게 민기가 그려놓은 그림도 그대로였다. 물론 그림 위로는 갖가지 낙서들이 채워졌지만 아직 그 모습을 분간할 수 있었다.

"이모, 저희 돈가스 세 개 주세요." 민기는 기운차게 말했다. 스프와 빵, 밥, 음료수까지 주는 인심이 좋은 돈가스 가게에서 우리는 축하할 일이 있는 날이면 만찬을 즐겼다. 당시 우리에게는 가장 큰 사치였다.

"오랜만이라 특별히 신경 썼어." 손바닥 두 배 만한 크기의 돈가스가 각자 앞에 놓였다.

"잘 먹겠습니다." 한 손에는 포크, 한 손에는 나이프를 들고 우리 셋은 박자 맞춰 소리쳤다. 돈가스를 큼지막하게 잘라 입으로 밀어 넣었다. 달달한 소스가 입안 가득 퍼진다. 달기만 한 소스가 뭐가 그리 좋아, 밥까지 비벼 먹었었는지? 한 조각 먹자마자 달콤함에 질릴 지경이었다.

"맛있다." 민기와 현준이가 나를 물끄러미 바라보는 통에 어이없게 거짓말이 나왔다.

"그치? 예전 그대로지?" 민기는 들뜬 목소리로 말하고는, 그제야 우걱우걱 먹기 시작한다.

갈색의 소스 뒤로 숨어있던 가게 로고가 보이고서야 나는 입을 열었다.

"대학 생활은 어때?" 스테인리스 컵에 담긴 콜라를 마시며 물었다. 혀끝이 알알하게 저리는 기분이다. 이 콜라 한잔 더 마시겠다고 주인아저씨 앞에서 셋이 재롱을 피웠던 기억이 난다. 많은 것이 변해버렸다, 정말 많은 것이. 우울한 기분이 들었다. 아무것도 변하지 않기를 바랐는데. 나도, 나를 둘러싼 모든 환경과 사람들도. 삼 개월 만에 나는 너무 멀리 와버렸는지 모르겠다.

"그냥, 지루하지. 친하게 지내는 녀석들도 없고." 현준이는 미안한 표정으로 말한다. 나만 빼고 대학에 간 것이 내심 미안한 모양이었다. 우리 셋은 대학을 포기한 의지의 삼인조였다. 그런데 막상 수능을 보고 나서 집안의 등쌀에 못 이겨 민기와 현준이는 근처 전문대학으로 입학했다.

"지루한 놈이 여자친구는 잘도 만들었네." 민기는 기름기가 흐르는 입술로 한껏 비아냥거린다.

"여자친구?" 나는 눈을 동그랗게 뜨며 물었다.

"굼벵이도 구르는 재주가 있다잖아. 이모, 콜라 한 잔만 더 주세요!" 민기는 키득키득 웃더니 애교 섞인 목소리로 말한다.

"내 것 마셔." 나는 민기의 말을 가로막고는, 스테인리스 컵 위로 쪼르르 따라주었다. 쇠 맛이 느껴지는 콜라.

"안 주셔도 괜찮아요. 이모."

"그나저나 여자친구가 생겼어?" 나는 자못 놀란 표정으로 물었다.

"그렇게 됐어." 어색했는지, 아니면 핸드폰에 붙은 스티커 사진을 자랑하고 싶은지 핸드폰을 만지작거렸다. 사진의 현준이와 여자친구는 고등학생티를 벗지 못한 모습이 귀엽고, 에너지 넘치는 커플로 보였다. 여자는 토끼 귀가 달린 머리띠를 하고 있었고, 현준이는 빨간색의 악마 뿔이 달린 머리띠를 하고 있었다.

"잘 어울린다." 감탄스러운 목소리로 말했다.

"그래?" 현준이는 흡족한 표정을 지었다.

"불러, 불러." 민기는 새된 목소리로 말한다. 자연스럽게 부르라는 것을 보니, 아마도 몇 번은 본 적이 있는 모양이었다.

"민기 너는 본 적 있어?" 포크로 남은 돈가스를 푹푹 찔렀다.

"그럼 자주 봤지. 얼마나 친해졌는데, 며칠 전에는 셋이 영화도 보러 가고 말이야." 자랑스러운 말투로 민기는 말했다.

내가 비워놓은 자리에 다른 사람이 들어왔다. 현준이의 여자친구. 내겐 상상해보지 못한 미지의 동물이었다. 약간은 서운한 마음이 들었다.

"안 그래도 지선이가 시후 보고 싶어 했는데." 흐뭇한 미소를 보인다.

내가 고개를 갸웃하자,

"우리 삼총사에 대해서 만나면 항상 얘기하지. 시후가 있어야 우리 셋은 완전체라고 말이야."

현준의 말에 안심이 됐다. 아직 나의 빈자리는 그 자리 그대로 있는 것이다.

"어떤 얘기를 했는데?" 테이블 위로 팔꿈치를 세우고 몸을 끌어당겼다.

현준이는 운동회날 담장을 넘다 민기 바지가 찢어진 일부터, 셋이 계곡에 놀러 갔다 지갑을 잃어버려 히치하이크 한 일, 소풍날 민기 엄마가 싸주신 김밥을 먹고 식중독에 걸려 사흘 동안 입원한 일, 피부병 핑계로 셋이 나란히 조퇴했다가 잡혀 들어온 일 등등, 우리의 일화들을 여자 친구한테 이야기했다고 한다. 나는 무심하게도 잊고 지냈다. 우리의 소소하지만, 소중한 역사. 입가에 미소가 번진다. 우리는 무모했고, 철도 없었다. 그렇지만 신비로운 에너지로 둘러싸여 있었다.

"히치하이크, 그때 힘들었지." 나는 그때의 기억을 떠올리며 말했다.

"우리 땡볕에 몇 시간 걸었는지 기억해?" 현준의 말에 민기도 무더웠던 그날이 생각났는지 말했다.

"우리 셋 다, 살이 익어서 며칠 고생했잖아."

“그게 다 누구 때문인지 알지?” 내가 말하자, 현준이는 민기를 쏘아본다.

“이것도 추억이지.” 민기는 쟁반에 남은 소스를 싹싹 묻혀 마지막 남은 돈가스 한 조각을 입으로 넣었다.

고등학생이라고는 하나 장정 셋을 태워줄 차를 찾는 건 힘들었다. 하필이면, 덤벙거리기가 특기인 민기에게 총무를 맡겼었다. 산속으로 차를 타고 들어갔던 계곡물에 민기는 지갑을 떠내려 보냈고, 우리는 굽이치는 언덕을 열심히 걸어 내려오며 엄지손가락을 들고 히치하이크를 했다. 다행히 마음씨 좋은 노부부의 트럭 짐칸에 타서 시내까지 내려올 수 있었다. “그만 째려보고 지선이나 불러.” 민기는 돈가스를 우물거리며 말했다.

“연락해볼까?”

“두말하면 입 아프지.” 민기는 들떠서 친구들도 데리고 나오게 하라고 옆에서 들쑤시며, 만날 장소를 고민하는 현준이에게 말했다.

“지금 다니는 학교 앞에서 만나는 건 어때?”

“그거 좋겠다.” 현준이 대답했다. 같은 학교에 다닌다는 여자 친구를 위한 배려이기도 했지만, 무엇보다 현준이가 다니는 학교를 구경하고 싶은 마음이 컸다. 어떤 곳에서 어떻게 생활을 하고 있는지, 마치 보호자라도 되는 심경이었다.

학교는 입구부터 경사가 급했다.

“우리 학교 졸업할 때쯤 되면, 여자들 다리에 알이 하나씩 생긴대.” 언덕을 오르며 현준이는 말했다. 나는 재미있다는 듯이 웃고는 주위로 열심히 고개를 돌렸다. 벽면에 붙어있는 각종 포스터와 동아리 홍보 포스터들. 싱그러운 햇살과 더불어 대학의 열기가 느껴졌다. 발걸음이 학교로 깊어질수록 공기의 밀도와 냄새가 달라졌다. 뿜어져 나오는 젊음의 향기가 가슴을 서걱거리게 하였다.

‘나도 함께하고 싶다.’ 무뚝뚝한 표정으로 주위를 둘러보면서 속으로 말했다. 그리곤 진주와 대학을 저울질해본다. 역시, 무게 중심은 진주 쪽으로 완벽하게 쏠린다. ‘어차피’라고 속으로 생각했다. 어차피. 그래 어차피, 대학에 올 형편도 되지 않았다. 아쉬워할 이유가 전혀 없음에도 나는 괜한 감정 소비를 한다.

“땀나잖아.” 민기는 손으로 부채질하며 불만 가득한 목소리로 말했다.

“옷에 땀 냄새 배면 안 되는데.” 내 뒤를 쫓는 민기는 쉬지 않고 투덜 투덜거렸다.

학교 구경이 대충 일단락되자, 해도 뉘엿뉘엿 자취를 감추고 있었다. 커다란 가로수 나무 아래, 벤치에 앉아 다리를 쭉 뻗었다. 민기는 운동 부족인지 거친 숨을 내쉬었다. 체력도 약한 녀석이 쇼핑할 때는 어떻게 지치지 않을 수 있는지 의문이다. 벤치 등받이에 뒷목을 기대고는 하늘을 올려봤다. 바람에 사락사락 흔들리는 나뭇가지들과 그 틈으로 엷게 내비치는 햇살. 조용한 바람 소리를 뚫고 전화벨이 울렸다.

"어딘데? 응 그럼 거기서 보자." 현준이는 전화를 끊고는 여자 친구의 친구 두 명도 함께 올 것이라고 했다.

"앗싸!" 민기는 환호성을 질렀다.

"너, 너무 까불지 말고. 알았지?" 현준이는 근엄한 목소리로 까불지 말라고 지적하는 선생님처럼 말했다.

"내가?" 민기는 검지로 자신의 얼굴을 가리키며 믿을 수 없다는 표정을 지었다.

"그래, 너." 현준이와 나는 동시에 말하고는, 웃었다.

12

쪼르르 앉아 있는 여자 셋과 우리 셋.

"얘기 많이 들었는데. 실물이 더 멋있으세요." 먼저 자리 잡고 앉아있던 현준의 여자 친구 지선이 쾌활하게 말했다. 그리곤 민기한테는 이 자식 왔다며 주먹으로 가슴을 툭툭 때린다. 이에 질세라 민기는 지선이의 팔을 낚아채서는 가차 없이 꺾어버린다. 둘의 폭력적인 인사에 현준이는 지겹다는 얼굴을 하고 있다.

지선이는 성격 자체가 적극적인지, 세 남자가 머리를 맞대고 안주 선택에 고민하고 있자,

"그럼 술부터 정해볼까. 소주, 맥주?" 겉치레는 끝났는지 바로 말을 놓았다.

"맥주 마실까?" 현준이를 나를 보며 물었다. 나는 어찌 되든 상관없다는 표정을 지었다.

"근데 술 마실 줄 알아?" 걱정되는 말투로 현준이는 물었다.

"물론."

"우리 같이 술 마시는 건 처음이네." 현준이는 기쁜 얼굴을 했다.

"셋이 그렇게 친하다며, 술이 처음이야?" 지선이는 의아한 표정으로 물었다.

"이 녀석이 워낙 바쁜 척을 해서." 민기가 내 머리 위로 손을 올리려는 행동을 취해, 나는 작은 목소리로 티셔츠, 하고 말했다. 민기는 슬그머니 손을 제 위치로 내려놨다.

포테이토칩과 치킨, 또 돈가스. 이렇게 안주 세 가지가 테이블 위로 올라왔다. 이렇게 푸짐하게 나오고도 가격이 만 원이라는 소리에 입을 다물 수 없었다. 우리 가게라면 아마 열 배쯤은 비싸지 않을까, 하고 생각했다.

"마음껏 마셔 이건 내가 살게." 현준의 말에 지선은 눈살을 찌푸렸지만, 현준이는 눈빛을 가볍게 피하고는 호탕하게 웃었다.

맥주를 각자 앞에 따르고는 가벼운 자기소개가 시작됐다. 지선의 친구 둘도 우리와 마찬가지로 고등학교 동창이었고, 둘 다 대학생이었다. 나만 외로이 떨어진 섬 같았다. 한 사람씩 소개가 끝나고, 유달리 할 말들이 없는지 맥주만 거푸 마셨다. 경박한 노래가 흐르는 공간도, 서로 서먹해 쉽사리 말을 떼지 못하는 상황도 재미있었다.

"자자, 이러지 말고 게임하자, 게임." 민기는 분위기를 띄우려 고군분투했고, 노력 덕분인지, 민기가 망가진 덕분인지 분위기는 후끈 달아올랐다.

민기는 의자 위에 올라서 엉덩이로 춤을 추는가 싶더니, 가슴을 흔들며 난리를 피웠다. 나는 민기의 우스꽝스러운 행동에 눈물이 맺힐 정도로 자지러지게 웃었다. 얼마 만에 즐겁게 웃는 것인지.

"매일 이렇게 놀아?" 나는 귓속말로 속삭였다.

현준이는 벌게진 얼굴에 취기가 오른 표정이었다.

"얼마나 그리웠는데." 현준이는 질문과 상관없는 엉뚱한 대답을 하고는, 울먹거렸다. 현준이가 나를 부둥켜안고 울음을 터뜨리는 바람에 민기가 한껏 올려놓은 분위기에 찬물을 끼얹었다. 현준이는 그렇게 한참을 울었다.

"오랫동안 못 만났나 봐." 지선이 친구의 물음에 나는 손가락 세 개를 폈다.

"삼 년?" 나지막이 묻는 목소리에 삼 개월이라고 대답했다.

"뭐야." 여자 셋은 얼떨떨한 표정을 짓고는 킥킥거리며 웃었다.

한참을 내 가슴에 얼굴을 묻고 울던 현준이는 어느새 잠들어 있었다. 태평하게 조용히 코까지 골았다.

"현준이 술이 약해?"

"그러니까. 얼마 마시지도 못하면서, 술자리는 좋아해서." 두 볼이 핑크빛으로 물든 지선이는 혀를 차며 불만스러운 목소리로 말한다.

"자 우리는 더 마시자." 무릎 위에 머리를 대고 새우잠을 자는 현준이. 정이 넘쳐흐르는 현준이. 급식비를 못 내는 나를 대신해 몰래 돈을 내주었던, 그러면서도 단 한 번도 생색을 내지 않았던 현준이. 내 어깨로 현준이의 머리를 뉘었다.

맞은편에 앉은 여자들은 사랑 얘기에 끝이 없다. 도무지 공감할 수 없는, 별나라 얘기처럼 들린다.

"시후는 만나는 사람 있어?" 아이라인의 두께를 가늠할 수 없는 지선의 친구가 물었다. 나는 말없이 고개만 갸웃거렸다. 대답을 하지 않는 것인지 아니면, 할 수 없는 것인지 알 수 없었다.

"있구나, 하긴." 실망스러운 얼굴을 짓더니, 맥주잔을 입으로 가져갔다.

옹알이를 하며 가까스로 눈을 뜬 현준이를 데리고 술집을 나섰다. 바깥으로 나오자 언제 그랬냐는 듯 현준이는 말짱해져 있었다. 빨갛게 물들었던 얼굴도 제자리를 찾았다. 여름밤의 상쾌한 바람이 잔잔하게 불어왔다. 기름 냄새를 풍기는 우리 여섯은 길거리를 배회했다.

"자기야! 나 저거 사줘." 지선이는 현준이 팔에 매달려 아양을 부렸다. 그녀가 가리킨 곳은 작은 꽃집이었다. 우리는 현준와 지선이를 앞세우고 우르르 꽃집으로 몰려 들어갔다. 소담하게 피워있는 꽃들은 파랗고 큼직한 플라스틱 상자 안에 종류별로 꽂혀있었다. 현준이는 지선이의 성화에 못 이겨 장미 한 송이를 사기로 했다.

"이거 얼마예요?" 아무도 없는 가게 안에서 현준이는 목소리를 높였다. 지선이는 현준이의 옆자리를 아무에게도 내어줄 수 없다는 듯 꼭 끌어안고 있었다. 가게 안은 우리 여섯이 들어가자 옴짝달싹하기도 힘들 정도로 꽉 찼다.

"어떤 거요?" 가게 안쪽에서 나온 여자는 투명한 비닐로 된 앞치마를 하고 있었다. 한쪽 손에 들린 가위는 꽃을 자를 때 사용되는 가위인지 작고, 날렵해 보였다. 나와 눈이 마주친 여자는 몇 초간 빤히, 노골적이라는 단어가 어울릴 정도로 바라봤다. 그 뜨거운 시선에 나는 흠칫 놀라 고개를 돌렸다. 혹시 가게 손님은 아닐까, 하는 생각으로 조마조마해 한시라도 빨리 이곳을 벗어나고 싶었다.

"제 친구 잘생겼죠?"

여자의 시선을 느꼈는지 현준이는 신이 난 목소리, 마치 자랑스럽다는 듯이 물었다.

"네, 미남이에요. 제가 아는 누구랑 닮았어요. 그 친구는 여잔데 상당한 미인이었는데…."

꽃집을 나오자 길거리는 네온사인으로 반짝거리고 있었다.

"이대로 헤어지면 아쉽지 않아?" 현준의 말에 저마다 수긍하는 듯 고개를 끄덕였다.

나란히 서 있는 여자 셋은 한 손에 장미 한 송이씩을 들고 있다. 지선의 성화에 못 이겨 나와 민기는 장미를 각각 한 송이씩 선물했다.

"그럼 노래방은 어때?" 민기가 제안했고, 모두 두말없이 민기의 뒤를 따랐다. 흘긋 꽃집으로 눈을 돌리자, 꽃집 여자는 우리 쪽을 보고 있었다. 나는 재빨리 민기 옆으로 가 걸음을 재촉했다. 찝찝한 기분을 지울 수 없는 밤이었다.

13

"나갔다 올게." 진주는 방문을 열고 평소와 다른 밝은 목소리로 말했다.

"네, 네." 이불에서 얼굴만 살짝 빼고는 대답했다.

"일어나서 목욕 갔다가, 운동가고, 오늘 조금 늦을 거야. 가게 출근하기 전까지는 올 테지만." 잠깐씩 외출하는 경우는 있어도, 늦게 돌아오겠다고 미리 선언한 적은 없었다. 굉장히 이례적이라고 생각했다.

"어디 가는데요?" 대답해줄 리가 없다. 방문이 닫히는 것을 확인하고는 이불을 머리까지 뒤집어썼다. 침대에서 빠져나가기 싫은 것이다. 어제의 여운을 품에 고스란히 간직하고 싶었다. 오랜만에 만난 친구들과 나눴던 시간이 주는 에너지가 아직도 몸 안에 스며있다. 이불을 걷어내고 바닥으로 발을 내딛는 순간 날아가 버릴 것 같았다. 맘껏 어제의 기분을 만끽하고 나서야 몸을 일으켰다. 어제 입은 옷 그대로였다. 어지럽게 얼굴 모양의 프린트가 들어간 흰색의 티에서는 민기의 냄새가 난다. 바지에는 현준이의 따뜻한 온기가 남아있다.

어젯밤, 노래방에서 민기는 마이크에 대고 티셔츠 고맙다고 인사를 했고, 무슨 영문인지 궁금해하는 현준이한테 민기는 마이크에 울리는 목소리로 친절하게 설명해주었다. 덕분에 반강제로 화장실로 끌려가 현준이와 바지를 바꿔 입었다. 고등학생 때도 안 했던 짓을 하고 있자니, 웃음이 터져 나와 우리는 배를 부여잡고 한참 웃었다. 술에 취해 흥분한 민기는 체육 시간이 끝나면 그랬던 것처럼 세면대의 물을 뿌려댔다. 좁은 화장실 안에서 옥신각신 물장난을 하는 바람에 물에 젖은 생쥐 꼴로 화장실에서 나왔다.

"오늘도 쉬고 싶다."

기지개로 길게 몸을 늘였다. 일을 시작하고 처음 입에 담은 말이었다. 속옷만 남기고, 티셔츠와 바지를 벗었다. 꾸깃꾸깃 주름진 면바지와 흰 티셔츠가 바닥에 허물처럼 벗겨져 있다. 이제 현실로 다시 돌아갈 시간이었다. 팬티만 입고 주방으로 갔다. 진주가 있다면 분명 노발대발할 일이지만, 늦게 들어온다는 말을 들었으니, 꺼릴 것이 없다.

식탁 위에는 컵 받침으로 입구를 막아 놓은 토마토 주스와 접시에 랩으로 감싸진 토스트, 붉게 잘 익은 체리가 있었다. 토마토 주스가 담긴 컵을 들고 거실로 갔다. 오디오 플레이 버튼을 누르자, 세팅된 클래식이 흘러나온다. 피아노와 첼로, 바이올린 협주곡 같았다. 진주는 클래식이 주는 서정적인 편안함이 좋다고 하는데, 나로서는 이해할 수가 없다. 서정적이라기보다는 격정적인 느낌에 가깝다고 생각했다.

오디오를 끄고 그 위에 반도 더 남은 토마토 주스를 올려놨다. 아, 아, 작게 신음 소리를 내고는, 소파로 몸을 던졌다. 술을 많이 마시긴 했지만 유독 피곤함이 풀리지 않는다. 왜 이리도 피곤한지? 아마도 거짓말 때문이리라. 혹시나 말실수하지는 않을까 신경을 곤두세우고 묻는 말에 거짓으로 성실히 답했다.

'어떻게 돌아가는 건지? 될 대로 돼라지.' 혼자 말하고는, 오른팔을 아래로 축 늘어뜨리고는 창으로 들어오는 햇살을 맘껏 즐겼다. 탁자 위에 리모컨으로 전원을 켜자 시사 고발 프로그램이 방송 중이다. 내가 가장 좋아하는 프로, 나는 0으로 내려가 있는 볼륨을 올렸다. 낮지만 생동감 있는 성우의 목소리가 흐른다. 방송은 색소가 입혀진 각종 음식에 관한 고발이었다. 생선 알 종류부터, 채소까지 종류도 다양하고 방법도 기가 막혀 혀를 내두를 지경이다. 방송은 어떻게 색소가 들어간 음식을 분류하는지에 대한 설명 없이 끝났다. 나 참, 무조건 먹지 말라는 건지….

소파와 등줄기 사이로 촉촉이 땀이 맺혀 몸을 들썩이자 달라붙었던 가죽이 비틀리면서 떨어진다. 텔레비전을 끄고 눈을 감았다. 가벼운 두통이 일렁인다.

"노래방에서 끝냈어야 했나?" 마음에도 없는 소리를 하고는 홀로 피식 웃었다.

노래방에서 나온 우리 여섯은 멜로디를 몸 안에 간직한 채 근처 술집으로 자리를 옮겼다. 술집으로 가는 도중 지선이 친구 한 명은 집에서 끊임없이 걸려오는 독촉전화에 택시를 타고 홀연 떠났고, 다섯만 남았다. 들어선 곳은 시끄럽고, 대학생 특유의 에너지가 넘치는 곳이었다. 안주로 김치찌개를 시키고 드럼통 같은 식탁에 둘러앉았다. 종업원은 양은냄비에 들어있는 고기를 집게로 들어서는 큼직하게 잘랐다.

"서로 심각한 얘기는 하지 않는 거야. 기분 좋은 얘기만 하기로 해." 민기는 잔을 높이 들며 말했다. 우리는 한 명씩 돌아가며, 재미있었던 얘기를 하기로 했고 나는 내 차례가 돌아오는 것이 겁났다. 술집에서 나올 때는 누구 하나 정신을 똑바로 차리지 못했다. 길에서 소리를 지르고, 길거리에 세워진 주차방지 팻말을 발로 차고, 난동을 피우다 각자 택시를 타고 집으로 돌아갔다.

땀으로 등이 미끈거려 에어컨을 적당한 온도로 낮추고, 방으로 가 서랍장에서 반팔티를 꺼내 입었다. 침대 위에 있는 핸드폰에서는 메시지 도착을 알리는 파란 램프가 깜빡거렸다. 세 통의 메시지가 도착해 있었다.

–머리 아파 죽겠어. 나 좀 살려줘.– 민기의 문자.

–속은 괜찮아? 난 아직도 힘들어.– 현준이의 문자.

–어제 잘 들어갔어? 나 윤미야. 어제 재미있었어.–

어제 택시를 타기 전에 전화번호를 가르쳐줬던 기억이 흐릿하게 되살아난다. 다들 술에 취해 잘 들어가라고 정신없이 인사하는 와중에 지선의 손짓에 밀려 윤미는 전화번호를 물어왔다. 옆에 서 있던 민기는 자신이 가르쳐준다며, 내 의지와 상관없이 번호를 찍어줬다.

민기와 현준이의 문자에는 간단하게 덕분에 즐거웠고, 또 보고 싶다는 답장을 보냈고, 지선이 친구의 문자는 가볍게 무시했다. 침대로 핸드폰을 던지고는 거실로 나갔다. 에어컨 공기로 단숨에 시원함을 되찾은 거실은 쾌적했다. 열려있는 방문을 하나씩 닫았다. 나는 진주의 방 문을 닫기 전에 빼꼼히 얼굴을 문 사이로 넣었다. 진주의 방은 청결 자체였다. 벽지와 가구, 모조리 흰색이었고, 레이스가 길게 드리워진 침대의 이불마저도 흰색이었다. 깨끗해 보이는 침대에 한 번 누워볼까 생각했지만, 포기하고 문을 닫았다. 나는 문을 다 닫고 거실 소파에 축 늘어져 잠이 들었다.

"안 추워?" 거실은 어둠이 내려앉아 있었고, 진주의 목소리가 밤의 적막을 깬다. 탁, 탁, 스위치 누르는 소리에 거실은 환한 대낮으로 탈바꿈했다.

"왔어요?" 밝게 빛나는 거실 조명에 담요를 머리까지 올리고는, 아직 잠의 중간인 목소리로 말하고는 천천히 눈을 깜빡거렸다. 배를 감싸고 있는 담요는 덮은 기억이 없었다. 소파 끝에 걸려있는 담요를 잠결에 덮은 모양이다.

"목욕하고 운동은 갔다 왔지?"

"네." 나는 손쉽게 거짓말을 했다. 얼굴을 보면 진주가 알아차릴지 모른다는 생각에 몸을 뒤집어 소파에 얼굴을 파묻었다. 진주에게 처음 하는 거짓말, 죄를 짓는다는 기분에 마음이 무거웠다.

"술 드셨어요?" 진주의 몸에서는 술 냄새가 풍겼다.

"그래, 오늘은 혼자 택시 타고 혼자 나가."

"가게요?" 내가 묻자, 그것 말고 뭐가 있겠냐는 얼굴로 대답하고는 방문을 거칠게 닫으며 방으로 사라졌다. 하얗고 청결한, 병실 같은 방안으로.

"시후야!" 부르는 소리에 방문 앞으로 가서는 불렀느냐고 물었다.

"문 열어봐." 살짝 문을 열자, 진주는 옷도 갈아입지 않은 채로 침대에 엎드려 누워있었다.

"오늘 너도 쉬어." 고개를 옆으로 돌리며 말했다.

"죄송해요."

"뭐가?" 진주는 몸을 일으켜 걸치고 있는 카디건을 벗었다.

'거짓말했어요.' 속으로 말하고 입 밖으로는, "일 못 나가서요." 하고 또 거짓말을 했다.

진주는 피식 웃고는 "운동이나 가." 하고 나를 꿰뚫고 있는 사람처럼 말해, 등으로 서늘한 기운이 느껴져, 으슬으슬했다. 나는 에어컨을 끄고 방으로 들어가, 진주처럼 침대에 얼굴을 묻고 누웠다.

14

알코올에 의식이 지배당하는 순간, 나는 행복해진다.

그것은 진주와 아파트로 돌아가는 시간이 가까워졌다는 것을 의미한다. 그토록 기대하는 시간이지만, 차 안은 처음의 기억 때문인지 쉽게 편해지지 않는다. 집에 도착할 때까지 나는 얌전한 새색시처럼 보조석에 앉아있다. 허벅지에 두 손을 찔러 넣고.

“씻고 와.” 현관에서 신발을 벗자마자 들리는 진주의 목소리. 감정이 실리지 않은 일정한 목소리지만 편안함이 느껴진다.

딸기향이 몸에서 짙게 풍기면 나는 안도한다. 오늘 하루의 끝을 알리는 향기. 내가 사용하는 보디 용품은 딸기 향, 진주는 녹차 향. 딸기 냄새로 가득한 몸은 익숙하게 거실을 가로질러 부엌의 식탁으로 가서 앉는다. 진주가 직접 디자인했다는 식탁보는 흰색 실크에 보랏빛의 포도가 세 송이 그려져 있다. 파란 앞치마를 한 진주의 뒷모습. 천상 여자 같지만, 주부 같지는 않다.

“오늘은 설렁탕이야.” 그 말에 나는 문득 얼마 전 봤던 텔레비전 프로가 생각났다.

“설렁탕에 프림 넣어서 하얗게 만들고 한대요.” 수저로 휘휘 저으며 말했다.

"쓸데없는 소리." 진주는 내 앞으로 의자를 빼서 앉는다. 해장국은 이틀에 한 번씩 종류를 달리한다. 아파트 앞 상가 반찬가게의 메뉴 변동에 따른 것이다.

진주는 블루멜로우, 나는 허브티. 진주는 위장에 좋다며 식사 후에는 반드시 허브티를 마시게 한다. 블루멜로우의 청결한 파란색은 레몬 몇 방울이면 금세 핑크빛으로 변한다. 진주와 블루멜로우는 참 잘 어울린다.

"오늘은 별일 없었어? 보고해 봐."

하늘색에 손잡이가 금색인 같은 모양의 두 개의 머그잔. 기분은 싱숭생숭해진다. 얼마 전까지 사용했던, 곰돌이와 돼지 그림이 그려진 머그잔은 찬장 깊숙이 박혀있다. 진주는 머그잔에 그려진 곰돌이의 눈이 가증스럽다고 했다. 얼굴에 반이 넘게 그려진 곰돌이의 눈 때문이었다. 곰돌이 덕분에 호강하는 기분이다. 진주는 얇게 썰린 레몬을 파란빛의 차 위로 몇 방울 떨어뜨리고는 입술로 가져가 한번 쭉 짜낸다. 콧잔등을 살짝 찡그린다. 그 모습이 아기처럼 천진하다. 진주의 동그란 이마를 보고 있으면 유독 귀엽다는 생각이 든다.

"네. 오늘은 원만했어요." 허브티를 호호 불며 입으로 가져갔다.

"소리 내지 말고 마시랬지." 진주는 내 손을 툭 때렸다.

뜨거운 차는 입술에서 몇 바퀴 돌다 입속으로 쏙 빨려 들어간다. 진주는 음식물 씹는 소리, 음료를 마실 때 나는 소리에 유독 민감하게 반응한다. 소리를 내는 사람은 천박해 보인다고 했다. 듣기 싫은 소리가 날 때면 미간을 한껏 모으며 반드시 지적한다. 둥근 이마에 생기는 날카로운 자국.

"네." 나는 싱글거리며 대답했다.

"뭐가 그리 좋아. 힘들지 않아? 내가 원망스럽지?" 진주는 찻잔으로 눈을 떨어뜨리고 말한다. 들고 있는 찻잔을 달그락 소리 내며 찻잔받침으로 올렸다. 진주의 잔 받침 위에는 형체가 일그러진 레몬이 한쪽에 떨어질 듯 매달려있다.

"그런 것도 조심하랬지. 경망스럽게." 미간을 다시 좁히며 진주는 말한다.

"네."

"대답해봐. 내가 원망스럽지 않니? 여자들 비위 맞춰야 하고, 매일 술도 마셔야 하고." 진주는 내 눈을 바라봤다.

"저는 이대로도 만족하는데요." 입에서 나오는 대로 말했다. 원망, 그런 단어는 아주 오래전부터 내 머릿속에서 존재하지 않은 단어일지 모른다.

"멍청한 것도 유전이라더니." 진주는 혀를 끌끌 찬다.

나는 입술로 미소가 번진다. 짜증이 배인 목소리지만, 그 내면에는 애정이 담겨있다. 틀림없다.

"너 어중간하게 착해서는 안 돼." 진주는 단호한 목소리로 말했다. 그리고 연달아 작게 웅얼거렸다.

"분명 후회할 테니."

"앗, 빗소리."

진주는 벌떡 일어나, 베란다로 갔다.

"정말 비네, 어쩐지 습하다 했어." 기쁘다는 듯이 말하고는, 드르륵 베란다 창문을 열었다. 진주는 방충망까지 열고서는 손을 길게 밖으로 뻗었다.

"이리로 와 봐." 진주의 옆으로 가 고개를 앞으로 내밀었다. 뚝뚝 떨어지는 물방울이 머리카락 속을 파고들고는 볼을 타고 또르르 흘러내린다. 마치 눈물이 흐르듯이.

"비가 이렇게 많이 오니까, 습한 건 당연한 건가." 진주는 거실로 가 에어컨 온도를 낮추고 바람 세기를 높이고 왔다. 아스팔트가 촉촉이 젖어들고, 어슴푸레한 하늘빛, 얼굴은 진득한데, 등을 타고 불어오는 바람은 차갑고, 시원하다.

"여름이 끝나지 않으면 좋겠어요." 빗줄기가 잦아들자, 왠지 마음이 심란해졌다.

"이제 8월의 시작인데 무슨 소리야." 진주는 베란다에 그대로 주저앉아서는, 맥주 마실까, 하고 말했다. 거품으로 일렁이는 맥주 두 잔을 가지고 나도 나란히 앉았다. 하늘이 우는 덕분인지, 오늘 진주가 울 상태는 보이지 않는다. 나는 편안한 마음으로 맥주를 마셨다.

"여름이 끝나면 뭐 하고 싶니?" 진주는 빗줄기에 눈을 떼지 않고 물었다.

"깜짝이야." 내리치는 천둥소리에 나는 어깨를 움찔했다. 쿠쿠쿠, 진주가 소리 내서 웃고는 내 머리를 한 대 쥐어박는다.

"남자가 그렇게 겁이 많아서야…." 부드러운 진주의 목소리의 나는 천둥소리보다 더욱 놀란다. 나는 쑥스러운 듯 웃고는, 여름이 지나면 눈을 기다릴 거라고 대답했다.

15

반짝, 반짝 빛나는 알 전구.

집에 들어서면 홀로 빛을 발하고 있다. 크리스마스를 일주일 앞두고, 진주와 남대문시장에서 구입한 초록색의 플라스틱 트리는 파란색, 빨간색, 노란색의 콩알만 하고, 예쁜 전구가 걸려있다.

"슬슬 트리도 치워야겠어." 진주는 차분한 목소리로 말했다.

"아직 겨울이 끝나려면 조금 남았는데요." 아쉬움이 가득 담겨 말했다.

"며칠 있다가 치우자, 답답해 보여, 곧 3월도 끝이고." 진주는 이미 결정한 듯 보였다.

'강원도 쪽은 4월에도 눈이 온다고 하던데….' 나는 아쉬운 마음에 속으로 말했다.

스무 살의 첫눈이 내리는 날. 진주와 함께 24시간 영업하는 카페에서 눈을 봤다. 일부러 카페로 찾아갔다기보다는 갑작스레 펑펑 내리는 눈으로, 운전이 여의치 않은 이유가 컸다. 와이퍼가 연신 움직여도 계속 쌓이는 눈 때문에 시야 확보가 어려웠다.

"올해 첫눈인데 이렇게 많이 내려도 되는 거야?" 진주는 턱을 괴고는 창밖을 바라봤다.

창밖으로 내리는 눈을 보며, 내 작은 소원이 이루어졌음을 감사했다. 겨울이 오면, 진주와 함께 꼭 눈을 보고 싶었다. 의도치 않게 이루어진 상황에 들뜨고 신이 났었다. 진주도 갑작스레 내리는 눈에 기분이 들떴는지, 트리 사러 가자고 말했다. 우린 눈이 잦아들고 나서 남대문에 들러 트리와 알 전구를 샀다. 진주는 다른 장식들은 거추장스럽다며 사지 않았다.

"산타나, 별, 선물상자, 같은 장식도 살 걸 그랬나." 진주는 반짝이는 트리 앞에 앉아서 말했다.

"내일 가서 살까요?" 나는 물었고, 진주는 아니야, 허전한 것도 나쁘지 않아, 하고 대답했다.

“내일 3박 4일 여행 갈 거야. 짐 챙겨놔!” 흰색의 그릇에 담긴 국을 식탁에 올리며 말했다. 나는 진주 표정을 보고 거짓말이 아니라는 것을 대번에 알아챘다. 저런 진지한 표정에서 나오는 말은 모두가 진실이었다. 집에 들어서자마자 트리를 치우자고 말했을 때와 같은 얼굴. 나는 조금 전의 서운한 마음이 깨끗이 사라졌다.

“우와 설렁탕이다.” 좋아하지도 않으면서 먹고 싶었다는 듯 말했다. 설렁탕의 뽀얗고 하얀색은 볼 때마다 의심된다. 프림을 넣은 것은 아닐까 하는.

“그럼, 가게는요?” 감출 수 없는 들뜬 목소리, 부끄러운 마음이 들었다. 나는 손을 뻗어 후추 병을 집어 들고는 그릇 위로 툭툭 뿌렸다. 믿기지 않았다. 진주와 함께 여행이라니.

“뭐해!” 진주의 목소리에 놀라, 그릇을 보니 검은 재로 설렁탕은 온통 범벅이 되어있었다.

“무슨 생각하는 거야.”

“아니 그게….” 나는 우물쭈물 말을 이을 수 없었다.

나를 보고 진주는 피식 웃고는, 조금 전의 험악한 표정을 바꿨다.

“마개가 매우 헐거워서. 다시 사야 할까 봐.” 평소와 달리 매우 온화한 목소리로 말했다. 나는 겸연쩍어 목덜미를 긁적거렸다.

“죄송해요.” 진주는 대꾸가 없다. 진주는 그릇에 담긴 국물을 싱크대로 부어버렸다. 진주는 몸을 돌려 냉장고에서 국물이 담긴 검정 비닐봉지를 꺼냈다. 매끄러운 동작들이 마치 내 실수를 미리 알고 있었던 것 같았다.

"저 안 먹어도 돼요." 아직 덜 마른 머리카락을 오른손으로 빙빙 돌렸다. 목덜미가 촉촉하게 느껴졌다. 벌써 머리카락이 목까지 닿는 걸 보니, 많이 자란 모양이다.

3개월 전, 진주는 머리 기르는 것을 허락해줬다.

"하고 싶거나, 원하는 거 있어?" 식탁에 마주앉아 밥 먹는 나를 물끄러미 보며 진주는 물었다.

나는 기다렸다는 듯이 말했다.

"머리카락을 길러보고 싶어요." 움직이던 숟가락을 멈췄다.

"머리카락?" 진주는 의아한 눈빛으로 물었다.

잠시 찾아온 침묵에 괜한 말실수를 한 것이 아닐지 걱정됐다. 나는 한 번도 머리를 길러보지 못했다. 고등학교를 졸업하면 가장 하고 싶은 것 중의 하나였다. 길게 기른 머리. 진주는 2주에 한 번씩 머리카락을 자르게 했다. 머리 길이는 고등학교 시절과 별반 차이가 없었다. 다만, 약간의 컬과 칼라가 입혀졌을 뿐이었다.

"얼마나 기르고 싶은데?"

"지금보다 세 배, 아니, 네 배 정도요."

"그래." 진주의 대답이 가슴으로 톡 하고 떨어졌다.

"시끄러워." 진주는 파를 꺼내 물로 씻고는, 냄비 위에서 가위로 듬성듬성 잘랐다.

"근데. 일 안 하고 가도 돼요?"

"응 휴가야. 일 년 동안 열심히 일한 휴가."

"정말요? 같이 가는 거죠?" 진주의 작은 등을 보며 물었다.

"그럼 혼자 보내겠니?" 진주의 어깨가 살짝 들썩인 것 같았다.

"밥 먹고 짐 챙겨놔."

나는 분주히 수저를 움직였고, 진주가 꺼내 논 반찬은 손도 대지 않았다. 숨도 쉬지 않고 밥과 국물을 먹었다. 밀어 넣었다는 표현이 어울릴 정도였다. 나는 콧노래를 흥얼거리며, 서랍장을 들쑤셨다. 어떤 옷이 좋을까, 어느새 이렇게 옷이 많아졌는지, 감당하기 어려울 정도다.

"좋아? 여행 가서." 방문 앞에 서서 진주는 물었다.

흥얼거림을 멈추고 네 대답하고는 이어서 말했다.

"전 여행 가본 적이 별로 없어서요. 근데 저희 어디로 가요?" 실실거리며 물었다.

"따라와 보면 알아. 빨리 자." 진주는 방문을 닫고 나갔다.

진주와의 여행지는 인적이 드문 깊은 산 속이었다. 깊은 곳까지도로가 잘 정비되어 있어 놀라웠다. 우거진 숲들 사이에는 여섯 채의 건물이 있었다. 자그마한 마을을 형성한 산속의 숨겨진 마을 같았다. 이 층으로 이루어진 건물의 모양은 모두 같았다. 지붕의 색깔로만 건물을 구별할 수 있는 듯하다.

차에서 내리자 쾌적한 숲 속의 공기가 온몸으로 스며든다.

"예약하신 이진주 씨 맞으시죠? 오시느라 고생 많으셨어요." 청색의 모자를 쓴 남자가 곁으로 다가왔다. 초로의 남자는 길게 기른 턱수염에 희끗희끗한 흰색의 수염이 섞여 있었다. 털보산장. 남자의 얼굴을 보니, 산장 이름이 이해가 갔다. 한 손에는 녹이 슨 삽을 들고 있는 남자는 세상을 등지고 살아가는 산 사나이 같았다.

"네. 맞아요." 진주는 트렁크의 짐을 하나씩 내게 건넸다.

"저희 산장에 오신 것을 환영합니다." 웃으며 말하는 얼굴에는 악의라고는 찾아볼 수 없다.

"네. 감사합니다." 진주는 트렁크 깊숙이 넣었던 얼굴을 들고 대답했다.

"저희 방은 어디죠?" 진주는 핸드백을 어깨에 걸치며 물었다.

"네. 그럼 이쪽으로." 주인은 방으로 걸어가는 내내 이곳 설명을 하느라 여념이 없었다. 식당이 있는 건물과 근처 마트, 주변의 관광지까지 빠짐없이 설명했다. 능숙하게 설명하는 모습은 이곳에서의 세월이 묻어난다. 다듬고, 다듬어져 굉장히 매끄러운 느낌이었다.

산속의 밤은 생각보다 빨리 찾아왔다. 칠흑같이 어두운 산은 벌레 울음소리로 가득했다. 여름의 벌레 소리가 경쾌하고, 신선한 느낌이라면, 추위에 우는 벌레 소리는 날카롭고, 우중충하다. 어둠 속에서 청각은 더욱 예민하게 반응한다.

"발 조심해." 군데군데 불을 밝히고 있는 가로등에 의지해 숙소로 걸어갔다.

"밥이 생각보다 괜찮았지?" 진주는 조심스럽게 발을 내딛으며 말했다. 목소리가 밤하늘에 청명하게 울린다. 추운 날씨의 공기가 유난히 상쾌하다.

버섯으로 이루어진 밥상이었다. 이곳에서 주인 부부가 직접 재배한다는 버섯과 두부로 한 상 가득했다. 내겐 다소 밋밋했지만, 진주는 밥을 먹는 내내 만족스러운 표정이었다.

"네. 맛있었어요."

"다행이네." 정말 다행이라는 듯 안심한 목소리였다. 이상하게도 가슴이 두근거렸다.

산속에서 바라보는 밤하늘의 별은 꿈을 꾸고 있는 기분을 들게 했다. 도시에서는 별빛 하나도 찾아보기 어려운데, 시골에서는 왜 이리도 선명하고 밝게 빛나는지. 어쩌면 도시에 더욱 별빛이 필요하지 않을까.

"저게 처녀자리야. 신기하네." 어느새 진주는 옆에 서 있었다. 이 층의 발코니에 서서 함께 별을 올려봤다. 요즘 들어 다정해진 그녀의 모습이 좋기도 하지만, 조금은 당황스러웠다.

"어렸을 때 보고 처음이네. 내가 처녀자리거든." 진주는 알루미늄 난간에 팔꿈치를 기대며 몸을 밖으로 꺼냈다.

"나 고등학교 때 천문학 동아리였어." 진주는 처음으로 자신의 이야기를 꺼냈다. 깜짝 놀랐지만, 태연하게 진주의 옆모습을 바라봤다. 오뚝한 콧날과 볼록한 이마는 누군가가 일부러 빚어놓은 듯 조화로웠다.

"별을 보고 있으면 마음이 편했어. 그때는 서울에서도 제법 별이 보였거든. 반짝이는 점들을 보고 있으면, 유토피아로 인도해주는 것 같았어. 고통도, 슬픔도 없는 완벽한 곳으로 말이야. 그러면서 혼자 상상했어. 유토피아의 나무는 이렇고, 사람들의 표정은 이렇겠지, 하며 말이야." 진주는 몹시 괴로운 표정이었다. 가슴이 서걱거린다.

"뭐 소용없다는 사실도 알았지만, 허상에 불과하다는 것도, 현실은 지옥처럼 치열할 수밖에 없다는 것도 말이야." 진주는 맥없이 미소를 지었다. 삶의 일정 부분 해탈한 사람 같았다. 털북숭이 산장이 주는 푸근한 해탈의 느낌과는 사뭇 달랐다.

"이런 얘기 재미없다. 술 마실까." 진주는 등을 돌리고는 주방으로 걸어갔다. 나는 반쯤 고개를 돌려 그녀의 뒷모습을 바라봤다.

걸을 때 살짝살짝 들리는 뒤꿈치.

"잔이 이것밖에 없네." 진주는 머그잔 두 개와 와인 한 병을 들고 나타났다.

"앉아서 오픈하고 있어." 진주는 흰색의 유리 테이블 위로 와인을 올렸다.

달빛만으로도 베란다의 테이블은 환하게 빛났다. 마치 달 위에 앉은 기분이 들었다.

베란다는 테이블 하나와 스테인리스 의자 두 개. 오롯이 우리 둘만을 위한 장소였다. 누구의 방해도, 끼어들 틈도 없이 완벽했다. 우리는 잔을 마주쳤다. 머그잔은 퉁 하는 무거운 소리를 냈다.

"시후 너, 가족들은 없니?" 잔에 있던 와인을 입으로 털어 넣으며 물었다.

"아 네. 어렸을 때 헤어졌어요." 일순간 얼굴이 화끈거린다.

"어쩌다? 그럼 어디서 자랐니?" 진주는 허리를 앞으로 숙이며 물었다.

어색했다. 나는 아무런 질문도 하지 않는 진주가 좋았다. 일부러 감추지 않아도, 그녀의 곁에서는 편안히 있을 수 있었다. 이제와 시시콜콜 설명하고 싶은 마음은 없었다. 누군가가 연민의 감정으로 나를 바라보게 하고 싶지 않았다. 그것이 진주라면 더더욱 사양하고 싶었다. 온몸을 가시로 찌르는 듯 따끔거렸다.

"그건 대답하기가 좀." 나는 머뭇거리며 고개를 숙였다.

“미안해. 이상한 거 물어봐서.” 진주는 내 어깨 위로 손을 올렸다. 따뜻한 목소리는 가슴까지 울리게 만들었다. 참 이상하다고 생각했다. 여행이 감성적으로 만든 것인지도 모르겠다.

“그럼 형제도 없는 거니?” 진주는 어깨에 올린 손을 떼지 않고 물었다.

“네. 없죠.”

“그럼 내가 누나 해줄까? 후후” 진주는 곧 울 것 같은 표정으로 웃었다.

“네? 무슨 말이세요?”

“말 그대로야. 앞으로 누나라고 불러.” 오른손으로 턱을 괴며 말했다.

“네? 아, 아, 네.” 나는 뒷머리를 만지작거렸다.

“불러봐.” 나는 둥그렇게 눈을 뜨고는 모르겠다는 표정으로 진주를 바라봤다.

“빨리.” 진주는 채근할수록 손으로 가져간 엄지손톱을 사정없이 물어뜯었다.

“빨리 불러보래도.”

나는 손으로 입을 가리고는 누나, 하고 의기소침한 목소리로 불렀다. 진주는 입으로 가져간 손을 잡고는 테이블 위로 내렸다.

“다시 불러봐.” 여전히 손을 잡고 있는 채로 진주는 말했다.

“누…나.”

"후후 잘하네." 진주는 쪼르르 내 머그잔과 자신의 머그잔에 흰색보단 탁한 색의 와인을 따랐다.

"일어나봐." 손을 흔들며 나를 일으켜 세웠다. 은빛의 스테인리스 의자를 엉덩이로 밀며 일어섰다.

"많이 외로웠지?" 진주는 나를 안았다. 내 어깨에 품어진 얼굴을 내려보며, 내가 안아주는 건지, 그녀가 안아주는 건지 분간할 수 없었다.

오늘 진주의 모든 행동은 따뜻하지만, 부자연스러웠다. 가슴은 아려오고, 숨이 가빠진다. 누구나 숨기고 살아가는 깊은 아픔을 몰래 훔쳐본 기분이 들었다. 인간과 동물의 차이는 비밀이 있어서 아닐까. 그렇기에 더욱 아름다운 존재. 아무렇지 않은 척 담담하게, 그렇기에 멋지다고 생각한다. 하지만 만약 그 비밀의 문이 열리면 한없이 추락할지 모른다. 날개 없는 새가 되어.

여행을 갔다 온 후로 진주가 이상하게 변한 듯하다. 여행 내내 봄처럼 따스했던 진주는, 성격의 기복이 더욱 심해졌다. 레몬 한 방울을 떨어뜨리면, 변해버리는 블루멜로우처럼. 일 년이 넘는 시간 동안 진주는 내 앞에서 낮은 흐느낌을 수도 없이 들려줬고, 나는 그 소리가 행복했다. 다른 사람들 앞에서는 당당하고, 냉기가 흐르는 진주의 슬픔을 유일하게 나만 소유할 수 있다는 생각에 도취했는지 모른다. 비밀의 문에 가장 가까운 사람이 나라고 믿으며 말이다. 진주의 흐느낌은 기분에 따라 달라졌다. 일정한 리듬의 흐름이 있거나, 음이 도에서 라로 라에서 미로 마구 흔들리며 자기 멋대로 울려대는 날도 있었다. 요즘 진주가 내는 소리는 단순한 괴성에 가까웠다.

중학교 시절 음악 선생님은 나를 절대 음감이라고 했다. 타고난 재능을 썩히기 아깝다며 억지로 피아노 앞에 앉혀놓고 가르쳤지만, 내가 처한 환경에서 피아노는 사치였다. 나는 포기할 수밖에 없었다. 어쩌면 포기는 나의 깊은 어둠에 숨어있는 가장 친한 친구일지도 모르겠다.

16

잠에서 깬 나는 숨을 헐떡였다. 쫓기는 꿈도 아니었는데, 숨이 막혀 침대에 누운 채로 가쁜 숨을 들이마셨다.

몸을 일으켜, 방 창문을 열었다. 서늘한 공기가 방으로 들어온다. 머리맡에 자기 전에 가져다 놓은 물을 마셨다. 숨을 크게 들이쉬고, 이마에 맺힌 식은땀을 닦아냈다. 매일 이상한 소리를 하는 진주 탓이다.

“내일이라도 내가 네 곁에서 없어지면 어떨 것 같아?”

누나라고, 부르라고 하는 것부터가 이상했다. 거기다, 없어지면 어떨 것 같으냐는 말도 안 되는 질문이 어제의 꿈을 만들었다.

텅 비어버린, 지하의 가게 소파에서 새우등을 하고 자고 있었다. 소파에서 풀풀 풍기는 먼지와 사투를 하며, 비염이 있는 나는, 잠결에 계속 코를 풀었다. 탁자 위에는 내가 풀어놓은 휴지들로 무덤이 되어갔고, 그 크기가 점점 커졌다. 결국에는 하얀색의 무덤으로 변해, 탁자 위를 점령하고 나섰다. 꿈에서 나는 잠결에 탁자를 보고 너무도 놀라, 맨발로 진주의 사무실 방으로 달려가 문을 흔들었다. 하지만 굳게 잠겨 열리지 않았다.

이유 없이 쫓기는 기분이었던 나는 다급한 심정으로 문 옆의 소화기를 들고는 문고리를 내리쳤다. 너덜거리는 문고리를 발로 차고 방 안으로 들어갔다. 진주의 사무실 안 사각형 테이블 위에는 아까와 같은 모양으로 흰색의 휴지로 만들어진 무덤이 있었다. 나는 발끝까지 소름이 끼쳐 오도 가도 못하는 신세가 되어 진주의 이름만 연신 불렀다.

“무슨 일이야.” 빈 눈동자로 진주는 내 옆에 슬그머니 다가와 물었다. 그 모습에 생기라고는 전혀 느껴지지 않는, 처음 편의점에서 내 손을 잡았을 때 느꼈던 차가운 금속의 느낌이 들었다.

“무슨 일이에요?” 꿈에서 나는 되려 걱정되는 마음으로 물었고,

진주는 아무 대답 없이 천천히 내 시야에서 멀어져갔다. 정말이지 불길한 꿈이었다.

'봄이 다가와서 비염이 심해진 탓이야.'

나는 침대 옆에 쌓여있는 휴지 더미를 들고 거실로 나갔다. 방 안에 있는 휴지통에 버려도 되지만 진주의 모습을 확인하고 싶었다. 진주의 평온한 모습을 확인하고, 꿈에서 보았던 영혼이 느껴지지 않는 끔찍했던 그 얼굴을 지워버리고 싶었다.

주방에서 들려오는 달그락거리는 식기 부딪치는 소리, 나는 그제야 안심했다.

"점심 먹고 싶은 거 있니?" 요즘 들어 한결 부드러워진 진주의 목소리.

"과일하고 채소만 빼고요."

나는 살며시 미소 짓고는, 투정부리는 아이처럼 말했다.

진주는 등을 돌려, 내게 미소를 흘린다.

"그럼 나가서 간단히 샌드위치 먹을까."

"같이요?" 내가 한 말에, 진주는 무슨 말인지 잘 모르겠다는 표정을 지었다.

가만히 바라보는 진주의 얼굴을 보고는, 나는 눈치 빠르게,

"빨리 씻고 나올게요." 화장실로 들어가, 삐죽 솟은 머리에 물만 묻혀 적당히 가라앉혔다.

"나가요."

“벌써 다 씻은 거니?” 하고 진주는 물었고, 나는 웃음으로 대답을 대신했다.

“너 비염 말인데….” 진주는 샌드위치를 먹으면서도 훌쩍거리는 나를 보며 입을 열었다.

“이제 곧 봄이라서 그런 거야! 잘 때 답답하지 않아?”

“네, 보통 이맘때쯤은 입으로 숨 쉬는 게 편해요.” 나는 샌드위치를 크게 한입 베어 물었다.

“음료수도 같이 마셔.” 진주는 비닐에 쌓인 빨대를 뜯어서, 컵에 꽂아주었다.

“먹고 집으로 들어가면, 네 방 안의 이불 좀 털어. 비염은 먼지가 있으면 더 심해지니까.”

집으로 가는 길에 진주는 약국에 들러 환절기에 먹는 비염약과 코에 분사하는 약을 사주었다.

“귀찮다고 약 안 먹기만 해.”

“열심히 먹을게요.” 나는 가슴에 약을 안고는 행복한 기분에 젖어 대답했다.

“이불 먼저 털고.” 현관문을 열고 들어서자마자 진주는 말했다.

“네.” 크게 대답하고는 방문을 닫았다.

나는 침대 위의 이불을 방 끝의 작은 베란다로 질질 끌고 나갔다. 창문 아래 의자를 받치고 이불 양 끝을 두 손으로 힘껏 잡고는 위에서 아래로 털었다. 물결치듯 출렁이는 이불에서는 하얀 먼지가 끝도 없이 나온다.

"이러니 코가 막히지." 나는 혼자 중얼거렸다. 집안일을 도우러 와주시는 아주머니한테 이불을 털어달라고 부탁할 수는 없는 노릇이었다. 중년이 훨씬 넘어 노년에 가까워지는 아주머니가 무슨 힘이 있으랴.

열심히 이불을 털고 있었다. 그때, 손톱만 한 벌들이 한두 마리씩 앞으로 윙윙 날아다니기 시작했다. 나는 혹시나 벌이 방으로 들어올까 무서워 이불을 안으로 던져놓고, 재빨리 방충망을 닫았다. 나는 설마 하는 기분으로 살충제를 가져와 창문 위쪽을 향해 뿌렸다. 아까보다 많은 숫자의 벌들이 눈앞에서 요동치듯 날아다니기 시작했다. 살충제에 취했는지 벌들은 갈지자를 그리며 춤추듯 날았다. 벌들의 모습과 날개 비비는 소리에 등과 팔이 두드러기가 생길 것만 같았다.

"으악." 내가 내지른 소리에, 진주는 방으로 달려들어 왔다.

"무슨 일이야."

"이것 좀 보세요." 어지러이 방충망 앞을 활개치며 날아다니는 벌들, 보는 것만으로도 소름이 돋았다.

"어떻게 된 거야." 놀랐는지 눈이 휘둥그레진 진주에게 자초지종을 설명하고는, 창틀 위에 벌집이 있는 것 같다고 했다.

"설마, 서울 시내에 벌집이 있으려고." 진주는 말도 안 된다는 표정을 지었다.

나는 화장대 위에 작은 거울을 가지고 베란다로 갔다. 한참 어지럽게 날아다니던 벌들이 보이지 않았다. 나는 손바닥에 거울을 올리고 방충망을 손이 들어갈 너비만 벌리고 손을 밖으로 뺐다. 손바닥 위의 거울에 창틀 위쪽이 보이도록 각도를 조절했다. 아니나 다를까, 거울에 비친 창틀 윗부분의 튀어나온 선반 같은 곳에 벌들은 열심히 집을 짓고 있었다. 거의 완성이 다 되었는지, 핸드볼 공만 한 크기의 벌집이었다.

"맙소사." 나는 얼른 창문을 닫았다.

"정말 있단 말이야?" 나는 벌집을 본 것만으로도 몸이 간지러워 긁적거렸다. 내가 고개를 끄덕이자 진주는 들고 있는 핸드폰으로 어디론가 전화를 걸었다.

"거기 119죠. 우리 집 베란다 쪽에 벌집이 있어서요." 진주는 집 주소를 말하고는 전화를 끊었다.

"금방 올 거래."

"근데 윗집은 어떻게 모를 수가 있지." 진주는 의아한 얼굴로 말했다.

"저희도 이제야 알았으니, 그쪽도 마찬가지 않을까요."

금방 온다는 진주의 말처럼 119대원은 10분도 지나지 않아 초인종을 눌렀다. 문을 열자, 두 명의 중년 남자는 살충제와 막대기 하나를 들고 서 있었다.

"어디에 있어유?" 앞장서 들어온 대원은 충청도 사투리로 물었다. 나는 방으로 안내했다.

"말벌이유?"

"잘 모르겠어요." 나는 진정되지 않는 가슴으로 대답했고, 진주는 자신의 방으로 들어갔다.

119대원은 베란다 창문을 열어 확인하고는, 말벌은 아니라며 안심한 목소리로 말했다.

"막대기 이리 줘바유." 창틀에서 위를 바라보던 대원의 말에 함께 온 동료는 검은색 막대기를 건넸다. 막대기를 건네받은 대원은 창틀 위의 벌집을 막대기로 툭툭 쳐서 떨어뜨리고는 잽싸게 창문을 닫았다.

"이제 가 봐도 되지유." 아무 일도 없었다는 듯이 성큼성큼 현관으로 갔다.

"근디, 여기 전세유?" 벌집을 떨어뜨렸던 대원이 물었다. 나는 무슨 소린가 싶어, 남자를 바라봤다.

"여긴 전세 얼마나 해유?"

"잘 모르겠어요."

남자는 신발을 신고는 그럼 수고하라면서 집을 나섰다. 한바탕 폭풍이 휩쓸고 지나간 것 같은 오후였다.

17

"저기, 저 목욕탕 다녀올게요." 주방을 가로지르며 말했다.

"누나라고 부르랬지." 진주는 움직이던 숟가락을 멈추고 말했다.

"누나라고 하기가 어색해서요." 진주의 눈을 피하며 말했다. 강렬하고 노골적인 진주의 눈빛은 알몸으로 내던져지는 기분으로 만든다.

"부르라면 부르라고." 꽥 소리를 지르고 진주는 숟가락을 식탁 위로 던졌다. 둔탁한 소리와 함께 숟가락에 붙어있던 밥알들은 잠시 날았다가 식탁과 바닥으로 흩날렸다. 진주가 의자에서 벌떡 일어서자, 나무 의자는 툭 하고 힘없이 뒤로 넘어갔다. 진주는 아랑곳하지 않고 찬장으로 가 럼을 한 병 꺼냈다. 반쯤 채워진 럼을 찬장 앞에 우두커니 서서는 병째로 꿀꺽꿀꺽 마셨다. 나는 이 상황에 어떻게 대처할지 몰라, 눈으로 진주의 움직임만 좇았다. 검은색 유리로 된 찬장에 비치는 진주의 얼굴은 심하게 일그러져 있었다. 세상의 끝을 본 사람이 있다면 이런 모습이 아닐까, 하고 생각될 정도였다.

도무지 뭐가 잘못됐는지, 진주의 행동은 뒤죽박죽이었다. 행동은 점점 과격해지고, 몸은 내 앞에 있지만, 정신은 먼 곳으로 여행을 떠나있는 사람 같았다. 반드시 주스, 토닉을 섞어 마시던 진이나 럼을 병째로 마셨고, 예전의 흐느낌은 곡소리로 변해 서러운 소리를 냈다. 그러다가도 갑자기 껄껄거리며 저음의 갈라지는 목소리로 웃다, 찢어지는 목소리로 한참이고 소리를 질렀다.

아침이면 정갈하게 빗겨있던 머리도, 화장도 보기 힘들어졌다. 삶의 무기력함이 진주에게 노크 없이 찾아와, 그녀를 집어삼켜 질척거리는 어둠의 깊은 늪으로 끌어당기는 것은 아닌지, 그녀가 지금 이대로 무너져내리는 흙더미에 앉은 것은 아닌지, 몹시도 걱정이 되었다. 무슨 말이든 하고 싶었지만, 절망적인 표정의 그녀를 보고 있으면, 내 입은 천근만근 돌로 변해 목소리 내는 것을 허락하지 않는다.

"저… 무슨 일 있어요?" 하고 용기 내서 물었다.

"네가 신경 쓸 일 아니야." 진주는 뾰족한 목소리로 내가 들어갈 수 있는 틈은 조금도 내어주지 않고 딱 잘라 말했다. 나는 금세 주눅이 들어 아무 말도 하지 못하는 벙어리가 되고 만다. 진주와 거리를 두고 주춤주춤 곁으로 갔다. 혹시 또 예민한 신경을 건드릴까 싶어 조심스럽게 동작 하나하나에 신경을 쏟았다. 진주는 들고 있던 럼을 싱크대로 던졌다. 스테인리스와 유리의 마찰음이 적막한 공간에 울린다. 진주는 비틀거리며 거실에 깔린 양털로 털썩 주저앉았다. 무릎 사이로 얼굴을 넣고 소리치며 울기 시작했다.

"빌어먹을 세상아. 이 빌어먹을 세상아." 작은 한숨이 터져 나온다. 내가 곁에 있으면, 더욱 과격해질지 모른다.

"누나. 갔다 올게요." 나는 자리를 피할 요량으로 경쾌하게 말했다. 손에 들고 있는 파란색의 목욕탕 가방이 가엾게 흔들린다.

"그놈의 존댓말도 집어치워." 진주의 목소리는 무릎 안에서 흐느낌과 동시에 울린다.

어찌해야 하는지, 가냘프고 작은 둥그런 어깨를 안아주고 싶은 충동에 휩싸인다. 힘들어하지 말라고, 슬픔 따위는 스펀지로 흡수해 쭉쭉 짜내버리고 싶다. 진주가 의지할 곳도, 고민을 털어놓을 상대도 없다는 것은 진작부터 알고 있었다. 가게 이외의 곳에서, 사적으로 걸려오는 전화도, 집으로든 가게로든 진주를 찾으러 오는 사람은 단 한 명도 없었다. 적어도 나와 지내는 일 년 동안은 그랬다.

밤이면 열리던 진주의 깊은 슬픔인지, 아픔인지 알 수 없는 감정의 자물쇠가 시도 때도 없이 열렸다. 분명 밤에만 마시던 술도 이제는 시간에 구애를 받지 않았다. 와인을 혀끝으로 핥듯 마시는 감미로운 모습도 사라졌다.

진주는 술을 마시면 두 가지 상태로 변했다. 흐느끼며, 괴성을 지르는 우울함의 끝을 달리는 상태와 손에 잡히는 물건을 닥치는 대로 던지는 거칠어지는 상태. 오늘은 두 가지가 동시에 찾아왔다. 처음 있는 일이었다. 거실로 굽이쳐 들어오는 태양 빛에 농락당하는 기분이었다. 내게 조금 더 괴로워하라며 약을 올리고 있는 것 같았다.

"갔다 올게." 다시 한번, 용기를 내어 말끝을 흐리며 말했다.

"옆으로 와 봐."

베란다의 커튼을 잡아당기고는 옆으로 가 앉았다. 얄궂은 태양은 내 손에 종적을 감춘다. 진주는 무릎으로 얼굴을 다시 집어넣었다, 얼굴을 들고 충혈된 눈으로 빤히 나를 바라보다, 얼굴을 무릎 사이로 숨겼다.

'네? 응?' 두 가지 중 하나의 단어를 호흡하고 싶지만 마땅히 고르기 어렵다. 눈썹을 있는 힘껏 올리며, 얼굴 한가득 물음표를 만들어 보였다.

"도대체 요즘 무슨 일이세요?" 진주의 정수리를 바라보며 물었다. 처음 진주를 만났던 날의 모습이 떠올랐다. 무표정으로 내 손목을 잡아끌던 그녀. 그 당당함과 아름다움은 어디 갔는지, 초췌한 몰골로 앞에 앉은 그녀. 어디서 시작됐는지 모르는 절절한 아픔이 머리카락까지 움켜잡는다. 한두 가닥 보이는 새치. 이내 마음을 쓰러질 지경으로 만든다. 모든 원인이 나 때문에 시작됐다는 불안함, 아니기를 간절히 바랄 뿐이다.

진주는 차가운, 예의 부서질 것 같은 두 손으로 내 얼굴을 어루만진다. 진주가 내 얼굴로 올린 손길이 너무도 조심스러워 얼굴

안의 근육이 움찔거렸다. 눈 옆 상처 자국을 물기 흐르는 눈으로 바라보며 살짝 눌렀다, 뗐다, 다시 누르기를 반복한다.

진주는 입안에 침을 꿀꺽 삼키고는 입을 열었다.

"여기 아프지 않았니?" 침이 고인 목소리가 너무도 안쓰러웠다.

"어려서 다친 것 같은데, 기억도 나지 않아요."

어루만지던 손을 바닥으로 떨어뜨리고는 앉은 채로 나를 안았다. 몇 분이나 흘렀을까. 진주의 눈물이 촉촉이 어깨로 스며들며 적셨다. 숨결을 느낄 사이도 없이 진주는 안고 있던 손을 풀었다. 둘 사이의 좁은 간격으로 손을 넣고는, 내 가슴을 있는 힘을 다해 밀쳤다. 뒤로 몸이 젖혀진 나는 어리둥절했다. 속으로 또 시작인가, 하고 생각했다.

"오늘부터 넌 해고야. 다신 가게 앞에 얼씬거리지 마. 너 같은 자식 다신 꼴도 보기 싫어. 이따위 되먹지 못한 일을 왜 하는 거야." 잔인한 목소리로 소리쳤다. 가여웠다. 너무도 가엾은 그녀. 성격의 기복이 심해도 너무 심하다. 무엇이 진주를 이토록 바닥으로 내몰았을까. 그 시작을, 문제를 해결할 수 있다면, 내게 그런 기회가 주어진다면, 나는 불구덩이라도 무서워하지 않으리라.

여행을 다녀온 후로 진주는 가게에 나가지 못하게 했다. 이제 와 해고라니. 심각한 상황에서도 해고라는 말의 가벼움에 쓴웃음이 나왔다.

"왜 그러세요. 정말." 간절함으로 위장한 목소리, 조금은 기분이 풀어지기를 바라는 막연한 심정이었다.

진주는 대꾸하지 않고, 엉덩이를 털고 일어났다. 안방으로 한 발 한 발 힘을 주며 걸어갔다. 방 안에서 달그락거리며 서랍이 열리는 소리와 종이들이 마구 뒤섞이는 소리가 들려온다. 무언가를 열심히 찾는 것 같았다.

눈을 감고 진주의 방을 그려본다. 침대 옆의 하얀 서랍장의 소리는 조금 더 무거운데, 화장대 서랍의 가벼움에 가깝다. 일단은 안심이다. 침대 옆 서랍장 안에는 가스총이 있다. 진주는 이 집에 온 첫날 가스총을 꺼내 들고는 내 얼굴로 겨눴다.

"나를 덮치려거나 이상한 생각 하면 어떻게 되는지 알겠지." 진지한 표정으로 말했다.

진주와 성적인 관계를 맺는다는 생각은 애초에도 없었고, 시간이 흐른 지금도 마찬가지다. 나는 다만, 굉장히 굶주려 있었다. 사람에 대한 그리움, 보살핌에 대한 갈망. 내게 진주가 그런 존재가 되어줄 수 있다고 믿어 의심치 않았다. 흘러가는 대로 살아가는 삶이지만, 나도 믿는 것은 있다. 그것이 말로 표현하자면 복잡하고, 그럴 수도 없기에 나는 잠자코 있었을 뿐이었다.

"이거 갖고 꺼져." 문틀에 서서 진주는 통장 세 개를 던졌다.

"비밀번호는 네 생일이야."

내 생일? 의아한 눈빛을 담아 물었다.

"네? 제 생일을 어떻게 아세요?"

묵묵부답 진주는 말이 없다.

"이제 가봐." 가느다란 눈썹을 바짝 모으며 말한다.

"네?" 당황스러워 목소리 끝이 갈라졌다.

"말 안 들려? 이 집에서 당장 꺼지라고." 짜증스럽고 날카로운 목소리. 오가지도 못하고 머뭇거리며 오도카니 그 자리를 지키고 서 있었다.

"경찰 부르기 전에 꺼지라고." 소리치고는, 맨발로 성큼성큼 찬장 앞으로 갔다. 살짝살짝 들리는 진주의 가벼운 뒤꿈치.

찬장에서 꺼내 든 진은 그대로 바닥으로 내동댕이쳐졌다. 산산조각이 난 유리의 파편과 진의 색은 식별이 어려웠다. 진주의 행동이 더욱 과격해지기 전에 피하는 게 현명할 것 같았다. 내가 곁에 있으면 감정이 끝 모르고 더 널뛸지 모른다. 재빨리 현관으로 몸을 움직였다.

"이거, 가지고 가라고!" 진주는 통장을 현관으로 던졌다. 바닥에는 그녀의 찢어진 발에서 흘러나온 피로 물들어 있었다.

"괜찮으세요?" 다가가려 하자 진주는 사라지라고 소리 지른다. 내 가슴에서도 피가 새어 나오는 기분이다. 작고 아름다운 발에서 뿜어내는 붉은색의 절규를 닦아내지 못하는 나는, 죽고 싶었다.

통장 세 개를 들고 문을 나섰다. 이토록 흥분한 모습의 진주는 처음이었다. 길면 한 시간, 짧으면 삼십 분. 진주는 내게 다시 전화해, 이렇게 말하리라.

"치즈 사 가지고 들어와, 망고가 들어있는 걸로." 늘 그랬듯이, 아무 일도 없었다는 듯이. 나는 늘 그랬듯 진주가 좋아하는 암소가 그려진 치즈를 한 손 가득 들고 들어가리라.

"이건 암소야." 진주는 사각형의 치즈 껍질을 벗기며 말했었다.

"에이. 그걸 어떻게 알아요." 약간의 놀림 섞인 말에 진주는 이것 봐라, 하는 얼굴로 진지한 표정으로 말하곤 했다

"이렇게 요염한 표정을 수컷은 지을 수 없어."

진주가 좋아하는 요염한 표정의 암소 치즈로 기분을 풀어줘야지, 생각하며 크림색의 현관문을 열었다. 얼마 전까지 차가웠던 바람이 봄기운을 타고 뺨을 스친다. 내 가슴은 겨울인데, 날씨는 아랑곳하지 않고, 옷을 바꿔 입으려 한다.

"야!" 엘리베이터 앞으로 걸어가는 나를, 진주의 목소리가 불러세웠다.

"잘 살아야 해. 다시 내 눈에 띄면 그땐 정말로 죽여 버릴 거야." 결연한 척 지르는 그녀의 목소리가 가슴을 다시 헤집어 놓는다. 슬픔을 혼자만의 고통이라 생각하며 살아가는 진주. 다행히 발에는 수건이 감겨있다. 크림색의 문은 쾅 소리를 내며 닫혔다. 복도에는 진주 목소리가 메아리치듯 계속 울려 퍼졌다.

'잘 살아야 해. 잘 살아야 해. 잘 살아야 해.' 그녀의 목소리가 소용돌이처럼 귓가에 맴돈다. 터덜터덜 계단 하나에 일 초씩 계

산하며 한 걸음, 한 걸음을 아래층으로 힘겹게 내디뎠다. 진주를 어떻게 기쁘게 할 수 있을지, 어떻게 웃게 할 수 있을지, 상처가 심각한 것은 아닌지, 계단 하나하나에 생각을 담는다.

팔 층에서 일 층까지 눈 깜짝할 사이에 내려와 있었다. 일층 입구의 경비실을 지나자 아스팔트의 차가운 기운이 발바닥을 타고 오른다. 맨발이란 사실도 잊고 있었다. 짙은 회색의 아스팔트 위에 맨발은 도드라지고, 유난히도 초라해 보였다. 까칠한 표면과 내뿜는 냉기는 긴 잠을 깨워 일으켜 세워주는 기분이다. 저항하는 마음으로 그대로 바닥에 주저앉았다. 축 늘어져 거슬리는 운동복 주머니에서 통장을 꺼내 들었다. 통장을 펼쳤다. 세 개의 통장에는 일억이 검은 잉크로 찍혀있다.

삼억. 내겐 현실감이 없는 돈이다. 얼마만큼의 크기일까, 나를 시험하는 것일까, 내 생일은 어떻게 알지, 어떤 표정으로 그녀를 봐야 하지, 정말 떠나라는 건 아니겠지, 그녀와 함께하고부터는 질문과 생각들의 꼬리를 문다.

"안 추워요?" 남색의 유니폼을 입은 경비가 물었다.

대답할 겨를도 없이 쿵쿵쿵 무너지는 소리가 울려 퍼졌다. 물론 대꾸를 할 마음도 없었다. 남이야 추위에 떨든 말든 다른 사람이 신경 쓸 일이 전혀 아니다. 그건 오로지 진주에게만 주어진 자격이다. 하늘이 갈라질 듯 크게 울렸던 소리는 금방 잦아들었다. 마른하늘에 날벼락이라도 떨어졌으면 좋겠다. 그러면 조금은 현실감이 퇴색되리라. 허망한 생각을 해본다.

사람들의 날카로운 비명이 귀속으로 파고들었다. 경비는 헐레벌떡 뛰어갔다. 경비의 등을 따라, 사람들의 비명이 나는 곳으로 고개를 돌렸다. 그곳엔 수박이 처절하게 부서져 바닥을 붉게 물들어 놓았다.

부서지고 조각난 모습의 근원을 점으로 연결하듯 쫓았다. 여행을 떠난 그날 밤. 진주가 별을 잇는 법을 가르쳐줬던 방법 그대로 이어보았다. 빨간 점들을 눈으로 따라가자 하얀 매니큐어가 칠해진 손가락이 눈에 들어왔다.

진주 손에 항상 칠해져 있던….

18

그날 밤.

평소대로 11시에 가게로 출근했다. 진주가 했던 말 따위는 깨끗이 무시해 버리고자 마음먹었다. 그녀가 성난 얼굴로 달려와 '내 말 들으랬지.' 하며 소리치기를 애원하면서.

인수는 나를 보자, 입꼬리를 올리고는, 잔걸음으로 다가왔다.

"시후야! 요즘 왜 안 나왔어."

나는 여유롭게 웃었다.

"걱정했잖아." 인수는 어깨를 만지작거리며 만졌다.

"어라. 근육도 많이 빠진 것 같은데." 인수는 두 볼에 미소가 번지며 환한 표정으로 바뀐다. 나는 인수 앞에 무너지듯 주저앉았다. 흐느끼는 소리가 복도로 가득 울려 퍼질 뿐 실제로 눈물은 나오지 않았다.

인수는 나를 일으켜 세우고 뒤쪽의 방으로 데리고 들어갔다.

"시후야! 무슨 일이야?" 어안이 벙벙한 표정의 인수는, 온기가 가득한 손으로 내 손을 잡아주었다.

"징그럽게." 나는 손을 뿌리치고는 후후후, 소리 내어 웃었다. 멍한 표정으로 바라보는 인수에게 그냥 너 놀라게 해주려고, 말하고는 다시 웃었다. 입은 분명 웃고 있는데, 눈가는 무슨 이유에서인지 점점 뜨거워졌다.

"푸하하하하, 야! 이 나쁜 놈, 오랜만에 나타나서 사람한테 이렇게 장난치기가 어디 있어." 인수는 유쾌한 목소리로 말하고는, 민기가 그랬던 것처럼 내 목을 팔로 감쌌다. 다만 민기처럼 힘을 주어, 나를 고통스럽게 만들지 않았다. 인수의 허리춤을 잡고는 바닥으로 쓰러뜨리고는 그 품에서 나는 잠시 울었다.

비밀의 방에 또 하나, 나만이 짊어지고 가야 할 비밀이 늘었다.

누구도 알 수 없다. 말할 수 없다. 단지 나만 알 수 있는 비밀의 방. 이제 그 방문의 열쇠는 깊고 넓은 바다로 던져져 다른 사람이 열어보는 일은 절대로 일어날 수 없다.

손님과 처음 호텔로 동행했다.

하루가 멀다고 찾아왔던 여자는, 내가 가게로 출근했다는 말에 득달같이 달려왔다. 매니저한테 내가 출근하면 꼭 연락해 달라고 신신당부했다고 한다. 출근한 지 한 시간도 지나지 않아 여자는 가게로 모습을 보였다. 손끝이 언제나 퉁퉁 불어 손을 잡고 있으면 역겨운 기분이 드는 여자였다. 몸에서는 늘 남자 스킨로션 냄새가 났다. 그녀는 안마시술소에서 안마를 해주고 다리를 벌려주는 여자였다.

"당신과 함께 침대에 눕는 날을 언제나 그렸어." 계속 같은 말을 반복하며, 머리부터 발끝까지 정신없이 만졌다. 두 눈에 쌍심지를 켜고 잡으러 올 진주를 기다렸지만, 호텔 안의 시간은 아무렇지 않게 흘러갔다. 머릿속의 시계만 멈춰서 진주를 기다렸다.

그날을 시작으로 가게에서 내 몸을 원하는 손님이 있다면 주저하지 않고 몸을 허락했다. 가게에 진주 대신 사장 역할을 하기 시작한 실장은 내 몫의 돈을 건네주며, 수고했다고 말했다. 아무도 걱정하지 않는 나를 유일하게 인수만이 걱정해 주었다.

가게 앞 포장마차, 작은 플라스틱 의자에 인수와 마주 보고 앉았다. 우동 한 그릇과 소주 한 병. 무언가 어색하고 허전한 기분이었다. 나는 아무 말 없이 투명한 소주를 입안으로 털어 넣었다. 인수도 말끔히 잔을 비우고는 탁 소리를 내며, 테이블 위로 올렸다.

"왜 그러는 거야? 솔직히 말해봐." 우울한 인상의 얼굴이 오늘따라 더욱 서글퍼 보인다.

"뭐를?" 나는 물론 손님과의 잠자리에 대한 이야기라는 걸 벌써 알고 있었음에도 모른 척 시치미를 뗀다.

"정말 몰라서 묻는 거야?" 인수는 급작스럽게 표정이 굳어졌다.

"그냥. 뭐 어때. 돈 벌고 좋잖아." 대수롭지 않다는 듯 말하고는 소주를 핥듯이 마셨다. 진주가 와인을 마실 때처럼. 입술 양옆으로 흐르는 소주가 흘러내렸다. 상당한 기술이 필요한가 보다. 나는 손등으로 소주를 닦아내며, 집에 가서 물어봐야지 생각하고는, 스스로 어이가 없어져, 다시 소주를 입으로 가져갔다.

"천천히 마셔." 인수는 내 비어있는 잔에 소주를 채웠다.

"돈도 좋지만, 자제하는 건 어때?" 인수는 연민의 눈빛을 띠며 말한다.

내가 가장 싫어하는 눈빛은 내 못난 자존심을 건드린다. 나는 잔뜩 날이 선 목소리로 마음에도 없는 소리를 뱉어냈다.

"무슨 상관인데."

"몸 상할까 봐 그래."

나는 소주를 거푸 입으로 쏟아버렸다. 못난 나를 원망하는 심정으로.

"인수야 돈 얼마나 모았어?" 한결 부드러워진 목소리에 그제야 인수의 표정이 누그러진다.

"이제 400만 원. 아직 멀었지 뭐." 인수는 멋쩍게 웃는다.

3억.

나를 얼마나 팔아야 만질 수 있는 돈일까. 하룻밤 나라는 존재를 포기하는 가치, 삼십 만원. 얼마나 나를 버리고 버려야 만들 수 있는 돈인지. 두렵지도, 궁금하지도 않다.

한 번 몸을 섞었던 손님들은 더욱 노골적이고, 과감해졌고, 마치 내가 그들의 부속물이라도 되는 것처럼 대했다. 내 손을 잡고, 편안함을 느낀다고 말하는 손님들도, 내게 천사라고 부르는 사람들도 사라지고 없었다.

19

피로 얼룩진 시체를 둘러싸고 경찰과 구급대원은 몰려드는 구경꾼들을 막았다. 그들은 숙달된 동작으로 형편없이 망가진 시체를 응급차로 옮겨 실었다. 뒤이어 등장한 남자 두 명은 흰색 스프레이로 바닥에 사람 모양을 그렸고, 노란색의 테이프로 그 주변을 사각형으로 감쌌다. 모든 처리와 행동은 일사불란하게 이루어졌다.

넋이 나간 표정으로 맨발로 서 있던 내게 경찰이 다가왔다.

"혹시 투신하신 분과 아는 사이십니까?"

물론 그녀와 나는 아는 사이일 리 없다. 그녀가 진주일 리 없다. 흰색의 매니큐어를 바르는 사람은 얼마든지 있다. 발에 수건을 감싸고 있는 사람도 수없이 많을 것이다.

"몰라요." 나는 딱 잘라 말했다. 자신의 틈을 내어주기 싫을 때 진주가 하는 말투를 흉내 냈다.

"같이 살고 계신 분이라고 하던데요." 경찰은 경비를 손가락으로 가리키며 말했다.

"개소리하지 마." 경찰의 멱살을 움켜잡았다.

"뭐하는 겁니까. 이거 놓으세요." 경찰은 내 몸을 뒤로 밀쳤다.

나는 경찰의 멱살을 잡고 바닥으로 함께 넘어졌다. 소리 지르는 내 앞의 남자 목소리를 듣고는 같은 제복을 입은 남자들이 달려와 미친 소리를 하는 그와 나를 떨어뜨려 놓았다.

"개소리 지껄이지 마. 네가 뭘 안다고 난리야." 바닥에서 발버둥을 치며 소리쳤다. 아무것도 모른다. 그들은 아무것도 모른다. 누구 하나 내 곁으로 다가오지 않았다. 저만치 물러나 동정의 눈빛만 보냈다. 그럴수록 나는 더욱 거세게 소리쳤다.

"네가 뭘 알아?"

언제나 청결하고 순백의 피부인 그녀가 빨갛게 물들어 있을 리 없다. 지금 당장에라도 아파트로 올라가면, 진주는 흐느끼며, 날카롭게 뒤틀린 얼굴로 집 안의 산소를 모조리 없애고 있으리라. 병적으로 깔끔을 떨었던 그녀다. 이틀에 한 번씩 오는 도우미 아줌마가 청소를 하고 떠난 후에도 자기 손으로 바닥을 쓸고 걸레질을 해야만 직성이 풀리는 성격이었다. 진주는 욕실의 물기조차 허락하지 않았다. 물기를 머금은 물건이 있으면, 수건으로 말끔히 닦아냈다. 다만, 최근에 조금 나태해졌을 뿐이었다. 며칠째 계속된 꽃샘추위가 끝나자, 몸도 마음도 풀어졌을 것이다. 그녀가 바닥에 뒹구는 일은 당연히 말도 안 된다.

망연자실해 바닥에 앉은 나를 뒤로하고, 경찰관은 경비와 몇 마디 얘기를 나누었다. 내게 멱살을 잡혔던 경찰은 생수통을 건넸다.

"물드세요." 단지 착각에서 비롯된 못된 장난이리라. 생수통을 열어 한 모금 마셨다. 한숨이 빠져나왔다. 내 뒤에 나를 지켜보던 경찰은 괜찮은지 물어왔다. 나는 고개를 끄덕였다. 경찰은 참고인으로서 경찰서로의 동행을 요구했다.

컴퓨터를 사이에 두고 딱딱한 철제의자에 마주 앉았다.

"성함이?"

"이시후요."

"여자 분하고 어떤 관계이셨죠?" 아무런 감정도 실리지 않은 목소리는 질문이 과거형이었다.

"사장님이요."

"아니 누나요, 누나." 나는 재빨리 말을 바꿨다.

"그럼 이진주 씨가 친누나라는 소리입니까?" 경찰은 진주의 신분증을 보이며 말했다. 신분증을 잡으려고 하자 경찰은 얼른 손을 뒤로 뺐다.

"주머니에 들어있었습니다." 하며 컴퓨터 자판을 두들기는가 싶더니 말한다.

"가족이 없는 걸로 나오는데요." 경찰은 지겹다는 표정을 지었다.

"이시후 씨 직업은 뭡니까?" 지극히 사무적인 목소리다.

"호스트." 초점을 잃은 눈빛으로 답했다.

경찰은 작위적으로 미간과 콧등에 주름을 만들고 혐오스러운 눈길로 위에서 아래로 내 몸을 훑어봤다. 몇 개의 쓸데없는 질문을 하고는 이어서 말했다.

"그럼 단순 동거인이네요." 하며 단정 지어 말했다.

"그딴 게 아니야. 당신네가 뭘 알아?" 나는 책상을 치며 일어났다. 책상에 올려진 생수통이 바닥으로 떨어져 나뒹군다. 나는 눈으로 생수통을 좇았다. 어디서 멈출지, 무언가가 막아서는지. 툭하고 내 발 앞에서 멈춰 섰다. 검정의 낡은 슬리퍼를 신고 있다. 경찰이 준 슬리퍼. 그들의 거짓에 동조해 놀아났다는 기분에 가슴속으로 뾰족한 가시가 돋친다. 무릎에 힘을 주어 슬리퍼를 걷어찼다. 고무 슬리퍼는 벽에 맞고 힘없이 떨어졌다. 다른 쪽 슬리퍼도 마찬가지다.

"이 양반이 지금 뭐하자는 거야. 여기가 어디라고 행패야." 경찰은 벌떡 일어나 내 어깨를 눌렀다. 덩치가 내 두 배쯤은 되어 보였다.

"이봐. 앉아." 남자는 강압적으로 말했다.

"당신이 뭔데 나한테 명령이야." 경찰서 안이 쩌렁쩌렁 울릴 정도로 소리쳤다.

"공무집행방해죄로 처벌받고 싶어?" 남자도 지지 않는 큰 목소리로 말했다.

그의 목덜미를 잡자, 근처 자리에 앉아있던 동료 경찰관 세 명이 달려왔다. 한창 승강이를 벌인 끝에 경찰은 차분하고 낮은 목소리로 말했다.

"됐으니 돌아가 보세요. 나중에 필요하면 따로 연락드리죠."

20

진주는 함께 있어도 말이 별로 없는데도 불구하고, 빈자리가 유독 크게 느껴졌다. 덩치는 작은데 집안을 꽉 채우는 느낌이 드는 사람이었다.

진주 집에서 홀로 지낸 지 4달이 지났다. 나는 평소와 다를 것 없는 생활을 해나갔다. 눈을 뜨면 목욕을 가고, 낮잠을 자고, 해가 지면 미용실에 들러 일을 나갔다. 몸에 익힌 그대로 움직였다. 아무것도 달라지지 않았다. 다만, 그녀가 며칠째 가출 중이라는 것 덕분에 택시를 매일같이 타야 하는 것과 일주일에 세 번만 일을 나가는 것을 빼곤 나머지는 전혀 변하지 않았다. 리모컨 놓는 위치도 진주가 좋아하는 CD의 순서도 집안의 풍경은 아무것도 변하지 않았다. 그렇게 고요한 시간은 흘러갔다. 가게로 출근하지 않는 날이면 술에 취한 진주가 그랬듯이 양털 위에 무릎을 세우고 앉았다.

“여름엔 치워 놓는 게 낫지 않을까요?”

작년 이맘때였다.

“양털은 말이야. 여름엔 시원하고, 겨울에는 따뜻해. 그게 매력이지.” 진주는 어린애 같은 얼굴로 말하고는 뿌듯한 표정을 지었다. 진주의 말대로 시원하지는 않았지만, 포근한 느낌이 여름에도 답답하게 느껴지지 않았다.

그녀처럼 무릎 사이에 얼굴을 넣고 그녀의 흐느낌을 따라 해본다. 진주와 같은 진동으로 공간을 울리려고 노력해봤다. 주르륵 흘러내리는 눈물은 진주의 그것이 아니다. 간절히 듣고 싶은 진주가 들려주고, 보여줬던 것과 판이하다.

진주의 얼굴을 머릿속으로 그리려 애쓰면 경찰의 냉소적인 모습만 또렷해진다. 가까스로 떠올린 진주는 곧 경찰의 모습으로 바뀌고, 경찰을 떠올리면 진주가 흐릿하게 보였다. 나는 습관적으로 경찰의 모습을 떠올렸다. 경찰이 모습이 지워지면 이유 없이 조사를 받았던 그곳으로 찾아갔다.

“진주 아직 찾지 못했나요? 아직도 집으로 돌아오지 않아서요.”

“연락이 아직 없네요.” 진주의 얼굴을 떠오르게 하는 남자는, 측은하다는 표정을 지으며 내가 가엽다는 듯이 얘기했다. 나는 눈으로 남자의 얼굴을 똑똑히 심어놓고, 다시는 까먹지 않으리라 다짐했다.

“그럼 수고하세요.” 고개를 꾸벅 숙이고 경찰서 문을 열었다.

“커피 마실래요?” 나무로 팔걸이가 있는 검은색의 가죽 소파는 울퉁불퉁했다.

“많이 힘들죠?” 남자는 커피가 담긴 연두색의 머그잔을 들고 내 앞에 앉았다. 잔 안에는 얼음 한 개가 외로이 동동 떠다니고 있었다.

“잘 마시겠습니다.” 미지근한 커피를 한 모금 마시자, 몸에 열기가 올랐다.

“근데, 가출하면 찾을 수 있는 거 맞나요?”

“올해는 참 덥겠죠?” 남자는 내 질문에 대답 없이 유리로 된 문으로 고개를 돌리고는 딴소리를 했다.

“공공기관은 에어컨도 마음대로 켜지 못해서 죽을 맛이에요. 이런 날은 뽀드득 소리가 나는 흰 눈을 밟는다고 생각하면 잠깐이나마 시원해지는데 말이죠.”

“흰 눈이요?” 내가 묻자,

“내 새하얀 눈이요.” 하고 남자는 대답했다.

깨끗하고, 새하얀 흰색.

“사장님은 왜 흰색 매니큐어만 칠하세요?” 진주와 지낸 지 6개월이 넘는 어느 날, 거실에서 맥주를 홀짝이며 물었다.

“진주 같잖아. 반짝이는 게 나처럼.” 진주는 자신의 대답에 만족스러운 얼굴을 하고는 와인을 홀짝홀짝 마셨다.

"진주 목걸이 선물해 드릴까요?" 나는 발랄하게 물었다.

"난 액세서리하고 다니는 거 싫어. 언젠가는 잃어버리고 말 테니." 진주는 공허한 눈으로 말했다.

언제 돌아올지 모르는 그녀, 느닷없이 그녀를 잃었을지도 모른다는 두려움의 고통이 찾아왔다. 잃었다는 표현이 적절한지 모르겠다. 내 것이 아닌 것을 잃는다는 게 가능한지 도통 알 수 없는 노릇이다. 그런데도 꿈틀거리는 나의 모든 세포 하나하나는 내게 속삭인다. 완벽하게 그녀를 잃었다고. 슬픔은 매일 그런 식으로 나를 조롱한다.

21

"형아, 오랜만이네."

꼬마의 말 그대로 오랜만이었다.

아빠가 퍽 목욕을 좋아하는 모양이다. 아님, 꼬마가 졸라서 오는지도 모르겠다. 이번엔 잠수부가 쓸법한 원형의 커다랗고 두툼한 수경을 쓰고 있다. 코까지 덮어쓴 수경은 얼굴을 반도 넘게 차지한다. 꼬마는 못 본 사이 포동포동하게 볼살이 올라있었고, 머리카락은 조금 짧아진 듯했다. 장난기 가득한 미소는 여전했다.

탕 안으로 몸을 담근 내 옆에 자리를 잡고 앉는다.

"형아. 이거 어때?" 고글 모양의 수경을 작은 손으로 만지작거린다. 꼬마는 매끈하고 볼록 나온 배를 내 팔꿈치에 비볐다. 낯선 사람과의 스킨십도 거리낌 없는 아이, 나도 그랬다. 불과 작년까지 생면부지 남이었던 사람과도 거리낌이 없었다. 일 년 사이 무섭고 비열한 삶의 이치에 벽을 쌓게 됐는지 모르겠다.

"응."

"어떠냐고?" 코맹맹이 소리로 오른팔을 잡고 흔들었다.

"멋있어." 나는 최대한 무심하게 말했다. 습기가 가득해진 수경이 제대로 보일지 의심됐다.

"잘 보이기는 해?" 물기로 축축한 머리를 쓸어 올렸다.

"형도 한번 써볼래?" 뒤통수의 밴드를 잡고 벗으려는 꼬마의 손을 잡고는 괜찮다고 하자 꼬마는 실망스러운 얼굴로 일그러졌다.

"누군가를 잃어버린 적 있어?" 꼬마는 갑작스러운 질문에 고개를 갸웃한다. 어떠한 대답을 원하는 것도 아니면서 나는 설명을 덧붙였다.

"할아버지나 할머니, 혹은 뭐 누군가를 잃어버린 적 없어? 먼 곳으로 떠났다거나 뭐 그런 거." 질문을 하는 자체가 한심하다고 생각했다.

"아. 할아저비." 혀 짧은 목소리를 머릿속으로 몇 번이나 되새기고 나서야 할아버지라는 것을 인식할 수 있었다.

"할아버지 돌아가셨어?"

"응, 어렸을 때."

"지금도 넌 어리거든." 들릴 듯 말 듯 작게 중얼거렸다.

수증기가 가득한 목욕탕은 어슴푸레 안개가 낀 새벽 같았다. 온도를 맞추려 연신 쏟아지는 물줄기의 소리가 침묵한 공간을 메운다.

"나는 얼마 전에 누나를 잃었어. 어디로 갔는지 모르겠어." 눈시울이 따끔거리며 아파져 왔다.

"괜찮아, 곧 올 거야." 꼬마는 내 어깨에 머리를 툭툭 박았다. 딱따구리처럼.

"너 거기서 뭐 해?" 낮고 굵은 남자의 목소리, 오늘은 어쩐지 그 목소리가 정겹게 들렸다.

"조금 있다가 또 봐." 눈을 찡긋거리더니 물기로 매끈매끈한 몸을 유연하게 밖으로 꺼냈다. 눈으로 좇는 내가 느껴졌는지 뒤를 돌아보며 힘내, 하고는 힘차게 손을 흔든다. 꼬마의 자그마한 몸이 어딘가 어색하게 느껴졌다.

"전화했네."

현준이에게 전화를 걸었다. 8월의 밤, 한낮의 후끈한 열기가 이어지는 기분이었다. 목욕탕에서 나오자마자 땀이 주르륵 흘러내린다. 이런 헛수고가 따로 없다. 집으로 돌아가면 에어컨을 가장 낮은 온도로 틀고, 화장실 문을 열어놓고 찬물로 온몸을 흠뻑 적시리라.

"어떻게 지내나 싶어서."

"더워서 힘이 없어?" 현준이의 죽어가는 목소리가 걱정돼 물었다.

"열대야잖아."

"그러게." 뚝뚝 흘러내리는 땀이 핸드폰 사이에 젖어든다.

"보고 싶다." 나는 잠시 할 말을 잃었다. 곁에 없으면 죽을 것 같던 현준이를 까맣게 잊고 지냈던 것이다.

"내일 볼까?"

"정말로 하는 소리야?" 내 질문에 놀랐는지 현준이가 물었다. 아차 싶었다. 내가 울산에 있는 줄 아는 현준이.

"이제 서울로 올라가려고, 여기 너무 지루해."

"정말?"

"그럼 정말이지." 약속을 정하고 전화를 끊었다. 짙고 푸른 남색의 하늘은 마냥 깨끗하기만 했다. 길을 잃은 나그네의 나침반이 되어주는 별빛은 보이지 않았다.

"어이." 고개를 들자, 현준이는 활짝 웃고 있었다.

"여긴 처음이네." 나는 보던 잡지를 덮고 일어나, 현준이를 안았다.

"징그럽게 왜 이래." 촉촉하게 젖은 등줄기, 현준이의 냄새. 나를 그리운 그 시절의 나로 되돌려 놓기에 충분했다.

"내부가 이렇게 클 줄은 몰랐네, 매일 지나치기만 했더니 말이야."

"잘 지냈지?"

"커피 마실래?"

"그보다는 술이 마시고 싶은데."

어딘가 지쳐 보이는 얼굴의 현준이와 근처 술집으로 들어가 카운터 자리에 앉았다. 우리는 잔까지 시원한 맥주로 건배를 했다.

"민기자식 삐치지 않을까?"

"오늘만 둘이 마시자." 현준이는 우울함이 섞인 목소리로 말했다. 무슨 일이 있다는 것은 카페로 들어오는 순간부터 직감하고 있었다. 눈 밑이 그늘졌다는 것은 며칠 동안 무언가에 대한 고민으로 전전긍긍 잠을 이루지 못했다는 증거이다. 나는 그것도 좋지, 말하고 방긋 웃고는 물수건 하나를 현준이에게 건넸다.

"잘 지낸 거 맞지?" 현준이는 물수건으로 손을 닦으면서, 하고 물었다.

"물론." 나는 짤막하게 대답했다.

"다행이다." 현준이는 꿀꺽꿀꺽 맥주를 열심히 목으로 넘겼다.

"왜 이렇게 살이 빠졌는데?" 나는 맥주잔으로 시선을 떨구고는 그런가, 하고 힘없이 웃었다. 살이 빠지지 않는 게 이상할 정도로, 제대로 된 식사를 한 기억이 희미하다. 매일 아침, 빵과 우유를 입으로 밀어 넣고, 그것도 여의치 않으면 서툰 솜씨로 만든 계란 프라이로 대신했다.

두 잔, 석 잔, 평소와 달리 현준이는 말없이 맥주만 마셨다.

"이렇게 마셔도 돼?"

"주량이 많이 늘었어. 지선이 덕분에." 현준이는 문제없다는 듯이 웃어 보였다. 안주로 나온 삼겹살 숙주 볶음과 크로켓에 손도 대지 않고 우리 둘은 열심히 맥주를 마셨다.

"사는 게 재미가 없어." 현준이의 말에 텅 빈 공허함이 느껴졌던 이유를 몇 분 후에 듣게 되었다. 지선이의 일방적인 이별 통보를 받은 현준이. 원치 않는 이별의 아픔을 현준이와 나는 함께 겪고 있었다.

"지선이와 끝났다고, 인생이 끝난다는 게 아니라는 것쯤은 나도 알고 있어." 현준이는 역시나 술이 과했는지, 딸꾹질을 섞어가며 말을 했다. 나는 같이 마셨음에도 오히려 정신은 술을 마시기 전보다 훨씬 멀쩡했다.

"그런데도 여기가 너무 아프다." 혀가 꼬부라지는 목소리로 말하고는 주먹으로 가슴을 툭툭 내리쳤다. 나는 뭐라 할 말이 없어, 어깨만 토닥였다.

"넌 항상 우리보다 특별했잖아, 항상 멀리에 가 있었잖아. 뭐라고 말 좀 해봐." 게슴츠레한 눈으로 현준이는 나를 바라봤다.

"잠시 가출했다고 생각해."

"가출?"

현준이는 기대고 있던 팔에 힘이 빠졌는지, 테이블 위로 푹 하고 쓰러져 잠이 들었다. 그리고 잠꼬대처럼 웅얼거리며 "가출"이라고 말했다. 그래, 가출. 언젠가 돌아올 수 있다는 믿음이 없다면 살아갈 수 없을지도 모르잖아. 나는 잠이 든 현준이의 머리 위로 말했다.

한참이 지나도 현준이는 일어날 기미를 보이지 않았다. 나는 혹시나 하는 기분으로 핸드폰의 문자를 살펴봤다. 다행히 일 년 전의 문자가 그대로 있었다.

―어제 잘 들어갔어? 나 윤미야. 어제 재미있었어.―

나는 고민 않고 수신된 번호로 전화를 걸었다. 호기 좋게 통화 버튼을 눌렀던 마음과 달리 신호음이 흐르자 긴장됐다.

"여보세요?"

수화기 반대편 여자의 목소리는 기억조차 나지 않았다.

"나, 시후라고 하는데 기억해?" 몇 초간 생각을 더듬는지 아무 말 없이 조용했고, 텔레비전 소리인지, 친구들의 목소리인지만 들려왔다.

"혹시, 현준이 친구?" 조심스러운 목소리에 맞는다고 대답했다.

말이 없는 그녀에게 어울리지 않게 밝은 목소리로 덧붙였다.

"오랜만이지."

"그러게, 일 년만인가." 그녀는 웃었다.

집에서 가족들과 텔레비전을 보고 있었다는 그녀를 술집으로 불러냈다. 현준이와 지선이가 헤어진 이유가 궁금해 참을 수 없었다. 현준이 가슴의 상처를 치유해 줄 수는 없지만, 그 이유라도 알고 싶었다. 아무것도 알지 못하고, 혼자만의 상상에 빠지는 멍청한 짓에는 이제 진력이 났다. 그것은 배려도 아니고, 그 사람을 존중해 주는 것도 아니었다. 한 시간도 채 지나지 않아, 반바지에 반팔 티셔츠 차림의 그녀가 들어왔다.

"잘 지냈어?" 윤미는 눈이 마주치자, 먼저 인사를 했다. 어색했는지 내 어깨를 살짝 건드렸다.

"현준이는 어쩌다…." 팔을 베고 엎어져 있는 현준이를 보며 말했다.

"술이 과했나 봐." 나는 궁금하지도 않은 안부를 물었고, 그녀의 대학 생활에 대해 들어줬다. 그리고 그녀가 어쩜 문자에 대답도 안 하느냐고 구박하자 나는 앞으로 잘하겠노라고, 거짓말을 했다. 익숙해진 거짓말은 거리낌이 없었다.

"여자 친구는 생겼어?"

"아니."

"나는 어떤데?" 하는 적극적인 말에 나는 뭐라 할 말이 없어 미소만 지었다.

"그보다, 현준이랑 지선이는 어떻게 된 거야?" 나는 가장 궁금한 질문을 했다.

"맨입으로?" 윤미는 짓궂은 아이처럼 미소 지었다.

뽀뽀라도 해줘야 하는 건가, 립글로스로 번들거리는 그녀의 입술을 보며 생각했다. 내 어색한 표정이 마음에 걸렸는지 윤미는 장난이야, 하고는 앞의 조금 남아있는 맥주를 비웠다.

"맥주 한 잔 더 주세요."

나는 윤미를 바라보며, 현준이의 이별에 관한 이야기를 기다렸다. 차갑게 이슬이 맺힌 맥주가 나오자, 윤미는 입으로 가져가 살짝 마시고는, 말했다.

"지선이가 욕심이 많아서."

"욕심?"

"지선이는 젊었을 때 남자를 많이 만나야 한다고 생각하는 애거든."

나는 그제야 이해가 된다는 듯이 고개를 끄덕였다. 모두가 자기 생각과 소신대로 살아간다. 나는 잘 알고 있음에도 화가 났다.

"참, 못됐네." 진심이 뚝뚝 흐르는 목소리로 말했다. 험악한 내 표정에 놀랐는지, 윤미는 자신이 미안하다며 사과했다.

"내가 너무 오래 잤지?" 하며 술을 마시기 전의 혈색으로 돌아온 현준이 고개를 들었다. 그리곤 잠시, 내 옆에 나란히 앉은 윤미를 보더니 놀란 표정을 지었다. 내가 여자 친구를 불렀다고 착각했는지, 예의 바르게 말했다.

"초면에 죄송해요." 나와 윤미는 웃을 수밖에 없었다.

"나 기억 안 나?" 윤미가 묻자, 그제야 기억에 났는지 현준이도 함께 웃었다. 그 밤, 우리는 떠나간 지선이에 대해서는 한마디 얘기도 하지 않았고, 쓸데없는 미래에 대한 공상을 떠들며 밤새 술을 마셨다.

22

가게에서 진주의 부재에 대해 궁금증을 갖는 사람은 없었다. 그녀의 존재가 과연 있기는 했던 것인지 의심될 정도로 무관심했다.

"요즘 도대체 무슨 일이야?" 인수는 대기실에 앉은 내게 물었다.

"아무 일 없어."

"그런 얼굴을 하고 아무 일도 없다는 게 말이 되니?" 인수는 걱정스런 얼굴을 하고 있었다.

"혹시 사장님 때문이니?"

"그게 무슨 말이야?" 나는 얼굴을 돌려 미간을 잔뜩 찌푸렸다.

"사장님하고 이제 같이 지내지 않는다고 가게 사람들이 그러던데 맞는 말이야?"

"네가 뭔데 아는 척이야." 눈을 흘기며, 작지만, 또렷이 들리도록 말했다.

"내가 뭐냐고?" 인수는 고개를 숙이고 말을 이었다.

"나는 적어도 너를 친구로 생각했는데, 서운하네." 둘 사이에 침묵이 흘렀다.

"미안해." 간신히 나온 말에 나는 부쩍 헤퍼진 눈물이 흘렀다.

"시후야! 사랑이 뭐라고 생각하니?" 인수는 무릎을 가슴으로 끌어당기며 물었다. 그 모습이 마치 진주 같아, 가슴이 흘러내리는 기분이었다.

"내 얘기 들어 볼래?" 인수는 내 얼굴을 들여다보고는 무슨 말인지 모르겠다는 내 표정을 보더니, 확실하게 집어서 말한다.

"내 사랑 얘기 말이야."

"사랑?" 나는 그 단어를 툭 내뱉었다. 생전 처음 들어보는 듯 어색한 단어, 사랑. 현준이는 사랑 때문에 그토록 괴로워했던 것일까? 아니면, 지선이 때문에 괴로워했던 것일까? 분명 둘 다였을 테지. 나는 진주를 사랑하지 않았지만, 그녀의 존재가 주는 울림에 스스로 무너졌고, 곁에 없는 그녀 때문에 숨을 쉬기 어려울 만큼 순간순간 가슴이 쓰라려 온다. 사랑, 모든 것을 사랑으로 통용하기엔 쉽고도 위험한 단어라 여겼다.

"오늘은 그만 퇴근하자. 같이 가고 싶은 데가 있어." 인수는 내 손을 잡고 일으켰다.

"저희 일찍 들어가 볼게요." 진주 대신 사장 자리에 앉은 실장은, 어찌하든 상관없다는 표정으로 그러라고 했다.

가게 밖에 정차된 택시를 타고, 한강대교를 건넜다. 밤에 바라보는 한강은 여유로우면서도 쓸쓸해 보였다. 반짝이는 불빛이 강물에 튕겨 나와 더욱 그렇게 보이는 듯싶었다.

택시에서 내린 인수는 남자들이 삼삼오오 서 있는 건물 앞으로 갔다. 여자는 하나 없이 남자들만 있는 모습이 의문스러워, 나는 눈을 굴리고 있었다.

"여기 게이 클럽이야."

"들어가자." 내 안색을 잠시 살피고는 인수는 지하 계단으로 내려갔다.

인수는 바에서 맥주를 두 병 들고 와서는 한 병을 내게 줬다. 너무 차가워 들고 있는 손마저 시릴 정도였다.

"난 여자한테 이성적인 감정을 느끼지 못해." 인수는 마주 서서 말했다.

"그런데?" 다음 말이 이어지지 않아 나는 입을 다물었다.

"내 사랑은 이곳에 있다는 말이야." 인수는 내 앞에서 간단하게 커밍아웃을 했다. 아무 말 않고 가만히 서 있는 내가 답답했는지, 인수는 밖으로 나가자고 했다. 클럽 앞에 'jazz'라고 쓰여 있는 이 층으로 올라갔다. 조용한 재즈가 흐르는 술집에는 우리 말고 다른 손님은 없었다.

"내가 너를 좋아한다는 소리는 아니니 오해하지 마." 인수는 진토닉을 한 모금 마시고는 잔을 흔들었다. 잔과 얼음이 부딪치는 마찰음은 경쾌하게 울렸다. 내 입에서 웃음이 터져 나왔다.

"왜 웃어?" 인수는 눈살을 찌푸렸다. 민기가 자주 하는 질문이다. 역시 인수는 민기와 현준이와 닮아있다.

"별것도 아닌 일로 왜 그렇게 심각한 얼굴을 하고 있어." 나는 스트로우로 글라스의 얼음을 쿡쿡 찔렀다.

"정말 그렇게 생각해?" 인수는 기쁘다는 듯이 말했다. 진심으로 기쁨이 가득 담긴 목소리로.

"그래. 이 변태 자식아." 나는 말하고 큰소리로 웃었다. 낮게 깔리는 재즈의 노랫소리는 우리의 웃음으로 묻혀버린 지 오래였다.

"모두 다 지우고 신 나게 놀고 싶어." 나는 잔에 남은 술을 한입에 털어놓고는 전혀 신이 나지 않는데도 목소리를 높여가며 말했다. 진주 앞에서 늘 보였던, 밝은 모습 그대로.

그녀의 붉은 렌즈

1

눈을 뜨자 버려져 있었다.

내 나이 불과 열 살, 겨울 준비에 들어선 가을이었다.

집에서 버려지기 한 해 전, 엄마는 집을 나갔다. 하루도 빠짐없이 술을 마시는 아빠에게 지쳤던 것이다. 아빠는 엄마가 집을 나간 지 한 달도 지나지 않아 한 여자를 데리고 왔다. 적갈색의 꼬불꼬불한 파마머리가 어깨까지 늘어진 여자는 억척스러워 보였다. 눈가 주위에는 점인지 주근깨인지 구별하기 힘든 시커먼 얼룩이 가득했다. 누군가 일부러 검정과 갈색의 물감을 뿌려놓은 것 같았다. 아빠는 그 여자에게 엄마라고 부르게 시켰다. 아무런 설명도 없었다. 아빠는 늘 그런 식이었다.

느닷없이 나타난 여자에게 엄마라고 부르기란 쉽지 않았다. 여자를 불러야 하는 상황을 되도록 만들지 않으려 애썼다. 그렇게 조심해도 어쩔 수 없는 상황은 발생하기 마련이었다. 그럴 때면 다 죽어가는 목소리로 말했다.

"저기요."

"엄마라고 부르랬지." 아빠는 있는 힘껏 미간에 힘을 준다. 미간에 깊게 패는 주름은 폭력의 전조였다. 저녁 식사 중이던 식탁 위는 아빠의 한마디로 싸늘하게 얼어붙었다.

"네." 두려운 마음은 대답과 동시에 고개를 저절로 숙인다.

"다시 불러봐." 명령조로 말하는 아빠. 오랫동안 직업군인으로 군대에 몸담고 있었던 아빠는 명령하는 데 익숙했고, 복종을 당연하게 받아들였다.

나는 국물을 바지로 쏟은 조심스럽지 못한 자신을 원망했다. 휴지를 필요로 했던 자신에게.

"엄마." 아빠의 폭력보다 무서운 것은 없었다. 그 여자가 집으로 침범한 지 일주일도 지나지 않아, 나는 죽기보다 싫은 말을 입에 담았다.

"휴지 좀 주세요."

"조심하지 그랬니." 온화한 목소리로 감추고 있지만, 나를 얼마나 못마땅하게 생각하는지 알고 있다. 그녀는 아빠 앞에서 꽤 능숙하게 연기를 한다. 자상하고, 자애로운 엄마의 모습으로.

"옷 갈아입고 와야겠네." 여자는 바지의 물기를 대충 닦아내고는 나를 일으켰다.

"밥 먼저 먹어, 이따 갈아입어도 돼." 아빠는 눈도 마주치지 않고 말한다.

"네." 눈을 마주치지 않고 대답했다. 여자는 나와 눈이 마주치자 고소하다는 듯이 미소를 짓는다. 한쪽만 삐죽 올라간 입꼬리, 아빠가 여자의 표정을 본다면 가식을 알아챌 수 있을 텐데. 우둔한 아빠가 아주 약간 불쌍하게 느껴졌다.

젓가락으로 연근을 집으며 생각했다. 나 역시도 여자 못지않은 연극배우가 되는 것이다. 집은 나의 무대이고, 나는 능숙하게 딸을 연기하는 최고의 배우가 되는 것이다. 상영종료는 내가 침대에 누워 잠자리에 드는 순간이다. 눈을 감으면, 박수갈채로 하루를 마감하는 것이다. 아작아작 연근을 씹었다.

아빠의 폭력이 시작되면 몇 시간씩 이어졌다. 엄마에게 시작된 폭력 행사에 다리를 붙잡고 애원해도, 매달린 나를 발로 걷어찼다. 아빠는 화를 내면 낼수록 감정이 끌어 오르는지 주체하지 못했다. 생각해보면 엄마의 가출 이유는 술 자체보다는 술에 취해 이어지는 폭력과 폭언이었는지 모른다.

집 안에서 내가 선택할 수 있는 것은 없었다. 아빠가 정한 규칙은 따라야 하는 것이었고, 그뿐이었다. 규칙에 어긋나는 행동은 구타로 이어지거나, 발가벗겨 팬티만 입은 채 밖으로 쫓겨났다. 어린 나이에도 전라의 몸으로 문밖에 있는 것은 수치스러웠다. 그래도 다행스러웠던 것은 대문 밖으로 쫓겨나지 않았다는 것이었다.

집은 큰 대문과 작은 마당을 통해 현관문으로 이어져 있었다. 봄이면 피어나는 꽃들은 화려하고, 아름다웠다. 장미, 수국, 백일홍과 키가 작은 맨드라미까지 엄마는 조화롭게 심어 놨다. 나는 엄마 옆에서 복숭아씨며, 수박씨, 사과씨, 먹고 남은 과일의 씨앗을 심곤 했다. 신기하게도 새싹이 돋는가 싶다가도, 얼마 가지 못해 시들어 버려 나를 실망하게 했다.

나는 현관문 앞에서 몇 시간이고 무릎 사이에 얼굴을 넣고 기다렸다. 화가 풀린 아빠가 문을 열어주기를.

여자가 집으로 왔던 해의 여름은 유난히 길고 무더웠다. 비가 시도 때도 없이 내리는 바람에 가방에는 늘 삼단 우산이 들어있었다. 계속되는 비로 엄마가 정성 들여 가꾸어 놓은 화단은 금세 엉망으로 어지럽혀졌다. 꽃줄기들은 하루가 다르게 자라나 이리저리 얽혔고, 넝쿨은 길게 자라 빗지 않은 머리카락처럼 헝클어졌다. 여자는 벌레가 꼬인다며 화단의 식물들을 파냈다. 엄마와 나의 추억이 가득한 장소를 여자는 아무렇지 않게 짓밟아 나갔다.

듬성듬성 흙이 파헤쳐진 구멍과 흙무더기로 화단은 폐허로 변했다. 몇 년간 일구어온 엄마의 화단은 반나절 만에 망가져 버렸다. 일부러 못 본 척 지나치려 해도 저려오는 가슴은 외면할 수 없었다. 엄마의 세세한 손길이 닿는다면 다시금 마법처럼 예전의 아름답던 모습으로 변할 수 있을 텐데…. 이루어질 수 없는 기대라는 것을 알고 있었지만, 나는 매일 밤 기도했다. 화단이 내려다보이는 2층의 내 방에서 엄마가 돌아오기를.

화단을 시작으로, 여자는 집안에 남아있는 엄마의 흔적들을 하나씩 지워나갔다. 엄마가 틈틈이 만들었던 식탁보와 방석, 쿠션 커버를 촌스럽다며 버렸고, 식기 도구를 자신의 취향대로 바꿨다. 아빠는 평소의 모습과 달리, 여자의 그런 행동에 대해 모른 척 넘어갔다. 엄마에겐 과소비가 심하다는 잔소리를 늘어놨던 아빠의 이중적인 모습에 치가 떨렸다.

여자가 우리 집에 눌러산 지 일 년이 지나고, 뒷산의 나무들이 단풍으로 물들 때였다. 아빠는 남자 아기를 품에 안고 나타났다. 이번에도 설명 따위는 없었다. 단지 동생이니 잘 돌봐주라는 말뿐이었다. 어린 나이지만 상황에 대한 이해가 빠른 만큼 이해도 쉬웠다. 여자의 아기라는 것쯤은 쉽게 유추할 수 있었다. 크고 얇고 긴 눈은 여자와 닮아있었다.

웃음이 없는 여자와 달리 아기는 눈만 마주치면 히죽히죽 잘도 웃었다. 아기의 손과 발의 크기는 정말 놀라웠다. 내 손가락 두 마디 크기. 작은 손은 손가락을 건네면 꽉 움켜쥐고는 입으로 가져갔다. 엉성하게 자란 이빨로 손가락을 깨물고 빨았다. 아기가 입으로 가져간 내 손가락은 침 범벅이 되어 반질반질하게 변했다. 신기하게도 지저분하거나 더럽게 느껴지지 않았다.

아기에 대해 이것저것 물어도 아빠의 대답은 냉담했다.

"어린애는 몰라도 돼." 아빠는 얼굴을 일그러뜨리며 딱딱하게 말했다.

"올해 두 살이야. 네 동생이니, 앞으로 잘해주어라." 묵직한 아빠의 입에서 어렵게 나이만 들을 수 있었다.

집에서 멀지 않은 곳에 놀이터가 있었다. 놀이터로 동생들과 함께 오는 친구들이 늘 부러웠다. 동생과 함께 온 아이들은 정신없이 놀다가도 식사 시간이 되면 동생의 손을 맞잡고 쪼르르 사라져버렸다. 놀이터에 홀로 남겨졌을 때의 허탈감은 이루 말할 수 없었다. 언제 놀이터로 아기의 손을 잡고 함께 갈 수 있을지, 기대되고 설레었다.

나는 아기에게 묘한 동질감을 느꼈다. 자신의 생각과 의지와는 무관하게 현실을 따라야 한다는 나와 비슷한 삶. 아기와 투명한 실로 연결된 느낌은 아기의 엄마가 여자라는 사실조차 신경 쓰이지 않게 만들었다. 그런 내 마음속에서 아기와 여자 둘은 완벽히 다른 개체로 자리 잡았다. 예를 들자면, 내게 여자는 사탕이었고, 아기는 아이스크림이었다. 그녀는 한입에 깨물어 입안에서 잘게 부셔 목으로 넘기고 싶었고, 아기는 녹을까 두려운 달콤함 자체였다.

하루에 반 이상 눈을 감고 있는 아기. 보고 있으면 시간의 흐름은 잊혀 버려 평온한 기운마저 감돌았다. 나는 시간이 날 때마다 아기의 곁으로 갔다. 과학 시간에 현미경으로 식물 줄기를 관찰하듯 눈을 크게 뜨고 세밀하게 살펴보았다. 투명한 콧속과 작은 귀, 작은 눈에도 잡혀있는 얇은 쌍꺼풀, 손가락의 마디마디의 주름과 손톱. 생명의 신비로움은 내 눈앞에서 선명하게 살아 움직였다. 아기 곁에 꼼짝 않고 붙어있는 내가 못마땅한지 여자는 방에 있는 내게 노골적으로 싫은 내색을 했다.

"숙제했어?" 여자는 관심도 없는 내 숙제 얘기로 화제를 돌렸다. 다 했다고 거짓말을 하면, 말이 궁해진 여자는 늘 정신없다는 말로 아기의 옆에서 나를 몰아냈다. 그런 그녀가 내게 아기를 안아보게 할 리가 없었다. 내가 아기를 안아보는 것은 꿈에서나 가능한 일이었다. 실제로 아기를 등에 업고 놀이터로 놀러 가는 꿈을 여러 차례 꿨었다.

"한 번만 안아보면 안 될까요?" 조심스럽게 물으면, 여자는 엄격한 목소리로 기회조차 주지 않았다.

"넌 손에 힘이 없어서 안 돼."

"저 보기보다 힘 좋아요." 없는 아양을 부려보기도 했다.

하지만 여자는 입버릇처럼 늘 말했다.

"정신없으니, 방으로 돌아가."

매일 뭐가 정신이 없는지. 나는 별수 없이 아기를 뒤로하고 이층의 방으로 올라갔다. 나는 또래의 친구들처럼 조르거나 떼를 쓰지 않았다. 묵묵히 기다리는 일에 익숙했고, 포기도 빨랐다. 특기가 포기라고 생각했던 나였지만, 어찌 된 일인지 아기를 안고 싶은 욕구에 대한 포기는 쉽지 않았다. 하나의 생명체를 품에 안아보고 싶은 것이 여자로서의 본능이었는지도 모르겠다. 침대가 아닌 내 품 안에서 까르르 웃는 아기의 웃음소리를 듣는다면, 그보다 행복한 일은 없을 것 같았다. 아기를 안아보고 싶은 갈망은 시간이 지날수록 식을 줄 모르고, 점차 부풀어져 갔다.

아기의 존재는 아빠를 변화시켰다. 항상 술 냄새를 풍기며 자정이 넘어야 귀가하던 모습은 사라지고 없었다. 아빠는 저녁 시간 전에 반드시 집으로 돌아왔다. 현관문 열리는 소리에 거실로 내려가 보면 현관에는 구두만 덩그러니 벗겨져 있었다.

"오셨어요?" 안방 문을 열자, 아빠는 아기를 안고 콧노래를 흥얼거리고 있었다.

"그래." 아빠는 아기에게 고정된 시선으로 말한다.

한 번도 보지 못했던 아빠의 인자한 미소. 나의 갓난애 시절도 저렇게 즐거운 모습이었을까? 그럴 리 없었을 것이다. 엄마의 말에 따르면, 아빠는 신생아인 나를 받아 들고는 딸이네, 하며 실망한 목소리로 말했다고 했다. 엄마는 아빠의 말에 그제야 딸인 것을 알았고, 평생 친구가 생겨서 즐거웠다고 했다.

"아마 아빠도 평생 친구를 기다렸을 거야." 나긋나긋한 목소리로 팔베개를 해주던 평생 친구는 내 곁을 떠나고 없다.

엄마는 집을 떠나기 전날, 할머니네 집으로 가서 살자고 했다. 나는 막 입학한 초등학교도 마음에 들었고, 일 층에서 이 층으로 증축 공사를 마친 집도 마음에 들었다. 단지 아빠가 가끔 화내는 것만 빼면 모든 것이 만족스러웠었다. 그리고 무엇보다 할머니네 집에서 생활한다는 것은 생각만으로도 끔찍했다. 가장 큰 문제는 화장실이었다. 좌변기가 아닌 탓에 화장실을 가는 건 지옥이었다. 거기에 여름은 말도 못하게 덥고, 벌레가 많았고, 겨울에는 엄청난 눈으로 고립되는 곳이었다.

도시 생활에 익숙한 나는 딱 잘라 엄마한테 싫다고 거절했다. 엄마도 딱히 설득할 마음은 크게 없었는지 며칠 있다 돌아올 사람처럼 말했다.

"진주가 싫다면, 엄마는 잠시 할머니네 집으로 여행 갔다 올게."

바퀴가 달린 큰 트렁크 가방 하나와 배낭을 메고 집을 나간 모습이 엄마에 대한 마지막 기억이다.

즐거워 보이는 아빠의 모습에 약간의 어리광은 허용될지도 모른다는 생각이 들었다. 다혈질인 성격은 화가 나면 불같이 타오르지만, 기분에 따라서는 용돈 날이 아닌데도 사고 싶은 것을 사라며 용돈을 주기도 하는 기분파였다.

아기를 품에 앉은 채 방을 빙글빙글 도는 아빠 뒤를 따르며 말했다.

"저도 보여주세요."

평소 같으면 짜증스러운 목소리로 됐다고 말했을 테지만, 아빠는 허리까지 숙여 가며 아기를 보여줬다. 기분이 좋을 것이라는 내 판단이 적중한 것이다.

나는 아빠의 모습에 용기를 냈다.

"저 아기 안아보면 안 돼요?"

"아빠랑 코가 닮았지?" 아빠가 내 말을 자연스럽게 흘려 넘기고는 흐뭇한 미소로 말하는 바람에 더는 물을 수가 없었다. 그보다 아빠의 따뜻한 미소에 나는 순간적으로 얼굴이 화끈거렸다. 언제 봤는지 기억조차 희미해진 아빠가 환하게 웃는 얼굴, 불편하기만 했던 집이 포근한 곳으로 변할지도 모른다는 희망을 품었던 시기이기도 했다.

그로부터 얼마 후, 상상하기도 싫은 끔찍한 일이 벌어졌다. 꿈틀거리던 욕망이 자제력을 잃고 바깥으로 얼굴을 내밀었다. 조용한 틈을 타 아기를 안아보기로 마음먹은 것이었다. 여자는 베란다에서 빨래를 널고 있었고, 아빠는 출근한 후였다. 나를 막을 수 있는 장애물은 아무것도 없었다. 평온하게 자는 아기의 얼굴과 허리 밑으로 침착하게 손을 집어넣었다. 살짝 손목에 힘을 주어 손바닥을 까딱 움직여 보았다. 엄두도 내지 못할 정도의 무게감은 아니었다. 책가방의 무게보다 조금 더 무거운 정도, 이쯤이야 우습다고 생각했다.

아기 밑으로 밀어 넣은 손을 천천히 가슴으로 끌어당겼다. 품안으로 들어온 아기는 침대에서의 모습 그대로 얌전히 손가락을 입에 물고 잠들어 있었다. 내 품이 생소했는지, 아니면 엉거주춤한 내 자세가 불편했는지, 아기는 눈을 끔뻑끔뻑하며 힘겹게 눈을 떴다. 그리곤 눈앞의 물체에 초점을 맞추려 눈동자를 이리저리 굴렸다. 나와 눈이 마주치자 아기는 요란하게 몸을 흔들며 울기 시작했다.

요동치는 아기는 조금 전보다 몇 배의 무게로 중압감을 줬다.

안간힘을 써봤지만, 도무지 속수무책이었다. 안고 있던 아기를 침대로 올려놓으려는 순간, 손에서 미끄러져 아기는 바닥으로 추락했다.

짧은 순간에 발생한 비극은 눈앞에서 늘어진 필름처럼 천천히 돌아갔다. 아기는 완만한 포물선을 그리며 낙하했다. 떨어지는 도중 튀어나온 침대의 모서리에 머리를 부딪쳤다. 잠시 울음은 잠잠했고, 바닥으로 떨어진 아기는 반 바퀴 굴렀다. 그리곤 찢어지는 소리로 울기 시작했다.

"아기 깼니?" 여자는 느긋하게 방문을 열고 들어섰다.

바닥에 떨어진 아기를 본 여자의 얼굴은 새파랗게 질려 있었다. 나는 곁에 서서 어쩔 줄 몰라 하염없이 눈물만 흘렸다.

여자의 손에 들린 아기 얼굴은 피로 물들어 있었다. 얇고 투명한 살이 벌어진 틈으로 붉은 피가 새어나왔다. 여자는 큰 소리로 뭐라고 외쳤는데, 자지러지게 우는 아기의 울음소리에 들리지 않았다.

"뭐라고요?" 나는 크게 소리를 질렀다.

"수건. 수건." 여자는 급한 목소리로 말했다.

화장실에서 가져온 수건은 빨간 얼룩으로 물들었다. 뒤이어 가져온 구급함의 지혈제를 바르자 피는 더 이상 흘러내리지는 않았다. 나는 그 자리에서 온몸이 벌벌 떨려 서 있기도 힘들었다.

"죄송해요." 가까스로 힘을 짜내어 말했다.

"화장대에 있는 지갑 들고 따라와." 아기 얼굴에 수건을 대고 있는 여자는 턱으로 가리켰다. 나는 화장대 위의 핑크색 장지갑을 들고 여자를 따라나섰다.

"네, 네. 이제 괜찮아요. 몇 바늘 꿰매면 괜찮을 거라고 하네요." 여자는 아빠에게 전화를 걸었다.

몇 초간의 침묵.

"왼쪽 눈 밑에 살짝이에요." 여자는 고개를 깊숙이 수그렸다. 턱이 가슴에 닿을 것만 같았다. 나도 따라 고개를 숙이고 땅만 바라봤다. 그래야만 용서받을 수 있을 것 같았다. 병원의 반짝이는 흰색 복도에 드리워지는 검은 그림자가 나를 끌어당기는 기분이었다.

수술실에서 아기를 들고 나온 의사는 눈가를 일곱 바늘이나 꿰맸다고 했다. 눈가에 붙인 흰색의 거즈를 보자 심장이 떨어질 것 같았다. 여자의 품에 안긴 아기는 고요하게 잠들어있었다. 의사는 아기를 바라보며 여자에게 여러 가지 주의사항을 전달해 주었다. 상처를 소독하는 방법과 얼굴은 당분간 씻기지 말라는 것, 이틀 후에 병원으로 오라는 것이었다.

"괜찮아?" 복도 끝에서부터 소리를 내지르며 아빠는 달려왔다.

엄마는 아기를 안은 채 몸을 돌려 아빠를 맞았다. 아빠는 촉촉한 눈빛으로 아기를 바라봤다. 아빠의 갈색 눈동자가 유독 안쓰러워 보였다. 아빠는 뒤에 앉아있는 내게 얼굴을 돌렸다. 나는 허벅지 위로 깍지를 낀 채 아빠를 올려봤다. 아빠의 분노어린 시선에 온몸으로 소름이 돋았다. 두려웠다. 그동안 잠잠했던 폭력이 다시 시작되지 않을까.

"많이 놀랐니?" 예상과 달리 아빠는 온화한 목소리로 물었다. 나는 얼떨떨한 기분으로 아빠의 안색을 살폈다.

"괜찮니?" 내 어깨로 아빠의 손이 올라오자, 몸은 반사적으로 움츠러들었다.

"일어나봐." 아빠는 내 손을 잡고 일으키고는 나를 안아줬다. 긴장이 빠져나가자 가까스로 버티고 있던 다리에 힘이 땅속으로 빨려 들어가는 기분이었다.

"많이 놀랐나 보구나." 나는 대답이 나오지 않았다. 아빠의 품에 안겨 하염없이 눈물을 떨어뜨렸다. 안도와 용서를 바라는 마음이 한데 섞인 눈물이었다. 초등학교 입학 후 처음으로 안겼던 아빠의 품은 따뜻했다.

"불쌍한 것." 양 갈래로 묶은 내 머리를 쓰다듬으며 아빠는 나지막한 목소리로 말했다. 자상한 아빠의 모습은 그날이 마지막이었다.

2

그날의 잘못이 문제였을까? 깊은 잠에서 눈을 뜬 아침.

천장의 무늬는 처음 보는 모양이었다. 눈을 뜨면 보이던 푸른색의 구름이 그려진 내 방의 천장이 아니었다. 입고 잠들었던 분홍의 잠옷은 자취를 감췄고, 티셔츠와 면바지로 갈아 입혀져 있었다.

"눈을 뜨자마자 구름이 보이면 하늘을 나는 것 같겠지?" 엄마는 나란히 누워 천장을 보며 말했다. 도배를 막 마친 날 밤이었다.

"언제나 꿈으로 가득해야 해." 엄마는 이마에 뽀뽀를 해주며 말했다. 어서 자라는 말이 숨어있는 다정한 인사였다.

잠에서 깬 나는 몇 번이나 눈을 비벼봤지만, 흰색 격자모양의 천장은 변하지 않았다. 더욱 선명하게 보일 뿐이었다.

전날 밤.

"마시고 자렴."

상냥한 목소리로 여자가 건넨 투명한 머그잔에는 우유가 들어있었다. 친절한 그녀의 모습에 당황스러웠지만, 아기 일도 있고 해서 고맙다고 밝게 인사하고는 우유를 받아 책상에 올렸다. 어찌 된 영문인지 여자는 쟁반을 들고 문 앞에 우뚝 서 있었다. 나갈 생각이 없는 사람처럼 보였다.

"네?" 나는 무슨 볼일인가 싶어 고개를 들었다.

"얼른 마셔, 컵 가지고 내려가게."

"제가 가지고 내려갈게요." 여자를 한시라도 빨리 방에서 몰아내고 싶어 대답했다.

"설거지하게 지금 마시도록 해." 여자는 평소의 짜증 섞인 얼굴로 돌아와 강압적으로 말했다.

나는 선택의 여지 없이 단숨에 우유 잔을 비워냈다. 머그잔에 담긴 우유는 적당히 미지근하고 설탕이 녹아들어 달콤했다. 우유를 마시고 얼마 지나지 않아, 정신없이 곯아떨어졌다. 그리고 눈을 뜬 이곳에서 직감적으로 알 수 있었다. 버려졌다는 것을.

먹먹한 시야의 초점을 맞추느라 방안 곳곳으로 눈을 돌렸다. 두리번거리는 내 시선 끝에 항상 메고 다니는 빨강과 노랑이 섞여 있는 가방이 보였다. 하얀 책상 위에 놓인 내 가방은 굉장히 지저분하게 보였다. 가방의 노란 부분에 물들어 있는 검은색과 파란색의 잉크 자국이 유독 도드라져 보였다.

"여자애가 물건을 깨끗이 써야지." 엄마가 입버릇처럼 했던 말이다. 엄마가 하는 말에 전혀 개의치 않았다. 나는 새초롬하게 깔끔을 떨거나, 레이스 달린 치마를 입고, 집에서 인형놀이나 하는 소녀 취향이 아니었다. 남자애들과 운동장에서 뛰어노는 편이 몇 배는 더 즐겁다고 생각했다. 가방은 모래나 벤치 위로 아무렇게나 던져 놓고 놀았다. 어차피 일 년이 지나면 또 사줄 테지, 하며 태평하게 생각했다. 그런데 신경 쓰지 않던 그 말을 그제야 실감했다. 내가 쓰는 물건이 얼마나 지저분한지, 그것이 나를 얼마나 부끄럽게 만드는지.

침대로 내려서자 발에는 양말까지 신겨져 있었다. 고양이 그림이 그려진 양말은 여자가 내게 사다 준 것이었다. 고양이의 '야옹' 하는 소리만 들어도 기겁하는 걸 알면서도 사다 준 양말. 나는 고양이 모습에 소름이 돋아 한 번도 신지 않았었다. 신겨 있는 양말을 벗어 돌돌 말아서는 창가로 집어 던졌다. 나는 고개를 세차게 흔들고는 책상에 있는 가방을 들고 침대에 올라앉았다. 양반다리를 하고 왼쪽 종아리에 가방을 얹었다.

나는 숨을 길게 내뱉고는 결연한 마음으로 가방을 열었다. 오늘 수업을 위해 전날 챙겨뒀던 교과서와 필통, 삼각자, 색연필이 보인다. 그 사이에 흰색의 편지봉투가 끼어있었다. 망설임 없이 봉투 안의 종이를 꺼냈다. 낯선 필체로 채워져 있는 편지, 손쉽게 나를 절망의 수렁으로 밀어 넣었다.

to 진주

낯선 곳에서 눈을 떴을 때의 당황할 모습을 생각하니, 미안하다는 말을 먼저 해야겠구나.

하지만 너 때문에 아줌마와 아빠의 다툼이 늘어나 사이가 점점 멀어지고 있으니, 이것은 네가 미안해해야 하지 않을까 싶다.

우리 미안한 마음은 생략하기로 하자. 어차피 서로에 대한 감정 소비에 불과할 것 같으니 말이다.

얼마 전, 아빠와 상의한 끝에 힘들지만 어려운 결정을 내렸다.

눈치 빠른 네가 벌써 알아챘을지 모르겠지만, 그 결정은, 네가 눈을 뜬 그곳에서 앞으로의 생활을 영위하게 하는 것이다.

네가 앞으로 생활할 그곳은, 부모가 없어 지내는 아이도 있지만, 부모가 맡겨 지내게 된 아이도 상당수 있다.

주변에서 시설이 가장 좋다고 하니, 생활하는 데 크게 무리가 없을 것으로 생각한다.

아줌마와 아빠의 새로운 인생에 너라는 짐을 짊어지기엔 너무도 힘겨웠다. 그래서 어렵게 결정했으니, 염치없지만 이해를 바란다.

네게 언젠가 찾으러 간다는 의미 없는 거짓말도, 용서를 바란다는 파렴치한 말 역시 하지 않으마.

우리가 밉고, 용서되지 않을 테지만, 그럴수록 멋진 여자로 성장했으면 좋겠다.

그게 나와 아빠에 대한 최고의 복수라 생각한다.

영민한 네가 그럴 리 없겠지만, 혹시나 해서 말하자면, 살았던 집으로 찾아온다 한들 아줌마와 아빠는 그 집에 없을 테니 괜한 고생하지 않았으면 좋겠다.

네가 거기서 눈을 뜰쯤, 우리는 이사를 떠나는 차 안이거나, 새로운 집안을 정리하느라 여념이 없을 것이다.

아줌마 때문에 네게 발생한 비극이라 생각할 수도 있겠지만, 네게 주어진 운명이라 생각하는 게 서로에게 편하지 않을까 싶다.

얼마 안 되는 돈이지만, 한동안은 유용하게 사용될 수 있다고 생각한다.

그럼 부디, 잘 지내길 바란다.

from 네가 미워해야 할 사람

봉투에는 만 원짜리 지폐 스무 장도 함께였다. 당시의 나는 편지의 내용을 정확하게 이해하고 받아들이기는 무리가 있었지만, 버려졌다는 사실은 확실히 알 수 있었다. 내게 주어진 상황이 현실로 인식되자, 작고 여린 심장은 일순간 차갑게 얼어붙었다. 그 여자와 아빠에 대한 경멸, 그리고 아기에 대한 증오. 모든 감정이 한데 어우러져 몸이 바들바들 떨렸다. 분노로 가득 찬 마음은 어디론가 분출을 원하고 있었다. 나는 편지를 쥐고 있는 오른손에 모든 힘을 긁어모아 주먹을 쥐었다. 손톱이 손바닥으로 파고들어, 핏방울이 줄줄 새어나오기를 바라는 심정으로 점점 더 힘을 주었다.

문을 노크하는 소리에 쥐고 있던 주먹을 풀고, 고개를 돌렸다. 문 앞에는 중년의 여자가 서 있었다. 작은 키에 둥그런 안경, 펑퍼짐한 회색의 치마를 입고 나를 멀뚱멀뚱 바라보고 있었다. 폭발하기 직전의 내 표정에 어떤 말을 찾고 있는 듯 보였다.

"진주야 많이 놀랐니?" 나는 편지를 다시 힘껏 움켜쥐고는 대답하지 않았다.

"잠은 잘 잤니? 배가 고플 것 같은데. 아침부터 먹으러 갈까?" 여자는 편지를 쥐고 있는 내 손을 조심스럽게 풀고는 두 손으로 감싸 안았다. 제법 살집이 있는 손은 포근한 엄마의 손 같았다.

"많이 놀랐니?" 둥그런 얼굴의 여자는 다시 물었고, 나는 작게 고개만 끄덕였다.

“다 이해한단다.” 여자의 말에 나는 다시 고개를 끄덕였다. 여자의 눈빛은 거짓을 말하고 있는 사람처럼 보이지 않았다. 여자는 침대 위에 놓은 편지를 가방에 넣고는 나갈까, 하며 침대 아래로 나를 끌었다. 여자의 손을 잡고 지하로 내려갔다. 지하의 하나로 뚫린 널찍한 공간은 식당으로 사용되고 있었다. 식당에는 내 또래로 보이는 아이들이 식판을 들고 벽에 붙어 줄지어 서 있었다. 하나같이 내게 시선을 던지며, 소곤거렸다.

“저기 앉아 있으렴.” 나는 여자가 가리킨 곳이 아닌, 큰 기둥 뒤에 있는 구석 자리로 가서 앉았다. 모두의 시선을 피할 수 있는….

“없어진 줄 알고 놀랐잖니.” 여자는 식판을 내 앞에 놔두며 말했다. 모닝 빵과 분홍의 마요네즈가 뿌려진 샐러드, 누런빛의 수프가 담겨 있었다.

“먹어봐. 맛있을 거야.” 여자는 인자한 미소를 띠며 말했다.

“저기, 전 어떻게 되는 건가요?” 묽고 군데군데 덩어리가 진 수프를 보며 물었다.

“진주 부모님이 경제사정이 안 좋으셔서 우리 보육원에 맡기셨어.”

나는 손톱을 깨물고 있었다. 우리 집의 재정 상태는 나쁘지 않았다. 아니, 오히려 잘 사는 편이었다. 아빠는 동네에서 제법 큰 슈퍼를 운영하고 있었다. 동네에 유일하게 두 대 있는 대형 승용

차 중에 한 대는 우리 집 소유였다. 나는 그 여자의 편지를 당장에라도 보여주고 싶었다. 차라리, '너는 버려졌어.' 하는 솔직한 대답을 바랐다. 그럼 마지막으로 기대했던 한 가닥의 희망도 놓아버릴 수 있으니 말이다.

여자는 빵을 반으로 잘라 손에 쥐어주고는 이곳에서 직접 만든 빵이라며 먹어보라고 했다.

애들은 어떻게든 뭔가를 먹으면 기분이 풀린다고 생각하는 모양이었다.

"그래서 저는 여기서 살아야 하나요?" 나는 또박또박 물었다. 목소리가 떨리지 않게 세심하게 주의를 기울이면서.

"살면 얼마나 살아야 하는 건가요?" 손에는 반으로 잘려 속살이 드러난 빵이 고스란히 들려있다.

"한동안은 지내야 할 거야. 진주야, 걱정하지 않아도 된단다. 이곳에는 진주 또래 친구들도 많고, 맛있는 음식도 많고, 재미난 놀잇거리도 많아, 그러니 아무것도 걱정할 것 없단다."

모든 많다, 많다. 적당히 넘기려는 말투는 아니었지만, 많든, 적든 내겐 아무런 상관이 없었다. 어린애 취급하는 것이 못마땅했다. 얼마나 살아야 하는지 정확한 대답이 듣고 싶을 뿐이었다.

"그러니 마음 편하게…."

"한동안이라면 얼마 동안을 말씀하시는 거예요?" 나는 여자의 말을 자르고 아무런 미동도 없이 마네킹처럼 꼿꼿하게 앉아서 물었다. 최대한 눈도 깜빡이지 않으려 애썼다.

"진주 성격이 똑 부러지는구나." 내가 지을 수 있는 가장 진지한 얼굴로 여자를 바라봤다.

"그건, 확실히 말해줄 수 없지만, 성인이 될 때까지일 수도 있고, 그전에 나갈 수도 있으니 걱정하지 않아도 돼." 눈꼬리를 내리며 말하는 통에 여자는 가뜩이나 작은 눈이 더욱 작아졌다. 둥그런 안경 안에 눈이 숨어버린 듯 보였다.

"내일이라도 부모님 사정이 좋아지시면 진주 데리러 오실 수도 있고…." 참 멍청하다고 생각했다. 아이들에게는 대충 좋은 말로 둘러대면 순진하게 모든 수긍할 것이라고 믿는 모양이다.

여자는 이곳의 아이들은 자신을 원장어머니라고 부른다고 했다. 어머니라는 호칭이 껄끄러우면 원장님이라 불러도 무방하다고 했다.

"밥 다 먹으면, 함께 지낼 친구들 소개해 줄게." 눈이 사라지는 미소를 지으며 말했다.

"자, 이제 좀 먹을까?" 원장은 빵을 들고 있던 내 손을 잡고는 입 가까이 가져갔다. 더 이상의 반항은 무의미하다는 생각에 나는 한 입 크게 베어 물고는 우물거렸다. 건포도가 들어있는 빵은 생각보다 맛이 괜찮았다. 위장으로 빵과 정체불명의 수프가 채워지자, 긴장됐던 마음이 약간은 풀어졌다.

식사를 마치고, 원장은 눈을 떴던 곳으로 데리고 올라갔다.

"이거 먹고 나서 앞으로 지낼 방으로 가보자꾸나." 원장은 작은 유리 탁자에 초콜릿과 우유를 올렸다.

"지금 먹기 싫은데요."

"그럼 나중에 먹으렴." 원장은 가방을 열어 초콜릿과 우유를 넣었다.

"그럼, 친구들 만나러 가볼래?" 원장은 내 가방을 한쪽 어깨에 둘러메고 방을 나섰다. 그리곤 고개를 돌려 힐끔 나를 확인하고는 성큼성큼 계단을 올라갔다. 지하의 식당에서 일 층으로 일 층에서 다시 삼 층으로 층계를 오르락내리락하는 것만으로도 정신이 없었다. 삼 층의 끝 방에 도착했다. 나뭇결 모양의 문을 가볍게 노크하자 쿵쾅거리며 분주히 움직이는 소리가 들렸다.

"잠시만요" 얇고, 밝은 여자아이의 목소리가 들렸다. 문을 연 여자아이는 양 갈래로 머리칼을 묶고 있었다. 여자아이는 나와 눈이 마주치자 헤벌쭉 웃어 보인다. 검게 그을은 피부와 천진한 미소가 건강한 시골아이 같았다.

"얘들아 앞으로 한 방에서 같이 지내게 될 진주란다. 친하게 잘 대해주렴." 원장은 내 등을 살포시 방안으로 밀었다. 방 안에 있던 여섯 개의 초롱초롱한 눈망울이 내게로 꽂히자, 과장이 아니라 발끝까지 떨려왔다.

방 안 양쪽에는 이층침대가 있었고, 가운데 커다란 책상이 놓여있었다. 정면에는 크게 창이 트여 있어서 운동장이 한눈에 들어왔다. 축구공을 통통 차며 뛰어노는 남자아이 두 명이 보였다. 마치 텔레비전 안에서 뛰노는 아이들을 보고 있는 기분이었다.

"들어와, 난 소희야." 문을 열어주었던 검게 그을린 아이가 말했다. 키는 나보다 작지만 날렵한 몸매가 운동신경이 좋을 것 같았다.

"난 유미."

"나는 수진이야." 유미라는 계집애는 새침하게 인사만 하고 거울 앞에 가서 앉았다.

원장은 서로 인사 나누는 모습까지 확인하고는 방을 나갔다.

소희는 일 층과 이 층 중 어디가 더 마음에 드는지 물었다. 사실 이층침대에서 자보고 싶었지만, 선뜻 대답하지 못했다. 이기적인 아이로 생각할까 두려웠다. 잠자코 서 있자, 소희는 내 시선이 멈춘 곳을 보고는 눈치 빠르게 물었다,

"이 층 쓸래?" 나는 망설임 없이 고개를 끄덕였다. 일층침대에 수진이와 소희는 나를 가운데 앉히고는 어디 살았는지, 그럼 학교는 우리랑 같이 다니는 거니, 형제는 있니, 가수 누구 좋아하니, 쉬지 않고 질문했다. 수진이와 소희는 대화하는 사이사이에 원장이 가져온 수건, 체육복, 베개 등의 몇몇 생활용품 정리를 거들었다.

수진이 덕분에 이곳이 서울에서 차로 한 시간 넘게 떨어진 군포라는 지역인지 알게 되었다. 부모님에 대한 질문은 그들만의 불문율인지 물어오지 않았다. 그들과 잘 지낼 수 있을 것도 같았

다. 거울 앞에 앉은 유미만 빼고.

집 정리가 끝나자 수진이와 소희는 밖으로 나가자고 했다. 둘은 나를 끌고 다니며, 삼 층은 여학생이 이 층은 남학생이 사용하며, 화장실, 샤워장, 컴퓨터실, 장난감 방 등의 위치를 자세하게 알려줬다. 밥 먹는 종소리와 잠들기 전에 울리는 종소리 길이의 미세한 차이도 알려줬다.

나를 가운데 두고 걷는 와중에도 수진이와 소희는 쉴 새 없이 떠들었다. 덕분에 소희는 백 미터 달리기가 빠르고 축구를 잘한다는 것을, 수진이는 뒤뜰에 토끼와 닭을 키운다는 것을 알게 되었다.

"너는 잘하는 게 뭐야?" 소희의 질문에, 달리 생각나지 않아, 난감했다.

"유미는 어떤 애니?" 궁금하지도 않은 질문을 했다. 둘은 서로의 얼굴을 슬쩍 보고는 쿡쿡 웃었다.

"걔는 공주야." 둘이 짠 듯이 동시에 말했다. 유미는 꿈이 가수인데 벌써 자신이 연예인인 줄 알아 모두를 얕잡아 본다고 했다.

"유미는 자기 물건에 손대면 불같이 화를 내, 명심해." 소희는 비밀 이야기라도 한다는 듯 목소리를 낮춰서 말했다. 당연히 자기 물건에 손대면 화가 나지 않을까, 하고 나는 의아하게 생각했다. 얼마 지나지 않아 소희가 남의 물건도 자신의 물건인 양 사용하는 것을 보고 그제야 그 말의 의미를 알았다.

절대로 융화되지 못할 것 같았던 보육원 생활은 익숙하게 몸으로 녹아들었다. 보육원에서의 생활은 캠핑을 떠나 온 것 마냥 신날 때가 많았다. 토요일 밤이면 천장을 보고 누워 깔깔거리며 어렴풋한 남색으로 하늘빛이 변할 때까지 떠들었다. 우리 마음대로 같은 학교 남학생들의 얼굴 순위를 매기거나, 못생긴 여자, 예쁜 여자들의 순위를 매겼다. 같은 방을 쓰는 우리 넷은 모두 같은 학교에 다니고 있었다. 세 반밖에 없는 학교는 이름만 들어도 전교생의 얼굴을 떠올릴 수 있었다.

소희, 수진이와는 중학교로 진학할 때까지 작은 말싸움 한 번 없었지만, 유미와는 싸움이 잦았다.

유미는 가끔 얼굴을 쏘아보며 뜬금없이 말했다.

"너 인기 많다고 건방 떨지 마."

내가 입을 꾹 다물고 있으면 자신을 무시한다고 생각하는지 말을 툭 내뱉고는 방문을 쾅 닫고 나가버렸다.

"어휴, 밥맛없어." 나는 그런 유미의 발치를 눈으로 좇으며 황망해진다. 그럴 때면 소희는 어김없이 옆으로 다가와 은근히 즐기는 표정으로 말했다.

"신경 쓰지 마. 남자애들이 너한테 관심을 많아서 그래."

유미 질투의 시작은 소풍이었다. 장기자랑 시간이 되자 아이들은 마치 짜기라도 한 것처럼 유미 이름을 외쳤다. 유미가 엉덩이를 들썩일 때마다 유미의 이름을 부르는 함성은 커졌다. 유미는 라디오 볼륨을 조절하듯 자기 마음대로 아이들의 함성을 조절하는 것 같았다. 유미는 자신의 이름을 연호하는 목소리가 절정에 달하자, 그제야 못 이기는 표정을 짓고는 앞으로 나갔다. 약간 부루퉁하면서, 부끄러워하는 얼굴. 같은 방을 쓰는 소희와 수진이 그리고 나는 그 표정이 얼마나 작위적인지 잘 알고 있다. 매일 거울 앞에서 짓는 표정 중 하나였기 때문이다.

아이들 앞으로 나간 유미는 허리에 두 손을 올린 당당한 포즈로 서서는 좌에서 우로 고개를 돌렸다. 관객석이 잠잠해지자, 오른쪽 뺨 옆으로 박수를 두 번 치고는 노래와 춤을 추기 시작했다. 잘한다고 할 수는 없지만 봐줄 만한 실력이었다.

소희는 얼굴을 옆으로 바싹 붙이고는 귀에다 소곤거리며 말했다.

"유미가 끝나면, 너 실력 좀 보여줘. 기회잖아!" 귀가 간지러워 새끼손가락으로 몇 번 후비고는 나는 절대 못한다고 말했다. 소희는 대답 없이 희미한 미소만 지었다. 보육원 뒤뜰에 앉아 수진이와 소희 앞에서 춤을 춘 적이 있었다. 둘의 환호에 뿌듯했었지만, 많은 사람 앞에서는 자신이 없었다.

유미의 춤사위가 끝나자, 남자애들은 휘파람을 불고, 잡초를 뽑아서는 머리 위로 던졌다. 달아오른 분위기에 내가 나설 자리는 당연히 보이지 않았다.

"누구 더 할 사람 없니?"

"이진주요." 선생님의 말씀에 소희와 수진이가 같은 목소리로 외쳤다. 쟤가? 하는 눈빛을 보내던 아이들도, 수진이와 소희의 목소리에 따라 하나둘씩 내 이름을 부르기 시작했다. 이진주, 이진주. 결국 반 전체가 내 이름을 부르는 꼴이 되어 나는 궁지에 몰리고 말았다.

나가지 않고는 못 배기는 상황이라 인식되자 순식간에 몸은 굳었고 귀까지 빨개졌다. 소희와 수진이는 나를 일으켜 세우고는 앞으로 엉덩이를 밀었다. 그리곤 유행하는 댄스곡을 둘은 목청껏 불렀다. 내 이름을 부를 때와 마찬가지로 반 전체가 그 노래에 전염되어 하나의 목소리로 노래를 불렀다. 당시 텔레비전만 틀면 나왔던 곡이었던지라 모르는 애들은 없는 것 같았다.

막다른 골목에 내몰린 나는 어쩔 수 없다는 심정으로 묶고 있던 머리를 풀었다. 머리를 풀자 환호와 박수가 이어졌고, 아이들은 노래를 처음부터 다시 부르기 시작했다. 숨을 길게 들이마시고는 무용수처럼 다리를 길게 벌리며 점프를 뛰었다. 점프를 시작으로 노랫소리에 정신없이 몸을 흔들었다. 가수가 그랬듯이 가슴에서 허리로 손을 쓸어내리고 골반으로 원을 그리며 유연하게 돌렸다. 마지막은 다리 찢기로 마무리했다. 거친 숨을 내쉬며 잔디에 앉은 나는 아차 싶었다. 좀 과했다 싶은 생각이 들었다. 고개를 들지도, 몸을 일으키지도 못하고, 잠시 그대로 고장 난 시계처럼 멈춰있었다.

몇 초간의 정적. 살짝 고개를 들자, 남자애들은 넋 나간 얼굴로 바라봤고, 여자애들은 꺅꺅 소리를 질렀다. 소희와 수진이는 앞으로 나와 보디가드처럼 나를 감싸고 자리로 돌아갔다. 춤을 추러 나가기 전과 달리 나를 둘러싼 공기는 미열을 띠고 있었다. 여자들은 놀라움이 가득한 눈빛으로 내 팔과 다리를 만지며, 대단하다고 했다. 내 몸에는 후끈후끈 열기가 고스란히 남아있었다.

“왜들이래?” 소희는 내게 다가온 손들을 밀어냈다.

그날 이후로 유미와 사이가 틀어지기 시작했다.

“요즘 유미는 너무 신경질적이야.” 소희는 과자봉지를 들고 입으로 털어 넣었다.

“그럴 만도 해. 진주가 오기 전까지 자기가 공주였으니.” 침대에 엎드려 식물도감을 보고 있는 수진이는 발을 흔들며 말했다.

그 무렵 수진이는 동물에서 식물로 관심이 옮겨갔다. 수진이 말에 따르면, 동물은 배신자라고 했다. 아무나 먹이를 주면 쪼르르 따라나서는 모습에 지조라고는 찾아볼 수 없어 자신과 맞지 않는다고 했다. 그 사실을 2년이나 지나서 알았다며 분통 터진다고 목에 핏대까지 세워가며 말했다.

“그럼 식물은 왜 좋은데?” 나는 궁금해서 물었다.

“그 자리에서 내 손길을 기다리고 있는 것 자체가 아름답지 않니?” 사뭇 진지한 표정으로 말했다.

유미의 히스테리는 내게 편지가 오거나, 선물을 받으면 유독 심해졌다. 유미 모르게 넘어가도 될 것을 소희는 그냥 지나치는 법이 없었다. 호들갑을 있는 대로 떨며 편지를 소리 내어 읽거나, 이번 선물은 뭐네, 뭐네, 하며 유미의 시샘을 자극하려는 듯 큰 소리로 말했다.

"당신의 호수 같은 눈동자를 보는 순간 호흡이 멈췄어. 완전히 자기가 시인인 줄 착각하는 거 아니야?" 소희는 내 앞으로 온 편지를 소리 내어 읽었다.

"혹시 마음으로 들어갈 수 있는 틈이 있다면… 진주야 얘는 안 되겠다. 변태 같아."

"그만해." 편지를 빼앗으려 손을 뻗어도 소희는 잡히지 않는다. 타고난 운동신경으로 재빠르게 피한다.

"잠깐만, 끝까지 읽어보고."

"김소희 너 좀 조용히 할 수 없니." 거울 앞에 앉아있는 유미는 잔뜩 부아가 난 목소리로 말했다.

"인기가 없어서 그런가." 소희는 중얼거리는 말투로 한껏 비아냥거리며 말했다.

"너 지금 뭐라고 했어." 유미는 팔까지 걷으며 제대로 싸우려는 자세였다.

"어머, 들렸나 보네. 호호, 미안." 소희의 행동에 더욱 화가 났는지, 유미는 이게 정말 보자 보자 하니까, 하고 소리쳤다.

"제발, 조용히 좀 살자." 수진이는 책에서 눈을 떼지 않고 말하더니 이어서 인기 좀 없으면 어떻다고, 하며 중얼거렸다.

"진짜 재수가 없어서." 유미는 방문이 부서지라 세게 닫으며 나갔다. 헐거운 경첩이 흔들거렸다.

"으이그, 너희도 적당히 해." 내 말에, 소희와 수진이는 키득거리며 웃음을 멈추지 않았다.

3

우리 넷은 근처의 여자중학교로 진학했다.

남학생이 없으니, 더는 유미가 히스테리를 부릴 일도 없겠지, 생각하니 속이 다 후련했다.

중학교로 입학하고 중간고사가 끝난 일요일. 첫 시험이니만큼 우리 모두 굉장히 긴장했다. 시험이 끝난 후의 해방감은 이전에 느껴보지 못한 정말 새로운 경험이었다.

점심 전, 원장은 나를 불렀다.

"교복 입고, 방에서 기다리고 있으렴."

“네.” 나는 짧게 대답하고 서둘러 식당으로 내려갔다.

“여기, 여기.” 소희는 손을 흔들었다.

“어머니가 왜 불렀어?” 소희는 원장을 아무렇지 않게 어머니라고 불렀다. 하기야 걸음마를 떼기도 전에 왔다고 하니 소희에게는 당연한지도 모르겠다.

“교복 입고 있으라고 하던데.” 나는 오랜만에 나온 닭고기 튀김에 관심을 쏟으며 말했다.

소희와 수진이, 곁에 앉은 유미까지 어두워진 얼굴로 나를 바라보기에 물었다.

“왜 그래?”

소희는 아니야, 말하고는 식판을 들고 일어났다. 먹는 것도, 운동도 열심히 하는 소희가 밥을 남기는 것은 보기 드문 일이었다.

전날 다려 놓은 교복이 구겨질세라 세밀히 신경을 쓰며 의자에 걸터앉았다. 나를 둘러싸고 탁자에 둥그렇게 마주앉아 뒷말이 시작됐다. 이날의 재물은 노처녀 가정 선생. 별명은 흑염소로 검은 피부에 볼이 홀쭉했다. 가정 선생을 시작으로 자신이 굉장한 카리스마가 있다고 착각하는 체육 선생으로 뒷담화를 일단락 지었다. 이어서 우리 학교 전교생의 로망인 국어 선생님의 이야기가 시작되었다. 국어 선생님은 중학교로 입학한 지 단 이틀 만에 우리의 마음을 뒤흔들었다. 게다가 가장 중요한 것은 총각이라는 사실이었다. 식물에 온통 관심이 쏠려 있던 수진이도 국어 선생님한테는 흠뻑 빠져서 졸업하면 꼭 결혼할 거라고 선언하고 다녔다.

"국어는 내가 가수로 유명해지면 찾아갈 거야." 시시하다며 대화에 좀처럼 끼는 법이 없는 유미도 웬일인지 함께인 일요일 오후였다.

"연예인은 아무나 되나?" 수진이는 혀를 내밀며 말한다.

"내 참, 너는 연예인 되는 꿈, 꿀 수라도 있는 줄 아니." 잔뜩 독이 오른 얼굴로 유미는 말했다. 두 사람의 말싸움에 깔깔거리며 제일 즐거워할 소희가 이날은 이상할 정도로 조용했다.

"소희야 왜 그래? 밥도 남기고. 어디 안 좋아?" 소희는 고개를 절레절레 흔들고는, 조용히 내 손을 잡았다.

"그냥 힘이 없어서. 우리 평생 친구 맞지?" 일순간 침묵이 찾아왔다. 소희, 수진, 유미 셋은 눈이 마주치더니 고개를 돌린다. 나만 따돌림당한 석연찮은 기분이 들었다.

"뭐야, 왜 그래? 왜들 그러는 거야."

내 물음은 가볍게 무시하고는 소희가 소리에 힘주어 말한다.

"대답해봐."

"응 당연하지." 소희는 그제야 장난기 가득한 눈으로 돌아가 미소를 보였다.

잠시 조용해진 틈으로 스피커에서 탁한 목소리가 흘러나왔다. 이보다 적절한 타이밍은 없다고 생각했다.

“이진주 양은 원장실로 내려오세요.” 원장의 목소리였다.

“갔다 올게.” 남색의 치마를 너풀거리며 문으로 걸어갔다. 경첩이 헐거워진 갈색 문은 삐거덕거리는 소리를 내며, 열리기 싫다고 말하고 있는 것 같았다.

“진주야!” 소희는 급한 목소리로 나를 잡았다. 내 앞으로 성큼성큼 걸어와 나를 와락 안았다. 그리곤 물기 가득한 목소리로 말했다.

“사랑해.”

“또, 왜 그래.” 소희는 손으로 밀어내려 해도 떨어질 생각을 안 했다. 수진이가 달려와 뒤에서 안았고, 유미마저도 나를 안았다. 우리 넷은 둥그렇게 응원하는 모양새로 한동안 안고 서 있었다.

“왜들 이러는 거야.” 가까스로 떨어진 셋의 눈을 번갈아가며 물었다.

“그냥 좋아서.” 수진이는 멋쩍은 미소를 보이며 말했다.

“그동안 미안했어.” 유미는 머리칼을 빙빙 손가락으로 돌리며 말했다.

“오늘 무슨 날이야? 후후, 내 생일은 아직 멀었는데.” 나는 부드럽게 미소를 짓고 방문을 나섰다. 든든한 마음이 들었다. 이젠 그 어떤 시련이 와도 셋과 함께라면 꿋꿋하게 이겨낼 수 있을 것 같았다.

원장실로 들어서자, 검정 패브릭 소파에는 중년의 부부가 앉아 있었다. 희끗희끗한 머리의 남자는 혈색이 좋아 보였고, 나란히 앉은 여자는 머리를 뒤로 묶은 모습이 정갈해 보였다.

"진주야 이리 와서 앉으렴." 원장은 자신 옆에 그분들 앞에 나를 앉혔다. 소파에 털썩 앉자 뿌욱 하는 소리가 났다. '제가 방귀 뀐 거 아닌 거 알죠? 으레 소파에 앉으면 나는 소리라는 거 알죠?'라고 말하고 싶었다.

"얘가 진주예요."

"네. 아이가 아주 예쁘네요." 희끗한 머리를 한 초로의 남자가 미소를 지으며 말했다. 남자는 내게 눈을 떼지 않았다. 부담스러워 눈을 어디다 둬야 할지 몰랐다. 나는 원장을 보며 고개를 갸웃거렸다.

"진주야. 이분들이 진주를 돌봐주고 싶다고 하시는구나. 이런 좋은 분들이 돌봐주신다니 얼마나 좋은 일인지 모르겠다." 원장은 무릎 위에 오른 내 손을 감싸 안으며 말했다. 포근하게만 느껴졌던 원장의 손이 두터운 무게감으로 짓누르며 억압하고 있는 기분이었다. 손을 빼고 당장 산소가 짙어 숨 막히는 이곳을 도망쳐 나가고 싶다.

"걱정할 건 아무것도 없단다." 원장은 내 눈을 지그시 바라보며 첫날 이곳으로 왔던 내게 한 말과 같은 질량의 목소리였다. 설득력이 있는, 듣는 이로 하여금 안심을 느끼게 하는 목소리.

"네." 내 입은 멋대로 대답을 하고 말았다. 원장의 절절한 눈빛에 실망하게 하고 싶지 않았는지 모르겠다.

방안에서 일어났던 일들이 이제야 이해가 갔다. 난 왜 이리도 바보 같은지, 혼자 자책했다. 주말이면 가끔 낯선 어른들의 손에 이끌려 보육원을 나서는 아이들이 있었다. 옆방의 민정이라는 아이도 석 달 전에 그랬다. 여태껏 아무렇지 않게 생각했는데…. 얼굴에 핏기가 사라지는 것이 느껴졌다. 나는 인생이 내 뜻대로 흘러가지 않는다는 것쯤은 충분히 알고 있었다. 내게 벌어지는 일들을 벗어나려 발버둥쳐도 달라질 것이 없다는 것을. 그것이 내게 주어진 가혹한 현실 속의 삶이라는 것을 인지하고 받아들이려 노력했다.

왼손은 남자에게, 오른손은 여자에게 맡겨진 채 손을 맞잡고 원장실을 나왔다. 텅 빈 공허함을 느꼈다.

"방에 잠시만 올라갔다 올게요." 원장을 바라보며 말했다.

"오늘은 참고, 다음에 놀러 오는 게 좋을 것 같구나." 원장은 온화하면서도, 확고한 의지가 담긴 목소리로 말했다.

"마지막으로 한 번 만요." 절실한 울림에도 원장은 거절했다. 나는 계속 졸라댔지만, 원장은 뜻을 바꿀 마음이 전혀 없어 보였다.

"아버님, 진주 데리고 놀러 오실 거죠?" 원장이 쐐기를 박는 마지막 말에 포기할 수밖에 없었다.

"그럼요." 남자는 시원한 목소리로 대답했다. 원장실에서 나온 그 모습 그대로 손을 맞잡고, 보육원의 운동장을 가로질렀다. 그토록 크게 느껴졌던 운동장은 몇 걸음 만에 끝을 보였다.

"이진주! 이진주!" 목청껏 내지르는 목소리가 등 뒤에서 울렸다.

당연한 것처럼 삼 층 구석의 방으로 눈을 돌렸다. 창문 밖으로 반 이상 몸을 빼내고 있는 소희와 수진이. 둘은 손을 흔들며 나를 배웅했다. 뒤에 서 있는 유미의 모습도 작게 보였다. 나도 마주 서서 손을 흔들었다. 온기가 남아있는 손을 머리 위로 흔들자 찬바람이 손가락 사이사이로 파고든다.

"편지 써야 해." 소희는 있는 힘껏 소리쳤다. 대답을 하고 나면 막아뒀던 눈물샘이 터질 것 같았다. 두 손을 높이 들어 동그라미를 만들어 보였다.

"꼭이야." 절규에 가까운 목소리였다. 꼭 할게, 나는 속으로 대답했다.

이제는 정말 의지할 곳이 없다. 나는 더욱 강해져야 한다. 무쇠처럼 차갑고, 충격에도 고통을 느끼지 말아야 한다. 마지막 세 사람의 모습을 보며 다짐했다.

4

차로 한 시간 넘게 달려 두 분이 살고 계신 집에 도착했다.

중간에 한 번 들른 휴게소에서 핫도그와 콜라를 먹었다. 멀미하는 체질이 아닌데 체했는지 중간에 두 번이나 길에 차를 세우고 속을 게워냈다. 강해진다는 다짐이 한 시간도 지나지 않아 무너져버렸다. 한심한 나 자신에게 화가 났다.

자그마한 정원은 손질이 잘되어 있었고, 현관에서 안채로 가는 길은 검정 돌들로 징검다리처럼 놓여있었다. 예전에 살던 집과 비슷한 구조였다. 엄마가 늘 신경 써서 가꾸던 정원. 갑작스레 엄마에 대한 기억의 불씨가 피어오른다. 이젠 잊어버린 줄 알았는데, 아직도 가슴 한구석에 자리 잡고 있었다는 사실이 놀라웠다. 그리고 후회가 됐다. 엄마가 집을 나가는 날 따라나섰다면 이토록 방랑하는 모습은 아니었을 텐데, 생각했다. 아니야, 엄마를 따라나섰으면 더 최악의 상황을 맞닥뜨렸을지도 몰라, 하며 의미없는 변명을 해본다.

문을 열고 들어선 집은 나무 향이 났다. 한눈에 들어오는 거실은 지나치게 청결하고 깨끗해, 오히려 부자연스럽게 느껴졌다.

"앞으로 진주가 쓸 방 보여줘요." 남자의 말에, 아 참 내 정신

좀 봐, 하며 여자는 나를 데리고 이 층으로 올라갔다. 삐거덕거리는 나무의 뒤틀리는 소리는 예전의 집을 떠올리게 했다.

"여기 쓰려무나." 여자는 계단 옆에 있는 방문을 열었다. 이 층에는 내 방 말고도, 방이 한 개 더 있었고 화장실이 있었다. 모두 내가 편할 대로 이용해도 된다고 했다.

전혀 즐겁거나 들뜨지 않았다. 내게 주어진 이 넓은 공간은 황무지처럼 헛헛한 마음을 들게 했다. 홀로 버려져 있다는 사실을 더욱 절실히 깨닫게 하는 듯했다. 커튼을 걷어내자 창문 아래로 화단이 한눈에 들어왔다. 작은 가로등의 은은한 빛이 비치는 것만 제외한다면 예전에 살던 집과 너무도 흡사했다. 예전 집과 닮아있는 모습이 나를 두렵게 만들었다. 혹시 또, 또, 내게 불행이 다가오지 않을까 하는.

그렇게 시작된 그들과의 생활은 생각보다 수월하고 편안하게 변해갔다. 그분들이 보이는 관심과 사랑에 이래도 되나 싶을 정도로 행복했고, 또 감사했다. 느긋하고 부족함 없는 생활이었지만, 두 분에게 엄마 혹은 아빠라는 호칭은 도무지 입에서 떨어지지 않았다.

단지 소리 낮춰, 발음을 엉망으로 만들어 혼자 웅얼거리는 모양으로 불렀다. 나조차도 뭐라고 말하는지 알아듣기 힘든 소리였다. 그것마저도 어색할 때는 눈이 마주칠 때까지 눈빛을 보내곤

했다.

"진주야 이리 앉아 볼래?" 거실에 두 분과 함께 있을 때는 일부러 분주한 척 몸을 이리저리 움직였다. 남자는 내 손을 잡고 소파 위로 앉혔다.

"진주야. 이제 좀 편해졌니?" 읽던 책을 덮고, 탁자 위로 올리며 물었다.

"네. 그럼요." 나는 눈으로 웃으며 대답했다.

"그럼 다행이구나." 헛기침을 크게 한번 했다.

"진주 너를 왜 딸로 들였는지 궁금하니?"

"아 네. 그건 뭐." 나는 얼버무렸지만, 몹시 궁금했다. 어째서 많은 아이 중에 나였는지. 남자는 나와 눈이 마주치자, 입꼬리를 올리며 싱긋 웃어 보였다. 웃는 모습이 몇 살이나 젊게 보였다.

"딸이 하나 있었어. 물론 지금은 세상에 없지만. 너보다 한 살이 많은 아이였는데. 어려서부터 건강이 좋지 않았어. 태어날 때부터 기관지가 좋지 못했지. 그래서 폐렴으로 고생을 많이 했는데, 뭐가 그리 급했는지 못난 부모를 먼저 놔두고 떠났지 뭐니. 벌써 삼 년이라는 시간이 흘렀구나." 남자는 지갑에서 사진을 꺼내 보여줬다. 사진 속의 웃고 있는 여자아이는 나와 생김새가 닮아도 너무 닮아있었다. 내 사진이라고 해도 믿을 정도였다.

"둘이 살기에 이 집은 크고 너무 적적하잖니. 그래서 아이 하나가 있었으면 좋겠다 싶던 차에 보육원을 갔는데 거기서 진주 너를 보게 됐단다." 남자는 내 손을 부드럽게 움켜잡았다.

"진주는 우리가 마음으로 낳은 자식이야. 너무 불편하게 생각하지 말아 줬으면 하는구나. 당장은 아빠라고 부르기도 엄마라고 부르는 것도 모든 것이 어색하고 힘들다는 거 아빠 역시 이해한단다. 시간이 얼마 걸리든 상관없이 엄마와 아빠는 기다려줄 수 있으니 느긋하게 마음먹으렴. 우린 진주가 보육원에서 우리 앞으로 나타나던 날부터 딸로 생각하기로 마음먹었으니 말이다. 나이가 먹었다고 해서 감정의 선택과 마음먹기가 쉬운 게 아니란다. 모든 게 하늘의 뜻은 아닐지 생각한단다. 딸아이가 죽고 그와 똑 닮은 진주 네가 나타난 것, 모든 것이 말이야." 남자는 쉼 없이 말을 토해내더니, 어느새 눈망울이 젖어들었다.

하늘의 뜻이라, 하늘은 대체 어떤 뜻으로 내게 이러는 것일까? 길게 나 있는 거실 창을 통해 보이는 하늘을 바라봤다. 유난히도 푸르고 맑은 하늘빛에 나는 뭐라 할 말을 잃고 말았다.

"죄송해요." 나는 고개를 꾸벅 숙였고, 남자는 촉촉한 눈망울로 웃어 보였다. 목에 걸린 가시가 빠져나가듯 시원했다.

"잘 지내니?"

전화기를 잡은 손이 떨렸다. 이제 나를 잊은 것은 아닌지, 내 전화가 달갑지는 않을지 걱정됐다.

"아니 잘 못 지내. 언제 놀러 올 거야? 보고 싶어." 소희의 목소리에는 진심과 어리광이 묻어난다. 복도를 타고 들리는 새된 목소리의 아이들.

"애들이 더 많아진 것 같다."

"여기야 늘 그렇지 뭐. 이제 곧 식사 시간이라."

식사 시간이 가까워지면 풍기던 밥을 찌는 냄새. 먼저 먹겠다며 밥 시간만 되면 미리부터 줄을 서서 기다리고 있던 아이들, 그토록 답답하게 느껴졌던 그곳에서 하룻밤만이라도 잘 수 있다면, 예전처럼 날이 밝아질 때까지 함께 천장을 보며 수다를 떨고 과자 부스러기로 침대 위를 엉망으로 만들 수 있다면, 하고 바랐다.

"우리 약속 잊지 않았지?" 확인하듯 소희는 물었다.

"당연하지."

스무 살이 되는 1월 1일 우리는 신촌의 시계탑 앞에서 만나기로 했다. 한 번도 가보지 못한 그곳에서 소희와 만나기로 약속했다. 아름다운 여자가 되어서.

"아무튼, 조만간 꼭 놀러 와. 보여주고 싶은 게 많아." 그늘진 목소리가 마음에 걸렸다.

내가 대답도 하기 전에 또 물었다.

"그분들이 잘해주시지?"

"당연하지." 나는 일 초도 망설이지 않고 대답했다.

"행복하니?" 나는 주춤거렸다. 분명 행복한데 불안함이 내면에서는 똬리를 틀고 있다.

"앗, 이제 밥 먹으러 가야겠다." 전화기를 통해 종소리가 울렸다.

"다시 전화 걸게." 소희는 전화를 끊었다.

두 분의 충분한 사랑에도, 아침에 눈을 뜨면 여전히 불안함이 엄습한다.

또 어디론가 버려질지 모르는, 보내질지 모르는 초조함. 여유롭게 정리하는 하루의 다음 순간은 더욱 불안해진다. 눈을 감기 전의 공간과 같은 곳이 아닐지도 모른다는 두려움이었다.

나는 익숙한 공간이 아니면 도무지 잠을 이룰 수 없었다. 한 번은 수학여행을 떠났을 때였다. 아침. 눈에 익지 않은 천장의 모습에 기절할 정도로 소리를 질렀다. 주변 친구들은 악몽쯤으로 가볍게 웃으며 넘겼지만, 내게 익숙하지 않은 장소는 그야말로 지옥과도 같았다.

중학교 삼 학년 여름, 뒤늦게 찾아온 사춘기는 성격을 더욱 폐쇄적으로 만들었다. 신체의 변화, 친구들 성격의 변화, 심지어 계절의 변화마저도 두려웠다. 혼자가 편했고 눈에 익지 않은 모든 것은 고통이었다.

나라는 하나의 작은 우주는 세상과의 소통을 온몸으로 거부했다. 그러면서도 집에 계신 두 분에게는 오히려 밝은 모습을 보이려 애썼다. 나의 변화에 혹시나 실망하지는 않으실까 염려스러웠다. 나는 집과 학교에서 정반대의 생활을 겨우겨우 해나가며 고등학교까지 졸업할 수 있었다.

고등학교를 졸업 후, 서울 유명 여대 국문학과로 진학이 결정되어 있었다. 대학생이 되면 내 뜻대로 살 수 있는 삶이 될 것이라는 막연한 기대를 품고 있었다. 생각만으로도 꿈처럼 행복하고 꿀처럼 달콤했다. 수취인 불명의 선물이 아닌 온전한 나만의 선물. 성인이 된 나는 누구의 도움도 받지 않고 오롯이 나를 책임질 수 있다는 생각에 황홀해졌다.

하늘은 나의 작은 욕심마저 허락하지 않았다.

두 분이 운영하시던 플라스틱 공장은 대학교 합격자 발표가 나고 며칠 지나지 않아 부도를 맞았다. 내게 주어진 현실은 언제나 뒤틀렸다. 빨간 딱지는 집안 곳곳에 붙었고, 대학으로의 진학도 빨간 딱지가 붙었다. 지하철역에서 몇 걸음만 떼면 도착하던 이층의 양옥집에서, 언덕을 한참이나 올라가야 하는 단칸방으로 이사를 해야 했다.

악의 축. 그래 나는 악의 시작이었는지 모른다. 나라는 인생은 불행의 전조와도 같다. 나 때문에 그들이, 그토록 따스한 분들이 평화롭던 삶에서 버려진 것이다. 버려짐이 당연한, 불행과 친구로 지내는 나 때문에 발생한 일이 틀림없었다.

그날 이후, 캠퍼스의 찬란한 젊음을 책임지는 대신 빨간불 아래서 남자들을 책임지는, 술 따르는 여자로 전락해 버렸다. 그분들은 최악의 상황에서도, 학비를 위해 이리저리 돈을 융통하러 다녔다. 나는 그 정도로 염치가 없지는 않았다.

나는 어쩔 수 없이 거짓말을 했다. 등록 포기한 학생이 발생해, 장학금과 기숙사 생활을 할 수 있게 됐다고 했다. 두 분은 뛸 듯이 기뻐했다. 세상에서 가장 행복한 얼굴로 그 작은 단칸방에서 나를 부둥켜안아 주었다. 입술을 꽉 깨물고 울지 않으려 애썼지만, 두 분의 눈에서 흐르는 눈물을 보자 나도 모르는 사이 눈물로 얼굴이 적셔져 있었다.

일주일에 한 번 있는 휴일이면 빠짐없이 두 분을 찾아뵀다.

"이거 아르바이트해서 받은 월급이에요." 나는 첫 월급의 삼 분의 일을 남자에게 건넸다.

"이건 네가 좋은 옷 사서 입으렴. 이제 곧 좋아질 테니 집 걱정은 하지 말고." 쪼글쪼글해진 손으로 남자는 흰색의 봉투를 밀어냈다. 그 후로도 건넨 용돈은 단 한 번도 받지 않았다. 조금만 기다리면 나아질 거라는 형편은 점점 궁색하게 변해갔다. 일 년이, 이 년이, 삼 년이 지나도 그분들의 사정은 나아지기는커녕 허덕이는 이자 빚으로 하루하루 말라갔다. 끝이 보이지 않는 꼬불꼬불한 언덕길을 일주일에 한 번씩 내려오며 조금만 기다리세요, 조금만, 혼자 되뇌었다.

악착같이 일 한 덕분에 두 분의 빚을 갚고도 조그마한 방을 얻을 수 있는 돈을 모을 수 있었다. 나는 흥분이라는 것이 그토록 짜릿한 것인지 처음 느낄 수 있었다. 끝도 없이 언덕을 올라야 하는 단칸방에서, 힘겨운 빚의 늪에서 드디어 탈출이었다. 마지막이라 생각하며 오르는 언덕길은 하나도 힘이 들지 않았다. 턱까지 숨이 차올라 왔지만, 머릿속이 더 바삐 움직인 까닭인지 몸은 유달리 지치지 않았다. 돈의 출처에 대한 대답을 생각하며 언덕길을 올랐다. 꼬리에 꼬리를 무는 생각의 정리는 서울시에서 대대적으로 주최한 문학 공모전에서 수상했다는 거짓말로 앞뒤 막힘없이 만들었다.

문 꼬리를 잡자 말로 형언할 수 없는 감동이 밀려들었다. 매우 기쁜 나머지 눈에 그렁그렁 눈물까지 맺혔다. 울지 않고자 했던 맹세도 이제는 해방해야겠다. 손등으로 눈물을 훔쳐냈다. 화장이 지워지는 것쯤은 아무렇지도 않았다.

"아빠, 엄마." 힘차게 문을 열며 활기찬 목소리로 불렀다. 두 분이 애타게 듣고 싶어 했던 단어 아빠. 엄마. 활짝 열어젖힌 문 안쪽으로는 검은 연기가 가득 차 있었다. 쾌쾌한 향의 연기는 내 귀를 스쳐 지나며 소름 끼치는 목소리로 속삭였다.

"넌 불행해야 해."

나를 훑고 지나간 연기가 가시자 두 분은 삼 년간 본 적 없는 편안한 모습으로 나란히 누워 있었다. 그 옆에는 연탄이 짓눌려 방바닥까지 검게 그을려져 있었다. 두 분은 그렇게 한날한시 햇빛도 제대로 들어오지 않는 좁은 방에서 세상을 등졌다. 나라는 불행의 씨앗을 품은 대가로.

기쁨은 내게 조금의 틈도 내보이지 않았다, 그 틈을 보이면 숨도 고르기 전에 절망으로 틈을 메워놓는다. 한 치의 오차도 없이 저주받은 삶이 틀림없다.

나는 매일 밤 기도했다. 불행이 모두의 가장 친한 친구가 되기를. 기쁨이란 단어는 삶에서 모조리 연소하여 버리기를.

포괄적인 원망과 복수의 화살은 누구의 심장을 겨눠야 하는지 알 수 없었다. 매일 밤, 술에 의지하던 나는 예리한 화살촉의 주인을 찾아냈다. 인간의 치졸하고, 더러운 본능. 정확히 말하면 욕망과 욕정, 욕심이라는 본능을 숨김없이 드러내는, 비곗덩어리로 가득 들어차 있는 인간을 포기한 돼지들이었다.

모든 혼란이 정리되던 날, 회식이면 자주 갔던 호스트바 인수 계약서에 사인을 했다. 삼 년간 모았던 돈은 호스트바를 인수하고도 아파트를 살 수 있었다. 호스트바를 인수한 이유는 단순했다. 남자들을 욕망의 지방으로 더욱 살집을 키우게 하는 것은, 허영이 가득한 여자들이기 때문이었다. 우둔한 남성들은 자신이 여성 위에 군림한다는 착각의 깊은 늪에 빠져있지만, 그런 착각에 빠지게 하는 것도, 나락으로 떨어뜨리는 것도, 결국은 허영심으로 가득한 여성인 것이다. 욕망 가득한 여자들이 타락해 추락한다면 추악함이 차츰 잦아들어 조금은 나아질지 모른다는 막연함.

가게를 인수하고 4년이라는 시간 동안 욕망을 미끼로, 거머리가 가득한 구렁텅이로 많은 여자를 내몰았다. 탐욕으로 얼룩진 여자들은 젊고 멋진 남자들에게 빠져들어 정신을 차리지 못했다. 재산을 탕진하거나, 알코올 혹은 약물 중독에 빠져드는 형식의 만족스러운 삶의 끝을 보여줬다. 욕망을 부추겼던 거머리들 역시 그녀들 곁에서 살점이 썩어들어 잘라내야 하는지도 모르고 서서히 부패해갔다. 밤의 세계는 그런 곳이었다. 한쪽 발을 들이밀면 골수까지 내어주어야 간신히 벗어날 수 있는.

한 인간이 몰락하는 과정은 쾌락을 넘어서 뿌듯함마저 들게 했다.

5

잊고 살았던 20년 전의 끔찍한 기억이 긴 잠에서 눈을 떴다.

가게로 출근을 서두르는 길. 담배는 두 개비밖에 남지 않았다. 담뱃갑이 허전한 것을 보고 있으면 초조해진다. 길가 끝에 보이는 편의점 앞에 차를 세웠다. 뒤따라 달리던 차는 신경질적으로 빵 소리를 내고는 위협적으로 지나친다. 인도에 바짝 붙였는데도 난리다. 여자 운전자면 무조건 무시하고 보는 운전자들이 아직도 많다니 한심했다.

편의점의 뿌연 창가에 교복을 입은 남학생 셋이 바싹 붙어서 불온한 시선을 던진다. 그들의 모습에 절로 웃음이 나왔다. 세 명 중 한 아이가 유독 눈길을 사로잡았다. 하얀 피부에 왼쪽 눈가에는 선홍색의 수술 자국이 희미하지만, 내겐 선명하게 그 부분만 도드라져 보였다. 눈에 익은 모습이었다. 분명히 본 적 있는 사람이기는 한데 누구지? 남학생에게서 시선을 떼지 않고 떠올리려 애썼다.

편의점 문을 열고 들어섰을 때, 질문의 답을 얻을 수 있었다. 가만히 뜯어보니 술을 마시면, 구타를 일삼던 아빠와 닮아 있었다. 나를 인생의 바닥으로 떨어뜨렸던 아빠와 여자가 낳은 아기였다. 왼쪽 눈 옆으로 벌겋게 물들어 지워지지 않은 상처 자국은 내가 만든 것이 틀림없다. 저 아이는 저 상처를 누가 남긴 것인지 알고는 있을까?

남자 앞으로 걸어가 손을 낚아챘다. 놀란 눈빛이 갓난아기 때의 얼굴을 떠오르게 하는 것 같았다. 증오의 감정이 용솟음친다. 너라는 존재만 없었다면….

손을 잡고 이끄는 나를 순순히 따라나섰다. 그를 차에 태워 언덕 위의 헬스장으로 올라갔다. 가게 직원들 몇몇이 다니는 곳으로 견학차 간 적이 있었다. 흔들리는 감정을 주체할 수 없었다. 무엇을 하려는 것인지, 언덕을 오르며 생각했다. 속력이 붙은 차는 과속방지턱에서 덜컹거리며 심하게 요동쳤다. 나를 막아서려는 것 같았다. 액셀러레이터를 밟아 속도를 높였다. 누구도 막아설 수 있는 틈을 내어주고 싶지 않았다.

차에서 두 다리를 내리며 결심했다. 호스트로 만들 것이다. 꿈꾸던 모든 것을 단숨에 부숴버려 주리라. 사회의 밑바닥, 사치와 허영이 가득한 곳에서의 삶의 시작은 자신도 모르는 사이에 썩게 할 것이다. 온몸으로 썩은 암 덩어리들이 전이되어 치료도 무의미한 상태로 말이다.

그는 고분고분 나를 따랐다. 질문도, 저항도 없이 마치 정해졌던 일을 따르는 사람 같았다.

"학생증 있지. 줘봐." 주춤거리는 꼴이 우스워 보였다. 받아든

학생증에 이시후라는 이름이 적혀있었다. 내내 입에서 맴돌던 이름이 윤곽을 만든다.

휴게실에 앉아, 따뜻한 커피를 한 모금 마시고 나니 다소 진정됐다. 실컷 울고 난 것처럼 후련한 기분이었다. 앞에 앉은 시후의 얼굴을 찬찬히 뜯어봤다. 전체적인 윤곽과 이마부터 코까지 이어지는 선이 아름다웠다. 미세하고, 정교한 붓으로 그려놓은 것 같았다. 상품으로서의 가치는 충분했다. 시후는 관찰하는 내 눈빛이 민망한지 난감한 표정으로 어쩔 줄 몰라 했다. 아직 소년티를 벗지 못한 아이에 불과했다.

몇 번이나 시후가 운동하는 모습을 숨어서 지켜봤다. 혹시, 나와의 만남을 황당한 경험으로 생각해, 내 앞에 다시 모습을 보이지 않는다면, 그때는 미련 없이 놓아주려 했다. 나 스스로는 시후에게 마지막 기회를 준 셈이었다. 그런데 시후는 매일같이 헬스장에 모습을 드러냈고, 전력을 다해 운동을 하는 것 같았다.

시후의 졸업식.

흐릿해져 잊고 살았던 얼굴을 확인하고 싶었다. 그 파렴치한 인간들의 모습이 잊히지 않도록 각인시킬 것이다. 지워져 버린 그들의 모습에 뜻하지 않게 용서를 하며 살아왔는지 모르겠다. 시후가 마지막 내가 준 기회의 끈을 놓아버린 만큼 나는 더욱 악랄해지고자 했다.

교무실에 두 번이나 들러 시후의 교실을 찾았다. 일 층의 교무실은 잠겨있었고, 이 층의 교무실에 앉아있던 여선생의 도움으로 찾을 수 있었다. 문을 열고 들어서자 교실 안의 많은 눈동자에 압도당하는 기분이 들었다. 허리를 곧추세우고 어깨를 활짝 펴고 약간 힘을 주었다. 싸움을 시작하기 전에 기 싸움을 하는 남자처럼.

담임의 손가락이 가리킨 곳에 시후는 얼떨떨한 표정을 하고 있었다. 제일 뒷자리에 앉아 있었지만 교실에서 가장 눈에 띄는 학생이었다. 윤기 있는 얼굴은 밝게 빛나 보였다. 예상과 달리 그들은 졸업식에 모습을 드러내지 않았다. 왜 부모님이 오지 않았냐는 물음에 시후는 그냥, 오지 말라고 했다고 한다. 더는 묻지 않았다. 집안 사정에 대해 자세히 듣고 싶지 않았다. 혹시나 마음이 약해질지 모른다. 조금의 연민도 느끼고 싶지 않았다. 그런 상황은 애초에 차단하는 것이 옳았다.

짜장면이 먹고 싶다는 시후를 데리고 고급 중국 레스토랑으로 갔다. 다른 곳에 비해 몇 배나 가격이 비싼 곳이었다. 시후는 들어서는 입구에서부터 두 눈이 휘둥그레졌다. 놀란 표정이지만 주눅이 들어 보이지는 않았다. 어쩌면 종종 드나들었을지 모른다는 생각이 들자, 화가 치밀어 올랐다.

"이런 데 음식은 얼마나 해요?" 시후는 이리저리 바쁘게 눈을 돌렸다.

"비싸. 근데 앞으로 일 시작하면 매일 올 수도 있어."

시후는 천진하게 웃고는, 들뜬 어린애처럼 말한다.

"와, 신 난다." 어쩌면 처음이라 아무것도 모르는 것은 아닐까, 어렴풋이 생각했다.

다음날, 시후를 데리고 가게로 갔다. 여자들이 좋아할 것이라 예상은 했지만, 첫날부터 손님에게 선택받으리라고는 생각지 못했다. 적당히 가게 분위기를 익히게 하고는 집으로 데리고 갈 생각이었다. 첫 출근부터 손님에게 선택받은 것은 가게를 인수하고 처음 있는 일이었다. 가게 안의 다른 직원들은 위협을 느꼈는지 술렁거렸다. 작은 밥그릇에 금색의 숟가락이 얹어졌으니 당연한 반응인지도 모르겠다.

"사장님." 노크와 동시에 문이 열렸다. 직원들을 관리하는 매니저였다. 눈썹을 치켜뜨며 주름을 만들었다.

"아. 죄송합니다." 눈을 아래로 내리며 말한다.

"대답하면 들어오라고 했죠." 컴퓨터에서 눈을 떼지 않았다.

"손님 한 분이 사장님을 찾아서요." 고개를 돌려 문 앞에 서 있는 매니저를 봤다.

"누가 찾아요?"

"오늘 들어온 친구가 방에서 오바이트를 해서요. 손님이 화가 많이 났는데요."

방안은 잔뜩 화가 난 표정의 여자와 바닥을 닦고 있는 웨이터가 보였다.

"이 사장! 이게 뭐예요. 애들 교육 안 시키세요?" 감정을 최대한 억누르는 목소리였다. 한 달에 세 번 이상 가게를 찾는 여자는 중소기업 사장의 아내였다. 볼살은 축 늘어져 불도그 같았다.

"죄송합니다." 난감하다는 표정을 억지로 만들었다. 나는 그녀에게 가식적인 미소를 보이며 고개를 까딱 숙인 다음 옆에 서 있는 매니저에게 지시했다.

"손님들 방 VIP실로 옮겨주시고, 최고급 샴페인 한 병 넣어드리세요."

"뭐 이러실 필요까지는 없는데." 불도그는 주섬주섬 지갑과 핸드폰을 챙기며 일어날 채비를 했다. 만족스러운 미소가 입가에 떠나지 않는다. 유난히 대접받는 것을 좋아하는 불도그는 성질은 급하지만, 다루기도 쉬웠다. 비위만 잘 맞춰주면 하룻밤에 몇백만 원씩 술값을 지불했다.

"시후 어디 있어요?" 누군지 모르겠다는 표정을 짓는다.

"오늘 온 남자애 어디 있느냐고요." 그제야 알아들었는지 매니저는 화장실로 갔다며 매니저는 앞장서서 걸었다.

"볼일 보러 가세요." 단호하게 말하고 화장실로 갔다. 얼굴에 과하게 힘을 줘서 토를 한 모양이었다. 눈가의 핏줄이 터져 눈동자의 흰자가 온통 빨갛게 물들어있었다.

비틀거리는 시후를 데리고 아파트로 갔다. 내 곁에서 천천히 무너져 가는 그를 자세히 보고 싶었다. 그리곤 내가 생각하는 완벽한 타이밍, 즉 완전하게 타락해 현실과의 분간조차 어려운 그때가 오면 시후를 데리고 그들이 사는 집으로 갈 것이다. 망가진 아들 뒤에 서서 그들이 외치는 고통의 절규를 조용히 감상하리라.

"너 술 못 마시니?" 아빠의 피를 이어받았다면 절대로 못 마실 리 없다. 매일 입에 술을 달고 살았던, 술만 마시면 폭행을 일삼았던 그 인간의 피가 섞였다면.

"아직 모르겠어요."

"모르겠다니 무슨 말이니." 물끄러미 바라봤다.

"실은 술이 오늘 처음이거든요." 시후는 머리를 긁적거렸다.

"비밀번호는 8809야." 현관 비밀번호를 누르며 말했다. 멀뚱멀뚱 쳐다보는 시후에게 외워두라고 하자 시후는 영문을 모르겠다는 표정으로 비밀번호를 중얼거렸다.

"우와. 집이 엄청 좋네요." 현관에 서서 놀랍다는 듯 말했다.

"시끄러워. 빨리 신발이나 벗어." 시후는 운동화를 가지런히 벗어 놓고는 우두커니 서 있었다.

"앞으로 여기서 같이 지낼 거야."

"정말요?" 호기심이 가득한 표정으로 주변을 두리번거렸다.

"집에는 친구네 집에서 지낸다고 얘기하고." 갈색의 레더재킷을 소파 위로 던지며 말했다.

"전화는 안 해도 괜찮아요."

"그럼 알아서 하고." 딱딱하게 말하고는 현관 옆의 방을 쓰라고 말했다. 이미 시후가 가게로 출근하기 전부터 침대와 화장대, 화장품, 몇몇 옷가지를 준비해둔 상태였다.

"여기 물건들은 뭐에요?" 방에서 살짝 고개를 내밀며 물었다.

"그냥 쓰면 돼. 일일이 질문하지 말고 쓰면 돼. 내가 하지 말라는 것만 안 하면 돼."

"네, 후후."

때 묻지 않은 미소. 가슴이 휘청거린다. 마음을 다시 다잡는다. 내게 닥쳤던 비극을 떠올리며.

매일 밤, 시후와 술을 마셨다. 나는 유전 때문인지 몰라도 웬만한 남자보다 술을 잘 마시는 편이었다. 피는 역시 속일 수 없는지 시후의 주량은 하루가 다르게 늘었다. 처음에는 위스키 석 잔이면 화장실로 가 내용물을 확인하는가 싶더니, 차츰차츰 여유롭게 술을 즐기기 시작했다.

"오늘은 목욕탕에서 말이죠…."

시후는 조잘조잘 잘도 떠든다. 주사가 아무래도 미주알고주알 떠드는 것 같다. 술만 마시면 유독 말이 많아진다. 못된 술버릇이 들지 않아 다행이었다. 하얀 도화지 위에 선을 긋는 대로 시후는 색이 입혀졌다.

술주정이 있지는 않을까 두려웠다. 아빠와 같은 폭력성이 짙어지는 주사가. 혹시나 하는 마음에 가스총을 구입했다. 호신용으로 근처 파출소에 등록까지 마친 상태였다. 폭력적인 성향을 보이면 주저 없이 방아쇠를 당길 생각이었다. 술주정은 강력한 쇼크를 받으면 고쳐진다고 잡지에서 읽었던 기억이 있었다. 방아쇠를 당길 일은 없을 것 같아 안도했다.

"시끄럽고, 얼른 마시기나 해. 빨리 주량을 늘려야 일을 시작할 거 아니야. 너한테 들어간 돈이 얼마인지 알고 있기나 해." 감정을 배제하려 노력하며 말했다. 나를 건조하고, 매정한 생물로 생각해 주기를 바랐다.

"죄송해요." 시후는 얼이 빠진 표정이었다.

"너 그리고 손님들 앞에서 술 마실 때도 그렇게 떠들어댈 거야?" 비어있는 잔에 위스키를 채워줬다.

"아… 그건 어떻게 해야 하는지 잘 알 수 없어서요." 잔을 두 손으로 감싸고 있다.

"그냥 입 다물고 손님이 얘기하면 들어주고, 손잡아주고, 웃어주면 돼." 와인이 비어있는 것을 확인하고는 유리잔에 위스키를 넘치기 직전까지 따랐다.

"가끔 밖에 나가자는 손님도 있는데, 절대 나가면 안 돼. 밖에서 만나는 것도 마찬가지고."

"네."

"내가 한 말 다시 해봐." 윗입술로 얼음을 밀어내며 조금씩 마셨다.

"네. 그게, 말 줄이고, 고민 잘 들어…."

순응적인 시후의 모습이 때론 답답했다. 조금 더 반항적이고, 순수하지 않다면 양심의 가책 따위는 전혀 느끼지 않을 텐데 말이다. 시간이 지날수록 감정이 복잡해진다. 하얀 도화지 위에 검은 덧칠을 해나가는 행동이 옳은 것인지. 분명 부적절하다는 사실을 너무도 잘 알고 있음에도 멈출 수가 없다. 이렇게라도 하지 않으면, 살아갈 수 없다. 모르고 살았으면 몰라도, 내 앞에 나타난 그 사람의 아이를 내버려둘 수 없었다. 잔인한 마음은 비수가 되어 내 가슴으로 꽂힌다.

술에 취하면 미세한 감정의 움직임 하나하나 선명하게 느껴져 서글픔에 북받쳐 오른다. 어쩌다 여기까지 오게 됐는지. 시후 앞에서 창피한 줄도 모르고 무릎 사이로 깊게 얼굴을 묻고 신음한다. 울지 않기로 했던 맹세는 무용지물이 된 지 오래다. 눈물은 주책없을 정도로 새어나왔다.

시후는 위로의 한마디 건네는 법이 없다. 평소 조잘조잘 잘도 떠들면서 이럴 때는 조용하다. 가만히 곁에 앉아 슬픔의 파도가 잠잠해질 때까지 그대로 그 자리에서 묵묵히 기다리고 있다. 나는 더욱 고통스러워진다. 출구를 찾을 수 없는 미궁으로 빠져든다.

6

후회할지도 모른다는 생각을 해보지 않은 것은 아니다. 추억으로 남기는 것이 합당할지도 모른다. 내 머릿속과 달리 몸은 문밖으로 빠져나가고 있었다.

시후는 친구들과 만남이 무척 즐거웠는지, 집에 들어서는 순간부터 콧노래를 흥얼거렸다.

"즐거웠니?"

"네. 무척요. 정말 좋아하는 친구들이거든요." 여운이 가시지 않은 표정이었다.

시후를 보고 있자니, 잠들어 있던 친구들의 모습이 한 명, 한 명, 이름까지 선명하게 떠올랐다. 시후로 인해 부정하고, 잊었던 슬픔의 추억도, 아련한 옛 기억의 즐거운 추억들도 살아난다. 무념무상으로 살아가고 싶지만, 그렇게 살아가기엔 인간은 너무도 복잡하고 감정적인 동물인가보다.

몇 년간 보육원 같은 방에서 지낸 친구들. 친구라는 호칭이 전혀 어색하지 않은 그들. 당시는 우리들의 사이를 정의하기 위해 만들어진 단어 같았다. 나는 양녀로 그분들의 딸이 되고 나서 딱 한 번, 보육원을 찾은 적이 있었다. 집으로 돌아오는 차 안에서 다시는 보러 오지 않겠다고 다짐했다.

방은 내가 떠나기 전과 달라진 게 없었다. 들어서는 순간, 예전의 그리운 공기가 울고 웃었던 일들이 살아났다. 소희와 수진이, 유미까지 셋과 오랜만에 갖는 해후는 감격스럽고 몹시 반가웠다. 흥분한 우리는 무엇부터 얘기해야 할지 몰라 마음만 급했다. 차분한 대화는 이루어질 리 만무했다. 서로 웃다, 울다 한편의 모노드라마를 찍으면서도 정해진 시간이 주는 압박감에 초조해했다.

누군가의 눈치를 보며 만나야 한다는 것은 유쾌하지 못한 경험이었다. 나는 곧 찾아간다고 약속했는데, 그 약속을 지키기에 오랜 시간이 흘렀다. 물어물어 찾아간 보육원은 그 자리에 변함없는 모습으로 지키고 있었다. 적색 벽돌이었던 건물이 흰색과 회색으로 칠해진 것만을 제외하고는 모든 것이 그대로였다. 차에서 내리자 눅눅하고 뜨거운 공기가 몸을 휘감았다.

짙푸른 하늘 아래 우뚝 솟은 건물, 삼 층 오른쪽 끝 방. 여러 가지 미래를 꿈꿨고 반드시 이루어질 줄 알았다. 나는 방송국 PD, 소희는 체육 선생님, 수진이는 식물 연구가, 유미는 가수를 꿈꿨다. 텔레비전을 보지는 않지만, 가수를 꿈꿨던 유미가 혹시나 나올까 하는 마음에 무음으로 텔레비전을 켜놓는다. 거의 습관이 되어버렸다. 물론 유미는 모습을 보이지 않았다.

"안녕하세요?"

노크를 하고 문을 열었다. 나무가 뒤틀리는 소리가 난다. 헐거운 경첩이 만드는 소리. 이곳 문은 아직도 경첩이 말썽인 모양이다. 밤에 누군가 화장실에라도 갔다 올라치면 예민한 나는 요란한 경첩소리에 잠에서 깨곤 했었다. 누구 하나 고쳐달라거나 고치려 시도 하지도 않았다. 그리고 그 소리는 우리들의 생활에서 오는 당연한 것으로 여겨졌다. 안내방송을 할 때면 나오는 스피커의 잡음, 식사 시간 전에 요란하게 돌아가는 밥 짓는 기계 소리와 마찬가지였다.

내 키보다 한참 크다고 생각했던 문이 한없이 작아 보였다. 책상에 앉은 원장은 예의 동그란 안경을 쓰고는 눈을 치켜뜨며 나를 봤다. 심술궂은 노인 같아 보였다.

"누구이신지?" 예전보다 안경 렌즈가 두꺼워져 있었다.

"혹시 저 기억 안 나세요?" 음료수 상자를 바닥에 내려놓으며 물었다. 원장은 기억하지 못하는 눈치다. 하긴 도리어 기억하는 것이 이상할지도 모르겠다.

"저 진주라고, 예전에 여기서…." 말을 채 하기도 전에 원장은 어머 어머, 하며 의자에서 일어났다.

"기억나세요?"

"그럼 나고말고." 양볼 가득 미소가 번지다. 십 년 전 원장의 웃는 얼굴이 기억에서 살아난다. 그때는 훨씬 생기가 맴돌았다.

"어머, 어머, 이렇게 아름다운 숙녀가 다 됐네." 얼굴이 살짝 야원 모습이다. 예전보다 많이 마르고 기력이 쇠한 모습에 마음이 애잔해진다.

"잘 지내셨죠?" 원장은 예의 따뜻했던 손으로 예전에 그랬듯 내 손을 감쌌다.

"그럼, 그럼." 소파에 손을 나란히 잡은 채로 앉았다.

내가 앉은 소파에 두 분은 여유로운 미소를 지으며 앉아계셨다. 소파에서 오랜 아픔의 시간이 꺼내져 나온다. 나는 아직 어렸고 뭐든 혼자 잘할 수 있다고 믿는, 누구의 도움도 필요 없다고 생각한 오만한 계집애였다. 그리고 두 분의 손을 잡고 보육원을 나설 때조차 나는 의지하지 않겠다고 굳게 마음먹었었다. 정작 많은 지원과 도움을 아무렇지 않게 받았으면서도 말이다.

"어떻게 찾아왔니?" 이 질문을 시작으로 어떤 일을 하니, 결혼은 했니, 집은 어디니 하는 질문들이 줄기차게 이어졌다. 나는 회사에서 일하고 있으며, 미혼이고, 서울에 살고 있다고, 성실하게 대답했다.

"그래, 잘 지내 보이니 다행이구나." 안심한 목소리로 말했다.

"원장님, 혹시 저랑 같은 방 썼던 친구들 기억하세요? 소희랑 수진이 유미라고." 나는 조심스럽게 퍼즐을 맞추듯 물었다.

"그럼 기억하지. 수진이는 주말마다 애들하고 꽃도 심고 정원도 가꾸고 하는데. 그러고 보니 오늘도 오는 날인 것 같은데." 달력을 보며 날짜를 더듬는다.

"맞네, 이 주일에 한 번씩 오는데, 오늘이 오는 날이구나." 원장은 벽에 걸린 시계로 눈을 돌렸다.

"점심시간 지나서 오니 이제 올 때가 됐는데." 잔잔한 미소를 띠며 원장은 말했다.

"어머니." 말이 끝나기 무섭게 힘찬 목소리와 함께 문이 열렸다. 두 손에 들린 커다란 비닐봉지에는 과자가 한가득이었다. 들어온 여자를 찬찬히 뜯어보니 어릴 때의 모습이 남아 있었다. 동글동글한 콧방울과 두루뭉술한 체형. 수진이었다.

"호랑이도 제 말 하면 나타난다더니."

"왜요? 어머니." 나를 흘깃 보고는 예의상 고개를 살짝 숙이며 인사를 한다. 분명 내 얼굴은 흥분으로 홍조를 띠고 있었을 것이다. 수진이는 놀란 눈으로 얼굴을 내게 다시 돌렸다.

"혹시?" 나는 입가에 주체할 수 없는 웃음이 번졌다.

"그래 맞아."

"맞지, 맞지? 이진주."

우리는 여중생의 그때로 돌아가 두 손을 마주 잡고는 펄쩍펄쩍 뛰며 꺅꺅 소리를 질렀다. 애들이 기다리고 있다는 바람에 나도 건물 뒤편의 미니 정원으로 따라나섰다. 그 시절 수진이가 정성들여 꽃을 가꾸던 공간은 멋스럽게 돌담도 생기고, 작은 연못도 만들어져 제법 그럴싸했다. 아이들을 도와 꽃을 심으며 우린 서로의 존재를 확인하며 옛 친구가 주는 고향 집의 아늑함 같은 정겨운 기분을 마음껏 즐겼다.

“어떻게 지냈어?” 목에 걸친 수건으로 땀을 닦아내며 수진이는 물었다.

“그냥 뭐. 잘 지냈지.” 유리병에 든 주스 뚜껑을 열고 수진이에게 건넸다.

“너는 어때? 2주에 한 번씩 온다고 들었는데.” 흰색 목장갑을 벗고는 엉덩이 옆에 내려놨다.

“응 그립기도 하고, 정원 손질이라는 게 한 주만 걸러도 엉망이 되긴 하지만, 그래도 열심히 오려고 노력해.” 수진이는 꿈꾸던 식물 연구가가 되지는 못했지만, 꽃과는 떨어져 지낼 수 없었다며 지금은 꽃집을 운영한다고 한다. 대학교 앞의 작은 꽃집이라고 했다.

“참 신기하다.” 나는 주스를 마시며 고개를 끄덕였다.

“아니 다른 게 아니라, 어제 우리 꽃집으로 어린 친구들이 꽃을 사러 왔는데, 한 남학생이 너랑 어찌나 닮았는지… 왜 그런 거 있잖아. 이따금 네 얼굴을 떠올리려 하면 가물가물하게 보일 듯 말 듯 보이지 않았는데, 그 애를 보는 순간 함께 지내던 진주, 네 얼굴이 선명하게 떠올랐어. 어제는 어찌나 보고 싶어지던지….” 목이 타는지 주스를 단숨에 비우고는 말을 이었다.

“거짓말처럼 내 앞에 지금 네가 있는 거야. 이런 우연이 또 있을 수 있니?” 아직도 믿기지 않는다는 얼굴을 했다.

"어쩜 더 예뻐졌니. 하긴 그때도 예뻐서 따라다니는 남자도 많았지. 결혼은 한 거야?" 우리는 또래의 여자들처럼 사소한 이야기를 지치지 않고 했다. 벤치에 앉아 수다를 떨던 수진이와 나는 예전에 쓰던 방을 구경하러 갔다. 그곳은 중학생 정도로 보이는 여학생 네 명이 사용하고 있었다. 우리의 등장을 대놓고 경계하는 통에 웃음을 찾느라 힘들었다. 마지막으로 원장실로 찾아가 작별인사를 했다. 다시 찾아오겠노라는 지키지 못할 약속을 하고는 수진이와 보육원을 나왔다.

"덕분에 오늘은 편하게 가네." 수진이는 그 많은 짐을 들고, 버스를 타고 왔다고 했다.

"시간 괜찮으면 한잔하지 않을래?" 수진이가 운영한다는 꽃집은 작고, 아담했다. 차 안의 부삽이니, 꽃꽂이용 칼 등 정원 손질에 필요한 도구들을 가게로 같이 옮겨 놓고는 근처 선술집으로 갔다.

조명이 어두운 술집은 맞은편에 앉은 수진이의 얼굴이 잘 보이지 않았다. 수진이는 너무 어두운 것 같다고 투덜댔지만, 내겐 그 편이 한결 마음 놓였다. 거짓말로 나를 숨길 수밖에 없는 현실 탓인지 모르겠다.

"다른 친구들과는 연락하니?" 소주를 따르며 물었다. 소주는 실로 오랜만에 마셔본다. 몇 년 전인가 밤길을 걸으며 마셨던 팩소주가 마지막이었다. 하도 오래전이라 왜 그랬는지 기억은 선명하지 않지만, 팩소주를 마시고 길에서 창피한 줄도 모르고 소리 내어 울었었다.

"3년 전인가, 유미는 우연히 봤었어."

"어머, 어디서? 연락처는 모르고?" 몸을 앞으로 기울였다. 마침 주문한 안주가 나오는 바람에 질문이 묻혔다. 닭 날개 꼬치를 집어 든 수진이에게 다시 물었다.

"연락은 따로 안 하는 거야?" 수진이는 고개를 끄덕였다.

"물어볼 틈도 없었어." 건너편의 수진이 표정이 보이지 않아 답답했다.

"왜?" 고개를 앞으로 길게 빼며 물었다. 어린 시절의 호기심 많은 나로 되돌아간 것 같았다. 무게를 잡아야 하는, 매사에 심각한 표정을 지어야 하는 짐을, 친구라는 존재는 쉽게 벗겨주었다.

"그게. 좀 기묘해서 말이야. 진주 너는 중학교 때 보육원을 나가서 잘 모를 테지만…." 수진이는 소주를 입으로 가져갔다. 씁쓸한 그녀의 표정은 긴장감을 고조시켰다. 나는 침을 꿀꺽 삼켰다. 친근하게 이름을 불러주는 그녀가 고마웠고, 유미의 이야기가 몹시 궁금했다.

"아마 고등학교 때로 기억하는데… 아 참 진주 너도 기억하니? 유미가 가수 되는 게 꿈이었던 거?" 나는 물론이라고 대답한다.

"하긴, 그렇게 떠벌리고 다녔으니." 어두운 조명 아래 웃는 표정이 괴팍스럽게 보였다.

"유미도 너만큼 예뻤잖아." 나는 뭐라 대답할지 몰라 가만히 있었다.

"모델이 부럽지 않을 정도로 키가 자랐는데, 갑작스럽게 얼굴에 빨간 화농성 여드름이 가득 생겼어. 그때 오디션이다 뭐다 정신없이 다닌다고, 화장도 두껍게 해서 화장독이겠거니 하고 넘어갔는데 점점 심해지는 거야. 유미는 여드름에 좋다는 건 모조리 다 시도했어. 땅거미라도 좋다고 하면 그것도 먹을 기세였지."

나는 후후, 웃고는 설마 그렇게까지, 말하고는 못 믿겠다는 얼굴로 물었다.

"과장이 너무 심한 거 아니니?" 앞의 잔을 들어 입으로 가져갔다. 입안으로 독한 향이 퍼져 나간다.

"아니야, 좋다고 하면 정말 먹었을 거야. 네가 못 봐서 그래." 씁쓸하게 웃었다.

"인터넷으로 민간요법을 찾아가며 식초로 얼굴을 씻는 것부터 목초라는 냄새도 독한 약초 비슷한 걸 사 와서 바르고, 기름기가 있는 음식은 입도 대지 않았어. 상상이나 가니? 그렇게 초콜릿을 좋아했는데 말이야."

나는 고개를 끄덕였다. 초콜릿 중독이라고 해도 과장이 아닐 정도로 유미는 초콜릿을 좋아했다. 유미를 좋아했던 남자들은 그런 정보를 어디서 입수했는지, 열심히 초콜릿을 사다 바쳤다. 유미의 침대 머리맡에는 항상 초콜릿이 가득했다.

"녹차는 정말 매일같이 마셨어. 그리고 그 티백으로 세수를 하고, 아무튼 난리도 아니었어. 하루에도 팩을 몇 번씩이나 했는지 몰라." 후유 한숨을 쉬고는 수진이는 말을 이었다.

"알잖아, 유미가 한 번 히스테리를 부리기 시작하면 얼마나 피곤해지는지. 한 번은 거울이란 거울은 모조리 깨버려 한바탕 난리도 났었지. 자기 얼굴을 찢고 싶다며 칼을 들고 난리도 피고 말이야." 수진이는 잔을 내밀었고, 작은 목소리로 건배를 외쳤다.

"그래서 어떻게 됐어?" 나는 안주로 나온 은행을 오독오독 씹었다.

"유난을 떤 덕분인지 여드름이 없어지기는 했어. 완벽히 깔끔하게는 아니지만, 흉할 정도는 아니었어. 근데 문제는 말이야. 얼굴형이 완전히 무너져 버린 거야. 매끈한 달걀형의 얼굴이 뭐랄까… 아무튼 광대도 도드라져 보이고, 형편없이 변했어. 아마 여드름을 짠다고 매일 같이 얼굴을 주물럭거린 게 이유가 아닐까 싶어." 수진이는 회상하는 듯 잠시 조용했다.

"계속 얘기하려니 가슴 아프다 얘."

"무슨 일인데?" 조급한 목소리로 말했다.

수진이는 직접 소주를 잔에 채워 넣고는 입으로 털어 넣었다. 술이 제법 강한지 물을 마시고는 다시 잔에 소주를 채우고 비웠다. 보고 있는 것만으로 미간에 힘이 들어갔다.

"물론 오디션에 될 리 없지. 점점 이상한 오디션을 보기 시작하더니, 결국에는 성인용품과 란제리 모델이 됐어. 얼굴에는 가면을 쓰고 말이야. 나와 소희는 말렸지만, 유미 성격을 누가 말리겠니. 학교도 그만두고 일하면서 만났다는 감독이라는 사람과 산다며 보육원을 나갔어." 수진이는 괴롭게 긴 한숨을 내뱉었다.

"아, 그랬구나." 나도 단숨에 술잔을 비워냈다. 예전의 유미를 떠올렸다. 새침한 표정으로 늘 거울 앞에 앉아 머리를 매만지고, 얼굴에 신경 쓰던 유미. 그녀가 의지할 수 있는 것은 아름답다고 믿었던 얼굴뿐이었는지 모르겠다. 가혹하게 자신감이 부서졌을 때의 고통은 이루 말할 수 없었으리라. 유미의 절규가 들려오는 것만 같다.

"그럼 만났다는 건 어떻게 된 거야?" 돌고 돌아 이제야 이야기가 제자리를 찾는다.

"그건 삼 년 전에 백화점 속옷 매장에서 우연히 만났어. 만났다고 하기보다는 내가 본 게 맞을지 모르겠네. 속옷 매장에서 유미가 모델을 하고 있더라. 란제리만 입고, 얼굴에는 가면을 쓰고 말이야. 눈빛이 어딘가 익숙해서 처음에는 긴가민가했어. 근데 종아리에 점을 보고 확실히 알았지. 왜 있잖아, 나비 모양처럼 생긴 검은색 점."

나도 기억이 났다. 종아리 한가운데 있는 점은 유미의 트레이드마크와도 같은 것이었다. 남자애들은 유미를 이름 대신 나비라고 별명을 만들어 부르기도 했다. 유미는 다리의 점을 자랑스럽게 생각했었다.

“이게 동그랗기만 했으면 어쩔 뻔했어.” 유미는 능청스럽게 말했었다. 가끔 기분이 좋을 때의 유미는 농담 비슷한 말을 소희와 수진이, 나에게 건넸고, 우리는 재미있다는 듯이 웃어줬다.

“뭐가 그렇게 웃기다고.” 새초롬하게 말하고는 본인도 같이 웃곤 했다. 한 달에 한두 번 정도 그런 일이 있었다. 돌이켜 생각해보면 유미의 생리를 주기로 일어났었던 것 같다.

“유미가 맞았던 거야?”

“응 맞았어. 나는 그 자리에서 단상에 오른 유미를 멍하니 봤지. 눈이 마주치기를 기다리면서 말이야. 눈이 마주치자 유미는 너 수진이지? 말하고는 단상에서 내려와 오랜만이라며 손을 내밀었어. 그리곤 대뜸 만원만 빌려줄 수 있느냐고 묻더라고, 배가 고프다고 말이야. 나는 입고 있는 재킷을 건네고 유미를 데리고 지하의 식료품 매장으로 내려갔어. 뭐가 먹고 싶은지 물으니, 유미는 짧게 김밥이라고 대답하더라, 사다 준 김밥을 유미는 가면도 벗지 않고 허겁지겁 입으로 가져갔어. 젓가락은 뜯지도 않고 말이야. 뭐 더 먹을래? 물었더니 또 김밥 이러는 거야. 나는 잠시 기다리라 그러고 김밥을 사러 갔어. 거스름돈으로 받은 천 원짜리 몇 장을 들고 말이야.”

수진이는 가방에서 손바닥 크기의 화장품 가방을 꺼냈다. 립글로즈를 꺼내 바르고는 위아래 입술을 비볐다. 입술은 금방 핑크색으로 물들었다.

"나 참, 기가 막혀서." 말하고는 지퍼를 잠그고 가방으로 집어넣었다.

"말을 많이 하면 입술이 건조해져서 말이야." 물 잔을 가져가 핥듯이 마시고는 내려놨다. 투명한 유리잔에는 수진이의 입술이 새겨져 있다.

"혹시 목이 마를까 봐 탄산음료도 하나 사 가지고 자리로 돌아왔어. 그랬더니 있어야 할 자리에 유미도 없고, 내 가방도 사라져 버린 거야. 상상이나 되니? 할부로 큰맘 먹고 산 건데 말이야. 백화점에 간다고 좋은 가방 들고 간 게 화근이었지 뭐. 그렇게 한동안 멍하니 그 자리를 지켰어. 혹시 화장실을 간다고 내 가방을 챙겨 갔을지도 모른다는 생각에 말이야."

"유미를 만났다는 속옷 매장에 올라가 보지 그랬어?"

"안 그래도 올라가 봤지. 내가 가기 몇 분 전에 급한 일이 있다며, 짐을 가지고 도망치듯 사라졌다는 거야." 수진이는 손으로 턱 주변을 매만지다가 술잔을 입으로 가져갔다.

"이런 얘기는 그만하자. 좋은 얘기도 아니고."

"그 후로 다시 보지는 못한 거니?" 내 물음에 수진이는 못마땅한 표정을 하고는 짧게 응, 하고 대답했다. 우리의 무거운 침묵 속에 소주잔이 마주치는 소리만 경쾌하게 울렸다.

한동안의 침묵. 우리는 어떤 말을 찾고 있었는지 모르겠다. 어른이 되어버린 우리는 예전의 노처녀 선생을, 힘을 과시하던 체육 선생을 욕하며 공감을 형성하기엔 너무 멀리 와버렸는지 모르겠다.

그런데도 그녀와 나는 예전의 그 빈틈을 찾으려 노력했다. 짝사랑했던 국어 선생님의 얘기를 했고, 소희가 남자애들과 싸우고 들어와 두 눈이 시퍼렇게 멍든 이야기를 했다. 재미있었던 과거를 얘기하며, 서로 공감대를 형성하려 했다. 정말 웃긴 건 찾으려고 노력할 뿐 받아주려는 생각은 추호도 없어 보였다. 나도 그랬는지 모르겠다. 우리는 친근한 척 이야기를 주고받았지만 겉돌았다. 어쩌면 뒤뜰에서 아쉬움을 남기고 헤어졌더라면 하는 생각이 들었다.

소희가 있었다면 어땠을까? 내 질문에 내가 답을 한다. 분명 매끄럽고, 웃음이 내내 떠도는 분위기로 만들어 주지 않았을까, 조심스럽게 생각해본다. 오랜 시간이 지난 지금 확신할 수 있는 것은 아무것도 없을지 모른다. 우리는 예전처럼 서로에게 의지하지 않아도 살아갈 수 있었고, 친구가 목숨 전부라고 생각하던 소녀가 아니었다.

"소희는 뭐 하고 지낼까?" 어두운 조명 아래 의지해 질문이 아닌 감상 비슷한 말을 했다.

"열혈 엄마가 됐을지도 모르지." 검게 얼룩진 얼굴로 고개를 끄덕였다. 퍽 잘 어울린다는 생각이 들었다. 열심히 자식 뒤를 쫓아

다니며 챙겨주는 엄마의 모습.

"맞다, 소희하고 스무 살 되는 그날에 신촌에서 만났니? 매일 소희가 자랑했었는데." 아득했던 약속의 기억이 되살아났다. 꼭 만나자던 소희. 모든 것이 암흑으로 변했던 그때, 소희와의 약속을 기억할 정신이 내겐 없었다.

"아니, 못 만났어." 손톱을 입으로 가져가 물어뜯었다. 시후의 긴장하면 나오는 습관을 아무래도 내가 배운 모양이다.

"그랬구나. 너희가 워낙 각별했잖아. 혹시나 했지." 수진이는 대수롭지 않다는 목소리로 말했다.

"그보다 만나는 사람 있어?" 수진이는 악의없는 목소리로 묻는다. 나는 고개를 가로저었다.

"나는 이 년 전에 이혼했어. 호호." 살짝 미소 띤 얼굴로 말했다. 홀가분한 표정이었다.

"담배 피워도 되니?" 수진이는 가방에서 담배를 꺼내 물었다. 담배 연기를 길게 토해내는 표정에서는 연륜이 느껴졌다. 인생의 산전수전 다 겪은 사람의 얼굴이었다. 내 얼굴에도 저런 표정이 서려 있을까, 생각하니 무서웠다.

"담배 하나 줄까?" 수진이의 말에 나는 침묵했다. 매캐한 공기가 우리 주변을 감싸고 돈다.

7

시후를 찾는 예약 전화는 쉼 없이 울린다. 가게에는 시후의 전용 예약번호가 생겼다. 전용 번호가 생긴 건 두 번째다. 처음으로 전용 번호가 있었던 민수는, 이제 텔레비전에서나 얼굴을 확인할 수 있다. 그러니 가게에서는 유일하게 시후만이 전용 번호가 있는 셈이었다. 시후를 찾는 손님들은 그를 천사라고 불렀다. 천사, 꽤 어울리는 별명이라고 생각했다. 가끔 시후의 맑은 눈동자를 보고 있노라면 나조차도 마음이 정화되는 기분이 들었으니 말이다.

"언니 시후 괜찮을까요?" 은미는 홍차를 들고 방으로 들어왔다. 입술을 잘게 깨물며 말하는 폼이 오늘은 확실히 담판을 지으려는 모양이었다.

은미는 술집에서 함께 일하던 동생이다. 은미의 아버지 역시 술만 먹으면 폭행을 일삼는 사람이었다. 그런 아빠가 무서워 광주에 살던 은미는 고등학교 입학식 날 무작정 서울행 기차에 올랐다. 자신이 예쁘다고 생각하는 10대 소녀들이 그렇듯 은미도 연예인을 꿈꾸었다고 했다. 하지만 냉혹한 현실이 그녀에게 쉽게 기회를 내줄 리 없었다. 광주에서 가지고 온 돈이 다 떨어지고, 삼 일쯤 굶어 지쳤을 때 포기하는 심정으로 술집에 발을 들여놓게 되었다. 그렇게 시작된 술집 생활은 빚이 빚을 낳아 여러 술집을 전전하며 다녔다. 은미 빚의 원인은 남자였다. 본인의 생활은 검소하게 꾸려나가면서 남자에게는 관대한 성향이 있어 돈을 빌려주고 떼먹히기 일쑤였다. 그런데도 바보처럼 또다시 남자를 믿고 돈을 주고, 버림받는 상황의 연속이었다. 돈보다 몸서리치도록 외로움이 싫었다고 은미는 말했다.

가게에서 유일하게 은미만 언니, 언니 부르며 나를 따랐다. 내게 누군가와의 친분을 쌓는 것은 사치나 다름없었다. 나는 나름의 확고한 목표가 있었다. 그분들과 함께 빚을 청산하고 온화한 가정을 만드는 것이었다. 돈이 되지 않는 다른 사람들과 말하는 시간은 낭비라고 여겼다. 오로지 돈. 돈이 되지 않는 관계는 의미가 없었다.

대꾸도 잘 하지 않는 내게 은미는 귀찮을 정도로 말을 붙였다. 마치 지금의 시후처럼. 무시해도 끊이지 않고 재잘거리는 시후.

은미한테 물은 적이 있다.

“나한테 왜 그러는 거니?”

“친하게 지내고 싶어서요.” 갑자기 팔짱을 끼며 대답했다. 난데없는 행동에 소스라치게 놀라 팔을 뺐다.

“친하게? 왜?” 어깨를 뒤로 젖히며 물었다.

“당찬 모습이 부러워서요.” 은미는 머쓱한 표정을 지었다.

지금 이곳을 인수하고, 은미를 가게에 혼자 두고 나오는 것이 내내 마음에 걸렸었다. 또 남자에게 이용이나 당하지는 않을까 걱정됐던 것이다. 함께 일하지 않겠느냐는 제안에 은미는 흔쾌히 승낙했다. 회계업무를 맡기며 덤벙거리는 은미가 다소 불안했지만, 기우에 지나지 않았다. 자리가 사람을 만든다는 말이 딱 맞았다. 실장이라는 직책은 그녀를 무게감 있고 꼼꼼한 성격으로 만들었다.

“뭐가? 문제 있어?” 책상 위에 서류를 한곳으로 모았다. 하루에도 몇 상자씩 들어오는 맥주 명세서와 매입해야 할 물건 목록부터 직원들의 주급 계산서가 쌓여있다.

“언니. 시후 좀 쉬게 해야 하는 거 아니에요? 아까도 화장실에서 두 번이나 오바이트를 하고 방으로 들어가던데요.” 은미는 서류를 받아들며 말한다.

“지가 알아서 하는 거지. 너 그렇게 한가해?” 고압적으로 말하고는 나가보라고 했다.

“언니 왜 그렇게 시후 문제에는 민감하게 반응해요?” 은미는 책상 앞에 우두커니 서서 말한다.

얼마 전에도 은미는 시후 문제로 상의했다. 다른 직원들은 하루에 세 명 이상 손님을 받지 않는데 시후는 하루에 다섯 명이나 받는다며, 시후의 몸이 남아날지 걱정된다고 했다. 그리곤 덧붙여서 가게 안에서 나와 시후가 그렇고 그런 사이라는 소문이 있는데 어떻게 된 일이냐며 물었다. 나는 희미하게 미소만 짓고 대답을 피했다.

"홍차 잘 마실게." 가볍게 넘어갈 요량으로 말했다. 어서 나가주기를 바라는 마음도 포함해서.

"왜 그러시는 거예요?" 은미는 지쳤다는 듯 어깨를 축 늘어뜨린다.

"돈 많이 주고 데리고 온 건가요? 그래도 이건 해도 너무하는…."

"네가 나설 일이 아니야." 은미의 말을 도중에 잘랐다.

"그래도…." 은미는 우물쭈물하며 나를 빤히 바라본다.

"됐으니까 나가 봐. 이번 달 매출하고 지출이 얼만지 빨리 차트로 만들어 오고."

은미는 고개를 까딱하고는 불만스러운 얼굴로 문을 열고 나갔다. 하기야 누가 봐도 이상하다. 달라도 너무 다른 대우를 하고 있다. 혹사시킨다는 말이 틀리지는 않지만, 염려될 정도는 아니라고 생각했다. 은미의 말을 듣고 보니, 내가 너무하는 것인지도 모르겠다. 책상 위의 인터폰을 눌렀다.

"김 실장, 방으로 오라고 해."

입구로 연결된 인터폰. 말이 떨어지기 무섭게 은미는 황망히 방으로 들어섰다. 어리둥절한 눈빛이었다.

"내일부터는 시후 하루에 세 명 이상 받지 않게 해." 일부러 종이에 펜을 끄적거리며 말했다. 방금 했던 말을 바꾸기 민망했다.

"네 언니. 감사해요." 은미는 꾸벅 인사를 했다.

"은미, 네가 감사할 일이야?" 이번엔 내가 말꼬리를 잡았다.

"아니 그건 아니지만, 너무 안쓰러워서요. 괜찮은지 물어도 언제나 웃기만 하는데… 마음이 좀 그래서요."

나는 노골적으로 불편한 표정을 짓고는 나가보라고 했다. 시후에 대한 이야기가 나오면 예민해진다. 나와 시후, 둘 사이의 풀어야 할 숙제 같은 것이다. 누구도 끼어들 수 없는, 그래서도 안 되는 온전히 둘만의 문제. 갑자기 심사가 뒤틀린다.

"저 하루에 세 명 이상 받지 말라고, 실장 누나가 그러던데요." 시후는 쇼핑백을 한가득 들고 차에 올라타며 말했다.

"알고 계셨어요?" 싱긋 웃으며 말한다. 천진난만한 건지 멍청한 것인지 도통 분간이 되지 않는다.

"그건 뭐니?" 쇼핑백을 보니 옷가지 같았다.

"아 선물이요. 옷하고, 영양제라는데…." 쇼핑백 안을 들여다보며 말한다.

"이시후! 내가 선물 받지 말랬지. 삼류가 되고 싶어? 그딴 건 삼류 애들이나 받는 거야." 나는 윽박질렀다. 괜한 데 하는 화풀이라는 것을 알면서도 계속했다.

"왜, 삼류로 전락하고 싶어? 가게 그만두고 싶으냐고."

"하지만 저번에는 가만히 계시기에…." 당황한 눈빛이 절절했다.

"앞으로는 받지 마." 내가 생각해도 앞뒤가 맞지 않는다. 험악한 표정으로 차선을 이리저리 바꾸며 난폭하게 운전했다. 시후가 더욱 불편함을 느끼도록.

"죄송해요." 차가 출발하고 한참 후에 말했다. 시후는 아무것도 모른다. 정말 아무것도. 또렷하고 고요하고 충만한 이 새벽에도 얼마나 많은 아픔이 생겨나는지. 시후는 알지 못한다. 내가 얼마나 비겁하고, 무서운 여자인지.

8

한낮의 장보기.

유일하게 편안함과 즐거움이 느껴지는 시간이다. 시후가 목욕탕을 가 있는 동안 근처 마트로 향했다. 늘 그렇듯 주차장은 한산했다. 두 대를 세울 수 있는 주차 공간에 걸치듯 차를 세웠다. 문을 열 때 다른 차와 닿는 게 싫은 탓이다. 마트 안으로 들어서자, 우스울 정도로 여자들 일색이다. 간간이 보이는 남자들도 있지만, 좀처럼 없는 휴일 시간의 반납이 못마땅한 표정들이다.

웬만한 음식과 반찬은 아파트 지하상가에서 구해서 먹는다. 요리 솜씨도 부족하지만, 상해서 버려지는 음식에 내 정성도 무용지물로 되어버리는 기분이 못마땅했다. 마트에서 장을 보는 품목은 과일이나 음료 정도로 한정되어 있다. 제철 과일이 주는 즐거움은 색달랐다. 벌써 참외가, 벌써 수박이, 포도가…. 나는 잘 먹지도 않으면서 과일들을 보고 있노라면 신이 난다. 그 또렷하고, 생동감 있는 색깔은 매력적이었다.

시식을 열렬히 권하는 아줌마 덕분에 파인애플 두 개와 아침 주스용으로 토마토, 디저트용으로 체리를 구입했다. 요구르트는 15개가 붙어있는 꼬마 요구르트를 샀다. 플레인 요구르트를 즐겨 마시지만, 시후가 매일 두세 개씩 먹는 바람에 어쩔 수 없이 구입 항목으로 추가했다.

장보기는 삼십 분도 걸리지 않았다. 아쉬운 마음에 카트를 앞에 두고 휴식용 간이의자에 앉았다. 철창 같은 카트를 통해 보이는 풍경은 오묘하다. 지나치는 사람들을 하나, 둘 눈으로 좇는다. 확실히 저녁 시간에 장을 보는 사람들에 비해 걸음이 느긋하고, 여유롭다. 나는 지나치는 사람들의 움직임을 관찰하며 심리학 박사라도 된 듯 추론을 해나간다.

'저 여자는 혼자 사는 여자.'

'저 여자는 아직 신혼.'

'저 여자는 애가 두셋쯤?'

나는 여자들의 미묘한 차이를 눈여겨본다. 마트에서 조용히 행해지는 나만의 놀이. 혼자 사는 사람들의 장보기는 행동이 가장 눈에 띄게 차이가 난다. 무엇엔가 쫓기는 사람처럼 물건들을 빠르고, 무심한 척하며 카트로 던져 넣는다. 절대 두리번거리며 시간을 낭비하는 법이 없다. 이제 막 결혼한 새댁과 산전수전 다 겪은 아줌마의 행동은 비슷하면서도 다르다. 새댁은 뭐든 꼼꼼하게 읽어보고 사는 경우가 대부분인데 반해, 아줌마들은 머릿속에서 계산기를 돌리듯 가격을 입으로 중얼거리며 비교한다.

나는 내가 정해 놓은 세 가지 중, 어느 부류의 여자에도 속하지 않는다. 최대한 느리게 마트 안을 돌아다니지만, 물건 비교는 하지 않는다. 눈길을 끄는 색의 과일을 선택할 뿐이다.

집에 도착하자, 시후는 소파에 길게 누워 있었다.

"두 시간이나 됐니?" 비닐을 식탁 위로 얹었다.

"네, 조금 전에 왔어요."

"파인애플 먹을래?"

"네, 좋아요." 시후는 몸을 소파에서 일으켰다.

"텔레비전 소리 줄이고, 노래 틀어."

잡음 가득한 소리는 잠잠해지고, 라흐마니노프 피아노 협주곡 2번 3악장이 햇살과 함께 주방으로 흘러든다. 러시아 특유의 기운이 짙게 풍겨 어느 시골 마을에 있는 기분이다. 애수가 느껴지는 곡은 들을 때마다 전율을 느끼게 한다.

뾰족한 파인애플은 두꺼운 갑옷을 입고서도 달콤한 향기를 풍긴다. 섹시한 과일이라는 생각이 들었다. 두꺼운 옷으로 온몸을 감싸고도 섹시함을 풍기는 여자가 있을까. 나는 고개를 저었다. 칼로 선인장 같은 머리를 잘라내고 반으로 가르자, 순순히 속살을 드러낸다. 상큼한 향이 양볼 끝을 움찔하게 한다. 벗겨 놨으니, 책임지라는 처녀 같다.

"우와! 달다." 과일 먹기는 싫어하면서도, 파인애플은 유독 좋아한다.

"많이 먹으면 입천장 찢어져, 적당히 먹어."

"네." 포크로 파인애플을 푹푹 찔러가며 대답한다.

"먹는 걸로 장난치지 말라고 했지." 빈 찻잔에 홍차를 따랐다.

"텁텁해요."

"단것만 먹을 수는 없잖아." 햇살 아래 사이좋은 오누이가 티격태격하고 있는 것 같다고 생각하자, 가슴이 쭈글쭈글해진다.

"빨리 먹고 나갈 준비해." 내 목소리가 몹시 씁쓸하게 들렸다.

"아직 멀었는데요." 주방 안의 시계에 눈을 돌리자, 가게로 나가려면 한참이나 시간이 남았다.

"낮잠 자라는 말이야."

"괜찮아요. 파인애플 먹었더니 잠이 달아났어요." 시후는 파인애플을 입으로 가져가며 대답한다.

9

순풍에 돛을 단 듯 시간은 빠르게 흘러갔다.

시후와의 생활에 불편함은 없었다. 바로 곁에 있어도 의식하지 않게 만드는 사람이었다. 어린애처럼 생기가 넘치는데도, 거추장스럽게 느껴지지 않았다. 내 말을 잘 듣고, 안 듣고의 문제가 아니었다. 사람 자체가 주는 쾌적함이 남달랐다.

계획대로 시후는 점점 더 망가져 갔지만, 그가 만드는 공기는 달라지지 않았다. 처음과 같은 무게감으로 옆에 있는 사람을 편하게 만들어준다. 어렴풋이 가졌던 미안한 감정들은 깨끗이 지워졌고, 조금씩 성취감에 도취되었다.

내가 원하는 그림의 모습대로, 맑은 눈은 탁하게 그 빛을 잃어갔고, 행동에서의 순진함은 사라진 지 오래였다. 시장에서 파는 촌스러운 옷만 입던 그는, 전신을 최고급으로 감싸고, 그것들에 집착하기 시작했다. 자신이 빛을 잃어 간다는 사실을 알게 된 것이다. 값비싼 옷과 장신구가 없이는 자존감이 바닥으로 떨어진다는 것을.

이제 얼마 남지 않았다. 일이 끝나고 집으로 돌아와도 술이 부족하다며 몸을 가누지 못할 정도로 술을 마신다. 일 년 사이 모든 것이 변했다. 베개에 머리만 대도 태평스럽게 잠들던 시후는, 우유주사에 의지했다. 물론 우유주사를 맞도록 들쑤신 것은 나였지만 말이다. 환각증상과 숙면에 도움을 주는 주사는 중독성이 강했다. 주사 없이 시후는 잠들지 못했다.

불행이 내게 다시 찾아와 인사하기 전까지 모든 것이 완벽하다고 믿었다. 시후는 철저히 그리고 완벽하게 부서져 가고 있었다. 한동안 잠자고 있던 불행의 그림자는 검은 얼굴을 꺼내고 내 앞으로 나타나 인사했다.

"안녕!" 가볍게 인사한다. 즐겁다는 듯이.

"그동안 잘 지냈니?" 불행은 나를 섬뜩하게 만든다.

나는 머리를 마구 흔들었다. 내게 달라붙으려는 불행을 몰아내기 위해서. 잔인한 이 녀석이 또 무슨 짓을 벌일지 모른다. 불행이란 녀석은 떨어지지 않고 내게 몸을 기대는가 싶더니 옴짝달싹 못하게 나를 끌어안는다.

"떨어지라고." 나는 홀로인 방안에서 크게 소리를 질렀다. 발버둥치면 칠수록 내 몸을 더 옥죄어 온다. 덫에 걸린 사슴이 된 기분이다. 그렁그렁 눈물만 흘리며 도움의 손길을 기다리는….

무슨 바람이 불었는지, 일 년이 다되도록 한 번도 들어가지 않았던 시후의 방으로 들어갔다. 현관 옆 햇빛이 가장 잘 들어오는 방은 이 집에서 가장 싫어하는 장소였다. 시간의 흐름을 선명하게 느낄 수 있기 때문이었다. 시간은 내게 중요하지 않았다.

방안에는 남자의 냄새가 짙게 난다. 엉망으로 벗어 던진 옷가지들, 침대 위에는 인형 다섯 개가 줄지어 앉아있다. 같은 모양 다른 표정의 인형들. 언젠가 집 앞에서 귀엽다며 봉지 가득 사 들고 왔던 기억이 난다. 인형들과 자주색의 침대 커버, 소녀 취향의 방 같다. 화장대 위에는 향수와 로션 병들이 뒤섞여 넘어지고, 뚜껑은 열려있고, 전쟁터를 방불케 한다. 이틀에 한 번씩 청소 아주머니가 오는데도 이 꼴이라니, 잘 씻는 것만 해도 다행이라는 생각이 든다. 피식 웃음이 번진다. 너무 멀리 오게 한 것은 아닌지, 갑작스럽게 안쓰러운 마음도 들었다.

나는 풀어진 표정을 굳게 잠그고 나 자신을 합리화한다.

"어쩔 수 없지 뭐." 중얼거리며 침대 위로 앉았다.

엉덩이 밑으로 부스럭거리는 이물감이 느껴졌다. 이불을 걷어내니, 노랑과 빨강이 섞인 다이어리가 있었다. 한 뼘 정도의 다이어리에는 숲 속의 동물들이 그려져 있었고, 호랑이 머리 위에 생쥐가 앉아있었다. 그 모습이 앙증맞아 보였다. 나는 무심히 들고 있던 다이어리를 후루룩 넘겼다. 사진 한 장이 바닥으로 떨어졌다. 통통한 여자를 중심으로 아이들이 둘러서서 찍은 사진이다. 사진을 다이어리 사이로 찔러 넣었다.

설마… 나는 사진을 다시 꺼내 유심히 봤다. 사진 속 가운데 있는 통통한 여자는 내게 익숙한 얼굴이었다. 보육원의 원장. 자세히 보니 원장 옆에는 왼쪽 눈가에 상처 자국이 지금보다 훨씬 선명하게 남겨진 시후가 서 있었다. 사진을 뒤로 돌려보았다. 00년 00월 초등학교 졸업식. 먹먹한 머리는 제대로 상황판단이 되지 않았다.

'시후가 왜 여기에?' 그 자리에 밀려오는 파도에 부서지는 모래성처럼 소리 없이 무너져 버렸다. 한동안 그대로, 나는 멍하니 앉아 움직일 수 없었다.

"정신을 차리자. 정신 차리자." 나는 혼자 중얼거렸다. 다소 큰 목소리로. 내게 남은 모든 이성을 긁어모아 냉정해지고자 말했다. 그리고 그럴 리 없다며 자신을 다독였다.

다이어리를 한 장, 한 장 넘겼다. 생각지도 않게 다이어리 안은 검은 글씨로 빼곡히 채워져 있었다. 읽지 말았어야 했다. 아니, 그보다 절망이 손짓하는 이 방으로 들어오지 말았어야 했다.

불행이란 녀석이 자극하는 호기심에 나는 무릎 꿇었다. 한 자, 한 자 숨도 쉬지 않고 다이어리를 읽어 내려갔다. 등골부터 오싹해지는 기운이 온몸을 싸늘하게 식어버리게 한다. 가슴은 점점 달아올랐고, 답답해졌다. 책상 앞에 서서 옴짝달싹 못하고 다이어리를 발치로 떨어뜨렸다. 심장도 발끝으로 떨어져 버렸다.

여태껏 내가 경험한 세상이 지옥의 끝이라, 더 이상의 저주는 없을 것이라 믿었다. 지금보다 더한 바닥은 없을 줄 알았는데, 착각이었다. 나는 거울에 비치는 나를 보며, 비명을 질렀다. 목이 쉬어 목소리가 더 이상 나오지 않을 때까지.

OO 년 OO 월

지치고 힘들 때면 매번 꿈에 나타나는 여자가 있었다.

그녀는 눈썹을 바싹 모으고 걱정스러운 눈빛으로 한참 나를 바라본다.

단순히 나를 낳아준 엄마가 아닐까 생각했지만, 그러기엔 모성애와 다른 감정이 깃들어있었다.

매일 나를 증오의 눈길로 바라보던 엄마라는 여자의 눈빛과는 정반대였다.

그 여자는 내가 친구들과 싸우기라도 하면, 엄마 없는 걸 받아서 키워줬더니 속을 썩인다며 마구잡이로 때렸다.

엄마한테 데려다 달라며 떼를 쓰면, 곧 갈 테니 걱정하지 말라고 했다.

그게 보육원에 버려지는 것인 줄은 몰랐다.

여자가 잠들기 전에 준 우유를 마시고, 눈을 뜬 곳은 보육원이었다.

어젯밤 술에 취해 제정신이 아니었지만, 문득 아빠가 했던 말이 떠올랐다.

내 위로 누나가 한 명 있었다는.

항상 밝고 천진난만했던 누나는, 나를 끔찍이 예뻐했다고 했다.

누나는 아빠의 술주정이 힘들었는지 집을 나갔다고 했다.

가볍게 웃으며 얘기했지만, 아빠의 표정은 심하게 일그러졌었다. 나는 확실히 기억한다. 아빠의 아픔 서린 얼굴을.

나는 확신에 가까운 믿음이 생겼다. 꿈에 찾아오는 여자는 내 친누나이다.

돌이켜 생각해보면 누나도 가출을 한 것이 아니라 보육원으로 버려진 것은 아닐까?

분명 모든 것은 여자가 꾸민 일일 것이다. 여자는 아빠와 합의로 나를 맡긴다고 편지에 썼지만, 나는 믿지 않았다. 아빠가 나를 얼마나 애지중지했는데, 다른 사람 손에 맡긴다는 것은 있을 수도 없는 일이었다.

처음 진주를 편의점에서 보는 순간 어렴풋이 누군가가 떠올랐지만, 기억나지 않았다.

스포츠센터 휴게실에 마주앉아 커피를 마실 때, 꿈에 나오는 누나와 똑 닮았다는 사실을 알았다.

두 번 다시 찾아올 수 없는 운명적인 만남, 인연이라 생각했기에 어떻게든 진주의 곁에 있고 싶었다. 그녀의 호스트 제안을 거절할 이유가 없었다. 오히려 감사하는 마음마저 들었다.

진주와 지내며 누나는 꿈에 찾아오지 않았다. 정말 신기한 일이었다.

아마도 누나가 진주를 내 곁으로 보내준 것은 아닐까 조심스럽게 생각해본다.

홀로 외롭게 지내는 내가 안쓰러워서 말이다. 진주는 세밀하게 나를 챙겨주었다. 다소 무뚝뚝한 방식이지만 마음만은 고스란히 전해진다.

분명 누나도 같은 하늘 아래 어딘가에서 잘 지내고 있을 거라 믿어 의심치 않는다.

그리고 멀지 않은 언젠가 아빠도, 누나도 한자리에 모이는 날이 생기지 않을까.

속절없는 기대를 해본다.

만약 못 보게 된다 하더라도 그리 슬퍼하지 않으리라. 눈앞에 있는 진주에게, 누나와 너무도 닮은 그녀가 곁에 있으니 이것만으로도 족하다.

어제 과음의 후폭풍인지 손발이 찌릿하게 저려온다.

가끔은 부서질 듯 아려오는 몸이 괴로워 쉬고 싶지만, 진주를 실망시킬 수는 없는 노릇이다.

우유주사 덕분인지 눈이 감긴다…. 오늘은 이쯤에서.

오랜만에 꿈에서 누나를 만나기를.

10

내가 선택할 수 있는 것은 무엇일까. 머릿속은 한 가지 단어로 가득 메워진다.

'죽음.'

그래 죽음이다. 나 스스로 결정할 수 있는 것은 오로지 그것뿐이다.

시후와의 여행을 계획했다. 마지막만큼은 행복해지고자 하는 욕심을 부려봤다. 여행을 가자고 제안했을 때, 시후는 예전의 티 없이 맑은 미소를 보였다. 분명 많은 것이 변했다고 생각했는데, 시후의 웃음을 보자 날카롭게 날이 서 있던 마음이 누그러든다.

"여행 가본 적 없니?" 아무렇지 않은 척 물었다. 가슴 한쪽은 허물어졌음에도 나는 시후가 알아채지 못하게 세심한 주의를 기울여 평소와 다르지 않게 보이려 노력했다.

"네 뭐." 시후는 부끄러운 표정을 지었다. 장소를 산속 깊은 곳의 펜션으로 정했다. 누구의 방해도 받지 않는 공간, 시후와 둘만이 충족된 시간, 다른 사람의 시선조차도 허락하지 않고 싶었다.

시후와 마주 앉아 와인을 쪼르르 따랐다. 베란다 창문을 살짝 열자 신선한 밤 공기가 가슴 설레게 한다.

"저도 와인 마셔요?" 시후의 입가에는 웃음이 번진다.

"잔이 이것뿐이라." 넓고 투박한 머그잔밖에 없었다. 머그잔의 두껍고 우둔해 보이는 모양새에 내가 투영된다.

은미를 비롯한 가게 매니저들이 묻곤 했었다. 혹시 친척이나 남매 사이가 아니냐고? 상대할 가치도 없다고 여겨 대답하지 않았다. 속으로는 피가 반이나 섞였으니, 어쩌면 조금은 닮지 않았을까 생각했다. 혼자 웃어넘겼다. 모두를 속인다는 만족감도 있었다.

마주앉은 시후를 자세히 뜯어봤다. 눈앞에 앉은 시후의 얇은 눈이, 오뚝한 코가, 또렷한 입술선이, 웃을 때 보이는 치아의 개수까지도 우리는 닮아 있었다. 시후의 얼굴을 한참이고 바라보며, 눈에, 그리고 가슴에 남겼다.

죽고 싶다. 아니 죽고 싶지 않다. 진정으로 살고 싶다. 지긋지긋한 지옥 같은 삶을 청산하고 동생과 먼 곳으로 떠나고 싶다. 고민도 자극도, 욕망도 없는 평온한 곳으로. 그곳에서 외로움과 마주해야 했던 동생을 위로해주고 싶었다. 깊은 상처를 끄집어내 치료하고, 아무런 일도 없었던 시절로 되돌려주고 싶다.

시후를 일으켜 온 힘을 다해서 안아주었다. 넓은 가슴은 내가 안아주는 기분이 아니다. 오히려 시후가 나를 안아 아픔을 다독여주는 기분이다.

‘미안하다 동생아. 미안하다.’ 속으로 되뇌고 되뇌어본다. 속절없이 눈물이 흘러내리려 한다. 입술을 이빨로 꽉 움켜잡는다. 나와 시후가 닮은 우리의 치아.

“지금 뭐 하고 있는 거야.”

부스럭거리는 소리에 눈을 뜨자, 시후는 남은 와인을 마시고 있었다.

“와인 마시죠, 맛있어요.” 하며 방긋 웃었다. 나는 마시던 잔을 뺏어 들고는 대신 마셨다.

“눈 뜨자마자 술을 왜 마시는 거야. 알코올 중독자가 되고 싶어서 안달 난 거야?” 시후 표정이 놀란 눈치다. 그럴 만도 한 게 나는 술을 마시는 것에 관대했다. 관대한 것을 넘어 권했다는 게 맞는지 모르겠다. 멍하니 나를 올려 보는 시후.

“아침부터 술 냄새 맡기 싫어.” 나는 차분하게 목소리를 바꾸고는 화장실로 들어갔다. 세면대로 비치는 얼굴, 심하게 인상이 찌그러져 있다. 미간이 아플 정도다.

욕조의 물을 틀고, 나는 세면대 앞에서 거울을 보며 울었다. 얼굴의 모든 근육이 심하게 일그러진다. 깨진 거울로 내 얼굴을 보고 있는 기분이다. 아름다운 모습은 어디에도 찾아볼 수 없다. 물소리에 의지해 나는 실컷 울었다. 벌게진 눈두덩이, 찬물로 수건을 적셔 변기 위에 앉아 몇 분간 대고 앉았다. 넘쳐흐르는 욕조의 물을 잠그고 거실로 나가자, 시후는 의자에 기대고 앉아 졸고 있다.

"시후야!"

"네?" 내 목소리에 놀라 몸을 들썩거린다. 수업시간에 자다 걸린 학생 같았다. 가슴이 갈기갈기 찢어진다. 이토록 나란 존재를 어렵게 만들었던 것에, 눈이 다시 따끔거린다. 표정이 보이지 않도록 수건을 얼굴에 갖다 댔다.

"욕조에 물 받아놨어."

"알겠어요." 대답하고는 시후는 내 옆을 스쳐 지났다.

"욕조에서 잠들지 말고, 대충 몸만 담그고 나와." 나는 애써 침착하게 말했지만, 내 목소리가 얼마나 쓸쓸하게 울렸을지 분명히 알 수 있었다.

11

남쪽의 작은 섬나라.

영어도 들리고, 프랑스어의 느끼한 억양도 들린다. 고등학교 때 분명 제2외국어로 프랑스어를 공부했는데, 전혀 알아듣지 못하겠다.

뜨겁게 내리쬐는 태양 아래 사랑하는 동생과 나는 비치배드에 누워있다. 눈앞에 있는 것 같은 구름은 쓰고 있는 선글라스를 자꾸 벗었다가 쓰게 만든다. 비행기에서 구름을 보고 있는 기분에, 나는 아이처럼 즐거웠다.

"손 뻗으면 닿을 것 같지 않아?" 나는 손을 앞으로 뻗어 손을 쥐었다, 폈다.

"정말, 신기하다." 시후도 나를 따라 손을 쥐었다, 편다.

"어때? 좋아?" 비치배드에서 몸을 일으킨 나는 양반다리를 하고 앉았다. 그래, 하고 대답해 주기를 간절히 바랐다.

"당연하지." 시후는 목소리에 힘을 주고 대답한다.

"누난 안 좋아? 난 너무 행복한데." 시후의 입가에 케첩이 묻어있다.

"으이그, 칠칠하기는 일루 와." 오른손을 가져가 케첩을 닦아내고는, 내 입으로 가져가 쪽 빨아먹었다.

"피자가 그렇게 좋아?"

"응. 세상에서 제일 좋아. 아니다, 누나 다음. 후후." 피자를 다시 한입 베어 물고는 맥주를 병째로 입으로 가져간다.

"누나가 술은 마시지 말랬지." 걱정스러운 목소리로 말했다. 술이라면 치가 떨린다. 시후를 아빠처럼 술 좋아하는 사람으로 만들 순 없다.

"에이 이거 한 병만. 한 병 정도는 혈액순환에도 좋고, 장수 비결이래. 텔레비전에서 봤어." 앙증맞은 표정을 지으며 말한다. 시후는 텔레비전 예찬론자다. 좋은 정보나 사건은 모조리 '텔레비전에서 봤어'라는 수식어가 붙는다. 텔레비전은 무조건 옳다고 믿는 아직도 어린애 같은 시후. 어떻게 시후를 놔두고 떠나려 했는지 상상만으로도 끔찍하다.

"이것만 마시면 안 돼?" 의기소침한 표정으로 말하는 시후에게 당할 재간이 없다. 눈가의 상처 자국만 움직이지 않는다. 보는 나로 하여금 가슴을 찢어지게 한다.

"어련하시겠어요. 한 병 만이야." 나는 가볍게 주먹을 쥐고 머리를 한 대, 콩 때린다.

"왜 그래?" 남자 녀석이 애교가 심하다 싶을 정도로 많다.

"너, 다른 여자한테 애교 부리거나 교태부리기만 해." 시후는 윙크하고는 싱긋 웃어 보인다.

"대답 안 해?" 시후의 약점인 겨드랑이 사이로 손을 넣고 간지럼을 태웠다.

"누나 잠깐만. 아, 아." 몸을 비틀고, 자지러지게 웃는 통에, 나무로 된 비치배드는 무게를 이기지 못하고 옆으로 쓰러졌다. 모래를 뒤집어쓴 우리 남매는 그대로 모래 위에 몸을 눕혔다.

"누나 모래가 뜨겁다." 나와 닮은 미소가 눈앞으로 들어온다. 시후는 비치배드를 세워 놓고는 다시 피자를 집어 든다. 밀가루를 먹지 못하게 했던 게 내심 미안해진다. 이토록 좋아하는데.

"누나, 엄마 얘기해줘."

"어떤 얘기?"

"어떤 사람이었는지?" 시후는 피자를 오물거리며 말한다.

나는 잠시 생각하다 이야기를 꺼냈다.

"엄마는 말이지… 여성스러운 사람이었어, 섬세하고, 배려 깊은 사람이었어. 웃는 게 아름다웠던 거 같아. 무지무지."

"누나처럼?" 심각한 얼굴로 물어, 나는 잠시 성격을 이야기하는 것인지, 미소인지 생각하고는, 나보다 훨씬, 이라고 대답했다.

"꽃을 사랑했어, 엄마는." 눈이 부셔 벗어놨던 선글라스를 썼다.

"시후, 넌 엄마 생각 하나도 안 나니?"

"당연하지, 아빠가 그 여자가 있는 집으로 한 살인가 데리고 왔는데 뭐, 기억나는 것도 이상한 거 아니야?"

태양의 열기로 얼굴이 후끈후끈 달아오른다. 나는 시후의 어깨를 어루만졌다. 시후는 살짝 놀라고는 징그럽게 왜 이러느냐며 웃었다.

"누나는 꽃 안 좋아하잖아." 나는 고개를 끄덕였다.

"꽃은 말이야, 누군가 돌보지 않으면, 금방 시들어 버려, 확실히 책임질 수 있을 때만 키워야 하는 거야. 불쌍하잖아, 혼자 남겨지면."

"그런가." 하며 시후는 피자에 치즈가루를 잔뜩 뿌린다.

"시후야!"

"응?"

"그렇게 맛있어?" 대답 대신 시후는 시원하게 웃어 보인다.

"시후야." 한참 먹고 있던 피자를 놔두고 내 쪽으로 어깨를 돌린다.

"오늘따라 왜 이렇게 부를까?" 시후는 실실거리며 말했다.

"우리 흉터 수술할까?" 왼쪽 눈 아래를 손으로 더듬으며 말했다. 내 왼쪽 가슴이 콕콕 찔려 저려온다.

"됐어. 난 이게 밋밋한 얼굴에 매력이라고 생각하는데. 후후." 입꼬리를 올리며 대수롭지 않다는 듯 웃는다.

"실은 그 상처 말이야."

"에이 누나, 상처 얘기는 그만해. 지겨워." 시후는 피자를 게걸스럽게 입으로 가져간다.

"역시 외국인이 몸매는 좋은 거 같아 누나, 그치?"

"이놈이." 시후는 내 손을 피해 백사장 모래를 발로 차며 혀를 길게 내민다. 한 손에는 피자를 여전히 들고 있다.

"일로 안 와?" 나도 몸을 일으켜 시후를 잡으려 모래를 밟고 일어난다. 발끝으로 느껴지는 모래의 감촉에 생생히 살아 있음이 느껴진다.

"얘들아. 장난치지 말고 일루와." 아빠는 한 손에 진을 들고 있다. 그것도 병째로 마신다.

"어, 저러면 또 폭력적으로 변할 텐데." 문득 무서워졌다.

"시후야! 아빠 좀 말려봐."

"왜, 뭐 어때? 혈액순환에도 좋고…."

"저러면 안 된단 말이야."

절박한 심정으로 시후 쪽으로 얼굴을 돌리자 뿌옇게 흐려진다. 아빠 쪽으로 고개를 다시 돌리자 검게 변해 있다. 모든 세상은 검게 변하고 그 가운데 나만 오도카니 서 있다.

"시후야, 시후야! 아빠, 시후야, 아빠!" 한없이 불러도 아무런 대답이 없다. 목소리는 검게 변한 공간 안에서 계속 공명한다.

12

"괜찮으세요?"

낯익은 시후의 얼굴이 보이자 왈칵 눈물이 쏟아져 나온다.

"악몽 꾸셨죠? 잠자리가 바뀌어서 그런가 봐요. 저도 잠을 통 못 자서요." 시후는 방긋 웃고는 약간 고개를 갸웃한다.

"아니야. 누가 방에 맘대로 들어오래." 눈물을 베개에 지워내고는 머리를 매만지며 앉았다.

"저를 부르시기에… 무슨 일 있는 줄 알고 달려 들어왔어요." 무릎 꿇고 침대에 기댄 채 말한다.

"됐으니 나가 봐."

지독한 꿈이었다. 꿈의 느낌이 아직도 생생해 어깨가 작게 떨려오며, 몸으로 오한이 든다.

"시후야!" 문을 나서는 시후를 불러 세웠다.

"네?" 꿈에서 봤던 얼굴보다 눈 밑이 퀭하다. 밝고 빛나던 얼굴은 온데간데없이 사라졌다.

"남태평양 가봤어?"

"아니요." 당연한 일인 듯 말한다.

"한 번 가볼래?"

"비행기 무서워요." 말하고는 미소 짓는다.

"정말 안 갈래?"

"가게는 어쩌고요."

나는 아무 말도 하지 않았다. 그리고 괜한 소리를 했던 나 자신을 원망했다. 이제 와 변할 수 있는 것은 아무것도 없다. 가방에 준비해 온 수면제 두 알을 먹고 다시 잠이 들었다. 놀랍게도 나는 다음 날 아침이 될 때까지 한 번도 깨지 않았다. 서너 번은 눈을 뜨고 뒤척여야 정상인데 말이다.

침대에 걸터앉아 잠이 든 시후를 보고 화들짝 놀라 몸을 일으켰다.

"너 뭐야."

"아, 다행이다." 시후는 눈을 비비며 미소 지으며 말했다.

"너무 곤히 자고 있어서, 혹시 죽은 건 아닐까 걱정했다고요."

죽고자 결정하니 마음이 한결 편해졌다.

밤을 불러들인 새벽이 아침을 낳을 때까지 나는 조금의 피로감도 느끼지 않았다. 시후에게 통장 세 개를 건네줬다. 통장을 받고 멍청하게 놀란 눈이란… 바보 같은 녀석. 가슴이 저미어 온다. 갈가리 찢어진 틈으로 누군가 소금을 마구 뿌리는 것 같다.

시후가 문을 열고 나간 시간을 가늠해 본다. 지금쯤이면 얼추 목욕탕에 도착했을 시간이었다.

“여기 강남 ○○아파트인데요. 사람이 자살을 해서요.”

마지막 편지를 남기고 나는 그렇게 불행이라는 녀석의 인사에 대답한다.

“네가 이겼어.”

13

시후에게.

네가 언제 이 편지를 확인하고 읽을 수 있을까?

아마 내가 죽은 후에도 이 편지를 발견 못 하지는 않을까, 문득 걱정이 앞선단다.

너는 내 물건에는 손도 대지 않았으니 말이야.

사람이 죽고 나면 유품정리라는 것을 하니, 그때 발견하리라는 작은 희망을 가져본단다.

육신이 불에 타들어 간다면 이런 기분일까? 괴롭고 괴롭지만, 힘을 내어 몇 자 적어 보려고 간신히 마음을 먹었단다.

지금부터 내가 써내려가는 이야기가 현실과 동떨어진 다른 나라의 얘기라고 느껴질 수도 있다고 생각하니 가슴이 미어지는구나.

굳게 마음먹고 펜을 잡았는데도 떨려오는 손끝은 어쩔 수 없구나. 시후 네가 어느 정도 마음의 준비를 하고 읽어 줬으면 좋겠구나.

이 편지를 읽으려면 약간의 용기가 필요할 테니 말이야.

지금부터 써 내려가는 내용은 분명 너도 알아야 하는 사실이란다.

준비됐니?

너도 충분히 알고 있겠지. 내가 말을 꾸미거나 더하는 재주가 없다는 것을.

편지에 쓰인 내용은 한 치의 꾸밈이나 더함이 없는 진실이라는 것을 다시 한번 일러두고 싶구나.

너무 구구절절 서론이 길어, 지겨운 마음이 들 것 같아 미안하구나.

매일 밤마다 시후 네가 조그마한 다이어리에 무슨 이야기를 빼곡한 글씨들로 채워 나가는지 궁금했었어.

네가 어떤 생각으로 내 곁에 있는지, 너란 아이의 머릿속이 궁금해졌다고 말하면 이해가 될지 모르겠구나.

살갑게 굴지 못하는, 힘들게 일만 시키는 내 곁에 있는 너라는 아이의 생각이 항상 궁금했지.

이성적으로는 하지 말라고 지시를 내렸지만, 궁금증은 이성을 짓눌러 버렸어.

그리고 네가 목욕탕을 가고 집을 비운 오후, 다이어리를 몰래 봤단다.

시후야, 이해하기 힘들겠지만 너는 내 동생이란다.

못난 나는 시후 네가 동생이라는 걸 처음 보는 순간부터 알고 있었단다.

다만, 내 친동생이 아닌 이복동생으로 알고 있었지.

나를 보육원에 버린 여자의 아들로 말이야.

분노가 나를 감싸서 다시 손이 떨려오는구나.

글씨가 많이 흔들려 예쁘지 않아도 이해해줬으면 좋겠구나.

동생한테 처음 쓰는 편지 속의 글씨가 아름답게 보이면 좋겠지만, 편지를 쓰는 동안 감정이 제자리를 잡기는 어려울 것 같구나.

나는 아빠가 그 여자와 동의하에 나를 보육원으로 보낸 것으로 생각했기에 두 사람에 대한 원망과 증오라는 감정을 담고 살아왔어.

우연히 너를 편의점에서 봤을 때 한눈에 너를 알아보고는 이 몹쓸 누나는 나쁜 마음을 먹었단다.

너를 이 쓰레기들의 소굴로 밀어 넣고자 하는 마음을.

누나만 망가지고 너는 행복한 가정에서 살아왔다고 생각했거든. 맑은 너의 눈동자를 보면 누구든 그렇게 생각할 거야. 고생이라고는 하나도 하지 않은, 걱정 없이 살아온 모습이었거든.

두 무릎을 꿇고 너에게 용서를 빌고 싶지만, 이제는 돌아올 수 없는 강을 건너버린 지금 용서 따위의 말은 아무런 소용도 없다는 걸 알고 있단다.

그래서 생각을 거듭한 끝에 내가 할 수 있는 결정은 하나밖에 없더구나.

'죽음….'

이라는 현명한 선택 말이야.

내가 이 세상과 별개의 매개체가 된다면, 그토록 미워한 아빠와 너에게 조금이나마 용서를 받을 수 있을까.

단지 몇 자로 너에게는 용서를 빌고 있지만, 한 글자마다 진심이 담겨있음을 알아줬으면 하는구나.

해가 떠오르려고 준비하는지 창문으로 짙은 회색의 빛이 들어오는구나.

오늘은 날씨가 이상할 정도로 화창했으면 하는구나.

너무도 맑고 투명한 날씨라 나의 죽음이 마치 꿈속의 한 장면처럼 느껴지도록 말이야.

마지막으로 자격은 없지만 당부의 말을 건네고 싶은 게 있단다.

호스트 일은 절대로 하지 않았으면 좋겠구나. 아니, 절대로 해서는 안 되는 일이란다.

자신을 버리는 일은 인생을 좀 먹는 일이야.

지금이라도 늦지 않았으니 대학을 가는 것도 좋고, 관심이 생기는 다른 분야의 일이나 공부를 시작하는 건 어떤가 싶구나.

다른 사람들처럼 밤이 되면 자고, 아침이면 일어나는 평범한 생활 말이야.

누나는 고등학교를 졸업하고 그런 사람들이 부러웠지만, 잔인하게 나를 버렸단다.

너까지 그렇게 만들어버린 것 같아 아직도 가슴이 아려와 도무지 말을 할 수가 없구나.

누나의 마지막 소원이라고 생각했으면 좋겠구나.

시후야!

세상의 끝에서 모든 사실을 알게 된 것만으로 누나는 행복하단다.

일말의 슬픔도 갖지 말고 행복한 너만의 삶을 창조하기를 누나는 기대한다.

사랑한다.

내 동생.

다시는 볼 수 없어도, 가슴에 묻을 순 있으니 후회는 없단다.

마지막 길 만큼은 분명 즐거울 것이라 한심한 누나는 믿어 의심치 않는단다.

그럼 안녕.

그의 하얀 렌즈, 그녀의 붉은 렌즈

펴 낸 날 2014년 2월 18일

지 은 이 서동우
펴 낸 이 최지숙
편집주간 이기성
기획편집 윤정현, 이윤숙, 김송진, 윤은진
표지디자인 신성일
펴 낸 곳 도서출판 생각나눔
출판등록 제 2008-000008호
주 소 경기도 고양시 화정동 903-1번지, 한마음프라자 402호
전 화 031-964-2700
팩 스 031-964-2774
홈페이지 www.생각나눔.kr
이 메 일 webmaster@think-book.com

· 책값은 표지 뒷면에 표기되어 있습니다.
ISBN 978-89-6489-258-9 03810

· 이 도서의 국립중앙도서관 출판시도서목록(CIP)은 e-CIP홈페이지(http://www.nl.go.kr/ecip)와 국가자료공동목록시스템(http://www.nl.go.kr/kolisnet)에서 이용하실 수 있습니다.(CIP제어번호: CIP2014001459)